情满沅陵

幸福河湖

『中国文学艺术家巡沅水看沅陵』优秀作品集萃

李先明　主编

长江出版社
CHANGJIANG PRESS

主编简介

李先明，现任中国水利文学艺术协会主席、中国水利摄影家协会主席，中国水利报社总编辑，二级高级编辑，中华全国新闻工作者协会理事，中国摄影家协会会员、中国新闻摄影学会常务理事、中国楹联学会会员、中国楹联学会书法艺术委员会委员。

1989年起供职于中国水利报社，历任副主任、主任、副总编、副社长，2011年起任总编辑。曾在人民日报交流工作。参加了长江三峡截流、南水北调工程、黄河小浪底工程、1998年长江大洪水、对港供水、2011年中央水利工作会议等几乎所有重大涉水事件的采访报道。

著有《水利新闻宣传操作实务》《鏖战舟曲》等，主编作品《风雨同舟》等十余部。

①沅陵娇娘
②增殖放流
③简约百岁
④老溪新泉
⑤古溪童真

作者简介

　　缪宜江，中国摄影家协会会员、中国水利摄影家协会副主席、江苏省水利摄影协会主席、中国水利报主任记者、中国国家地理国家级风景区评审专家、签约摄影师。2007年当选全国中青年"德艺双馨"艺术家代表，2008年获得"全国百位优秀摄影家"称号，2013年当选第九届全国文代会代表。先后获得水利部、劳动人事部、江苏省的表彰和省级"五一"劳动奖章。2014年，应邀赴法国举办"南水北调"个人专题摄影展。2015年参与《中国国家地理》大横断科考探险和"航拍中国"等摄制工作，发表作品万余（篇）幅。

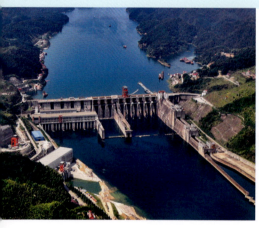

	①	②
③	④	⑤

①湖南省怀化市沅陵县五强溪水电站上游沅水

②湖南省怀化市沅陵县五强溪镇坝下柳林风光带（唐家坪村）

③湖南省怀化市沅陵县五强溪水电站

④湖南省怀化市沅陵县五强溪镇坝下柳林风光带（千岛湖）

⑤借母溪乡千塘湾

①生态沅江

②一江碧水映沅陵

③沅陵龙文化

④借母溪村收获

⑤九曲十八汇沅江

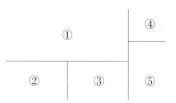

| | | ① | | ④ |
| ② | | ③ | | ⑤ |

作者简介

　　熊志刚，毕业于海航工程学院航空摄影专业，现就职于安徽省淮河管理局，中国摄影家协会会员、中国水利摄影家协会副秘书长，曾任海航航空摄影师。在专业学习和训练中，艺术风格主要受到后现代主义的影响，善于运用抽象表现主义的手法将实景三维与"梦"相结合，烘托出一种独特的艺术效果。

沅陵县污水处理厂一角

作者简介

　　张平宽，中国摄影家协会会员、中国艺术摄影学会会员、湖南省文艺人才扶持"三百工程"文艺家。先后从事教育、文化和宣传等工作。退休后，致力于人文民俗摄影艺术创作，《喜悦》《休憩》《农家灶台》等数十件艺术摄影作品入选全国展览，并有300多篇新闻稿件先后被新华社、人民日报、中央电视台、湖南日报等媒体刊用。

沅陵官庄茶园

凤滩电站大坝

五强溪电站

千年古城沅陵，一桥飞架南北

作者简介

　　李广彦，曾先后在中南冶勘局、三峡晚报社、宜都市水利局工作，曾借调湖北省水利厅工作。现任中国水利作家协会报告文学委员会副主任、宜都市文联副主席、宜都市作家协会主席、湖北省作家协会会员、湖北省报告文学学会理事、中国散文家协会会员、中国报告文学学会会员、中国水利摄影家协会理事。入选湖北省报告文学人才库，《齐鲁晚报》副刊签约作家。多部作品获奖，获得中国作家协会"深入生活，扎根人民"主题实践活动先进个人、全国抗疫"优秀水利作家"等荣誉。出版散文、诗歌、报告文学集多部。

参观沅陵现代化污水处

留住幸福的微笑

沅水码头月色

"沅陵奋进向未来"雕塑

沅陵陈家滩"千岛湖"一景

作者简介

　　郭晓勇，诗人，高级记者，中国外文局原常务副局长。历任新华社对外部翻译、编辑，贝鲁特分社记者，参加海湾战争采访，任新华社赴海湾前线报道组组长，新华每日电讯报副总编辑，新华社黑龙江分社社长。曾任中国翻译协会常务副会长，中国国际公共关系协会副会长。代表作：《扑不灭的反抗烈火》、《硝烟下的繁荣》、《征战硝烟——海湾战争采访纪实》、《历史性的时刻——中沙建交纪实》、《我的三个父亲》等。诗歌：《红叶颂》、《胡杨颂》、《母亲是一条永远流淌的河》等。翻译代表作：《迷》、《再见吧，北京》（外译中）及合译《陈毅诗选》（中译外）、小说《十三少年历险记》、诗集《字符与色彩》（外译中）等。

沅水风光

借母溪村一位80多岁的老妇人正在自家院子晾晒玉米和辣椒

学富五车，书通二酉

沅酉相汇穿沅陵

中华书山

作者简介

　　陈维达，研究员，河南省摄影家协会会员。历任黄河水利委员会宣传处处长，黄委办公室副主任、巡视员，黄河工会常务副主席。黄河文协副主席，中国水利文协常务理事，中国水利作协副主席。长期从事黄河文化宣传工作，赴黄河源头主持黄河源立碑并多次组织黄河源考察。发表新闻和文学作品约百万字，出版《黄河——过去、现在和未来》《走近三江源》《黄河这样从我们身边流过》《黄河源》《黄河万里写胸怀》等图书。

作者简介

　　陈仲原，长江委宣传出版中心主任记者、《大江文艺》杂志美术编辑。中国水利摄影家协会常务理事、中国水利作家协会会员。多幅摄影作品在国家、省部级摄影比赛或展览中获奖。摄影作品收入《中国长江三峡》《三峡工程》《三峡图志》《长江流域地图集》等图书与画册，并在《中国国家地理》《科技与经济画报》《中国水利》《人民长江》《湖北画报》及《中国水利报》《人民长江报》《中国南水北调报》等多种媒体发表大量作品。

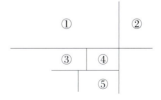

①		②
③	④	
	⑤	

①神秘的河涨洲

②借母溪

③静谧的酉水

④金洲溪"河小青在行动"

⑤沅陵沅水之滨

①沅水桥留记忆

②金州溪茶园里吃茶去

③烟火藏幸福

④快乐是多么简单的事

① ③

④

②

作者简介

　　李竹音，中国水利报社记者，视觉中心美术编辑，皇家墨尔本理工学院视觉传达设计专业研究生毕业。在澳大利亚留学期间，曾从事平面设计及摄影相关工作。

借母溪畔农家乐

湘西人家

作者简介

石品，华北水利水电大学原党委副书记兼艺术与设计学院院长，现任郑州美术学院院长，中国水利文协美术分会主席。国家一级美术师、教授、硕士生导师，中国美术家协会会员，河南省中国画学会副会长，河南省学校艺术教育协会会长。

沅水小景   荷花村

作者简介

　　晋知华，安徽省水利厅水利志编辑室原主任。中国水利文协美术分会副主席兼秘书长，安徽省直书画家协会副主席。擅长中国画，以书法筑基，主攻山水，兼习花鸟、人物。创作秉持"传承文脉，有序渐进"的理念和"古为今用，洋为中用"的宗旨。作品多次入选中国文联、中国美术家协会主办的展览。多年来积极参加中国文联、省文联组织的送文化下基层活动，为机关、企事业单位专题创作书画作品数十件，为基层水利职工创作书画作品数百件。曾合作出版连环画《水浒》。

沅陵人家

作者简介

　　李昌彦，国家一级美术师，中国水利文协美术分会副主席，江苏省国画院特聘画家，广州岭南国画院花鸟画院副院长，香港画院研究员，中国当代艺术网顾问，河南省花鸟画研究会常务理事，西南民族大学艺术学院和成都大学美术学院客座教授，四川巴蜀画派促进会副会长，四川水利厅诗书画院副院长，龙门山画院院长。享受政府特殊津贴。

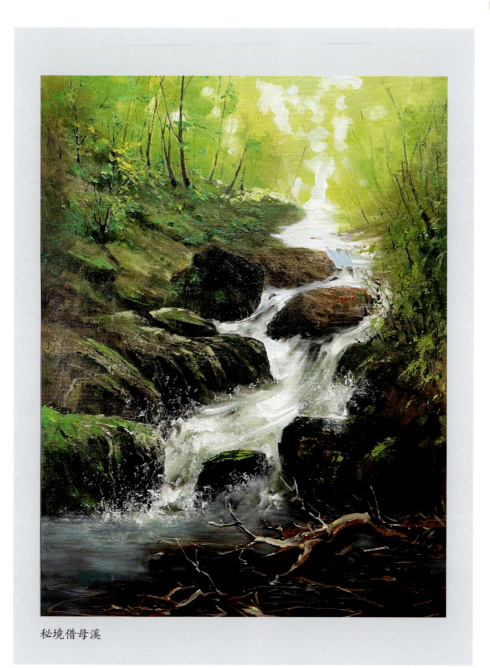

秘境借母溪

李竹音 作品

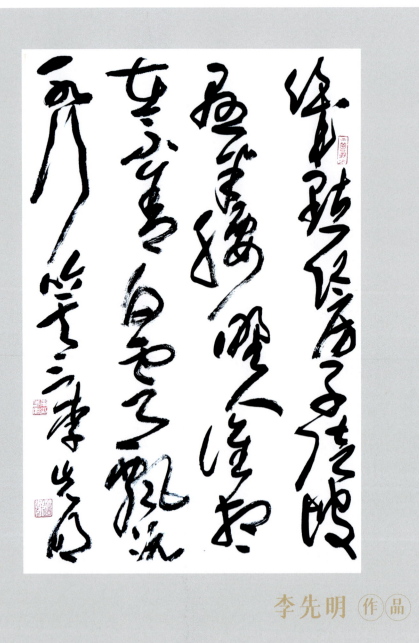

李先明 作品

几点红房子，陡坡悬半腰；野人谁想在，不舍白云飘。

自作诗沅水行吟（八首）其三

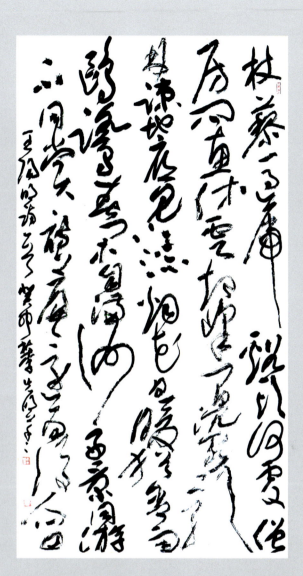

李先明 作品

杖藜一过虎溪头，何处僧房问惠休。云起峰间沉阁影，林疏地底见江流。
烟花日暖犹含雨，鸥鹭春闲自满洲。好景同游不同赏，诗篇还为后人留。

王阳明诗一首癸卯秋李先明草草

李先明 作品

树麻烈酒盐雄胆
腊月赤身酒盐雄胆
火燎烟熏更坚劲
舍生待客作堂餐

原作诗偶遇沅陵烟熏腊肉有感癸卯秋李先明并书

椒麻烈酒盐雄胆，腊月赤身何惧寒。
火燎烟熏更坚劲，舍生待客作堂餐。

自作诗偶遇沅陵烟熏腊肉有感癸卯秋李先明并书

渡江饮泉　学富五车

作者简介

　　王长随，西安市水利建设工程集团有限公司党总支书记、董事长。受父亲影响，自幼习书，以颜体为主，兼习魏碑。现为陕西省书法协会会员，西安市书协常务理事，陕西省水利书画协会常务副主席，中国水利文协书法分会副主席兼秘书长。

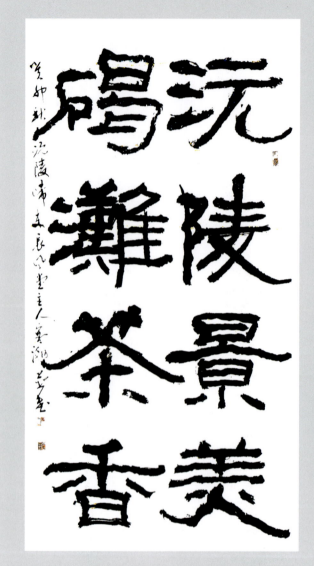

沅陵景美　碣滩茶香

作者简介

　　韩潮，笔名寒潮，就职于河南省水文测报中心，教授级高级工程师，中国水利文协书法分会副主席，河南省书画院特聘书法家，师从陈天然先生。

好景同来不同赏　诗篇还为故人留

作者简介

吉燕莉，副研究馆员，中国水利文协书法分会常务理事，中国书法院访问学者。

访二酉山·船遇龙吟塔

沅水抄小道拐进酉水寻找窄一点的
倒影和秘境转述书卷也有八万七级
的泽被一只桅杆一根船号子搓成的塔
身索性杵在水心钿住一块滩涂坐看
云起落景更迭百年小转眼坐借水吟
守护经 锈经诗沅水沅界之二孤城化并书

《访二酉山 船遇龙吟塔》

作者简介

　　孤城，原名赵业胜，《诗刊》社中国诗歌网编辑部主任。中国作家协会会员，中国诗歌学会理事。曾参加《诗刊》社第12届青春回眸诗会。著有诗集《孤城诗选》《山水宴》等。

一群文人骚客遇上被一代文豪沈从文称为"美得令人心痛的地方"，会有怎样的灵感激发与浪漫表达？

一群摄影大咖走进"入眼皆美景"和藏着故事的神秘世界又会有怎样的构思与构图？

一群书法家美术家遇上如诗如画的沅陵，会舞动怎样的笔墨线条表达他们的心绪与情怀？

2023 年 8 月，"幸福河湖·中国文学艺术家巡沅水看沅陵"活动如期举办。当我带队全程参加现场采访以后，始终在追问这些问题，更急切期待这些问题的答案。

其实，当湖南省怀化市、沅陵县领导率队到水利部来一起讨论活动策划方案的时候，我就被一股无形的力量牵引着，心心念念想着沅江，想着沅陵，那该是一个怎样美丽神奇的地方？

作为一名 30 多年深耕水利的办报人，我知道水与人的关系，河流与一个民族、一座城市以及乡村振兴发展的关系。

沅江，是长江的一大支流，有壮阔的气势，但更多的是亲和、无伤、便民，便于治理，润泽一方水土。沅江，会有水多欢腾热闹的快乐，也会有水少干枯的酸楚，但是，通过两岸儿女的治理，一定会确保两岸富庶无虞。

沅江，是两岸人民的母亲河，沅陵人民吃水用水乐水生生相依的

命脉在这里，沅陵的村庄城镇、田地工厂水支撑水保障的根脉在这里，沅陵青山碧水的生态之美的神韵在这里，沅陵一方水土养一方人的历史传承和因此凝结而成的集体人格的灵魂在这里。

沅陵，以始置故城北枕沅水，南傍高大土阜（古称高大土阜为陵），而得名。境内有沅水、酉水两大水系，911条溪河，五溪汇聚，通江达海，拥有得天独厚的山水资源，是"千里沅江·怀化画廊"最精彩的篇章。五强溪国家湿地公园、借母溪国家级自然保护区、沅陵国家森林公园三张国家级"绿色名片"最为亮丽。

沅陵，是楚秦36郡"黔中郡"治所，是"学富五车""书通二酉""夸父逐日""马革裹尸"成语的出典处，是世界巫傩文化的发源地。

沅陵，是一块有着悠久革命历史和光荣传统的红色热土，是抗战时期湖南临时省会，是红二军团、红六军团策应中央红军长征激战之地，是湘西剿匪47军军部所在地。

水，是经济社会发展之根；河，是城市乡村发展之脉。根兴则叶茂，脉畅则命达；水兴则脉通，脉通则城兴人兴。沅陵县近年来坚持以习近平生态文明思想为引领，积极践行"绿水青山就是金山银山"理念，严格落实河湖长制，聚焦水生态、水环境、水资源、水安全、水文化"五向发力"，实现了"河畅、水清、岸绿、景美、人和"的目标，绘就了绿水青山秀美画卷。

在水利部办公厅、水利部河湖管理司、中国作家协会社会联络部、湖南省水利厅精心指导下，中国水利文学艺术协会联合《诗刊》社、中共怀化市委宣传部、中共沅陵县委、沅陵县人民政府、怀化市水利局等单位，成功举办了"幸福河湖·中国文学艺术家巡沅水看沅陵"活动。活动期间，中国水利文学艺术协会还特别开展了四场"送文化，种文化，创文化"活动。

来自全国各地的60多位文艺家，先后相聚在沅陵县城龙舟文化广场参加启动活动，在沅江岸畔增殖放流，在河长制公园参观，眺望二酉山，船巡白河谷，徒步借母溪，登临凤凰山，走进凤滩水电站世界第一空腹坝，车览五强溪水电站大坝，深入莲花池村，采访民间河长，偶遇"河小青"，聆听酉水号子，品味农家乐，查看千岛湖，探访污水处理厂，调研阳明书院，拜访红色革命遗址王家大院，深入采访、深刻感悟沅陵的山水之美、人文之美、发展之美。

在"幸福河湖·中国文学艺术家巡沅水看沅陵"活动总结分享会上，我综合文学艺术家们的共同感受讲了这次活动有"五个好"——主题好、策划好、山水好、文化好、服务保障好；总结了这次活动的三个特点，一是规模大：60多名来自全国各地的文学艺术家汇聚沅陵，共同参加采风创作活动。二是规格高：参加活动的文学艺术家中，有4位鲁迅文学奖获得者，而且大部分是国家级机构的会员。三是品种多：有诗歌、散文、报告文学、书法、美术、摄影、楹联等多种界别的文学艺术家参加采风创作，大家沟通交流，共同切磋，互相学习。所以，我们有理由期待这一次活动的丰硕成果。

目前收到各类文艺作品1000余篇（幅），在《人民日报》《新华每日电讯》《农民日报》《中国水利报》《诗刊》《中国报告文学》等媒体发表50余篇作品，有的甚至被给予整版报道。

我认真阅看了近两个月陆续收集上来的作品，我认为各位文学艺术家确实拿出了不辜负这次活动的上乘佳作。

我深切地感受到沅陵这块土地上相同的山水风物，诗人有诗人特有的浪漫表达，散文作家有他们独特的思考，摄影家、书法家、美术家各有各的视角。我在这里不妨摘出三个人的作品片段窥一斑而知全豹——

著名诗人、鲁迅文学奖获得者车延高说，在沅陵的每一天"都与负氧离子撞个满怀"，还说在借母溪"鱼能听见风和树叶说悄悄话/

树叶能听见鱼和溪水说悄悄话"……

知名诗人，喝了大半辈子沅水的胡金华说，"沅江，藏书也藏宝玉／满目山河宝石蓝／连雨也带着绿色的染料／天使到了这里／会擦着绿色的唇膏／翠鸟会唱绿色的山歌／两岸随便舀出绿色的果汁／清溪作墨／蓝天当纸／文心阁上挤满故事和诗画／放眼远眺，神州大地尽是风景"。

原新华社记者，跑遍世界各地、走遍祖国大江南北的郭晓勇说，"人，归来了，心，却还留在那里，留在沅水两岸。那里的故事，那里的山水，那里期许的目光，总是萦绕脑海久久挥之不去，让人久久沉醉其中"。

在这次活动中我给自己定了一个比较高的目标——拍十张照片，写十首诗，撰十副联，写十幅书法作品，熟悉的同志告诫我，"这个目标有点难"。现在看都已经超额完成任务。其中古体诗（平水韵）18 首，有五绝《沅水行吟八首》（选两首）：其一，"千峰烟雨醉，一水翠微潇。碎玉堆生起，飞泉跳落遥。"其三，"几点红房子，陡坡悬半腰。野人谁想在，不舍白云飘。"有七绝《借母溪感怀六首》（选两首）：其四，"真水无形石上悬，惹人赤脚到溪边。润肤快意惊呼伴，更羡飞鱼喝矿泉。"其六，"晨雾蒙蒙不见天，只闻溪水弄琴弦。借机（指无人机）飞跃三千尺，七彩祥云伴绿仙。"还有七律《白河谷船上听溪水小调和酉水号子》等。我还想列出最能体现沅陵人性格和智慧的烟熏腊肉——七绝《见沅陵烟熏腊肉得句》："椒麻烈酒盐雄胆，腊月赤身何惧寒。火燎烟熏更坚劲，舍生待客作堂餐。"我认为是沅陵人的故事和沅陵的山水深深地打动了我，也是诸多文艺名家激励推动，才不揣浅陋写下这些诗句。

我可以肯定地说，这次活动至少产生了三个方面的影响：一是以文艺的形式生动宣传了习近平新时代中国特色社会主义思想和新时期治水新思路，尤其是河湖长制取得的成果和经验；二是一批优秀文艺

山河娇点

作品描绘出水利高质量发展的生动画卷，在社会媒体广泛传播，润物无声，引起社会对水利的广泛关注，影响深远；三是广大文艺家通过现场一起深入采访、广泛交流、同题创作，扩大了社会文艺名家创作水利题材的窗口，锻炼了水利文艺人才队伍，实现了一次水利文艺实践的突破。可以说，这次活动是贯彻落实习近平文化思想的具体行动，是全面落实水利部党组繁荣水利文化文艺一系列部署的具体行动，是文艺服务水利高质量发展的具体行动。

这次活动的丰硕成果，无愧于怀化沅陵的自然山川之美，无愧于怀化沅陵的历史文化之厚重，也无愧于怀化沅陵人民的期待。我们认为有必要让更多的人看到我们这次活动的成果，因此我们决定将这次活动的成果编辑成册。但必须说明的是，令人感动的诗文、摄影、书画作品实在太多，一本书很难全部收集，还有更多的作品因为篇幅有

限没能收入，深表遗憾。因为时间仓促，尚有创作者未能创作完毕，后续可能还会有更多的作品。因为编辑时间短，仓促之中错漏谬误之处在所难免，在此敬请读者批评指正。

感谢沅陵这一方热土，感谢这块热土上的人民，感谢沅陵美丽的山河，感谢沅陵厚重的历史文化，感谢各位文学艺术家，感谢各方大力支持，特别感谢怀化市和沅陵县的同志们和全体工作人员，以巨大的努力保障了这次活动的圆满成功。

用离开沅陵时即兴作的一副楹联结尾吧：

看幸福河湖，万点青山皆入画；
巡清明沅酉，千溪绿水共弹琴。

以此为序。

中国水利文协主席、中国水利报社总编辑

目 | 录

诗 歌

散　文

报告文学

附　录

情满沅陵

诗

诗

歌

怀化献诗（组诗）

曹宇翔

沅水奔涌不息

拖动连绵起伏翠绿山影
沅水奔涌不息。这时细雨迷蒙
站在烟波船上，身心似触到
滚滚向前，一声不响浩荡力量
仿佛拖曳着山川大地

天地间一川碧澈巨流
摈弃一切身外之物的通透灵魂
我满面旅尘，缘何身处此境
一会儿阳光掀开烟雨封面
江风又诵读万卷波涛

大自然之神派来豁然之水
照见一颗历尽沧桑的心
薄雾散去遥远的年代一一再现
龙舟鼓声，高亢山歌号子
日出日落，如沅水呼吸

亮晶晶绿宝石铺出的长路
一列开往无尽远方的绿皮火车
奔涌不息，牵起万千溪水

当我在飞机舷窗俯瞰葱茏大地
白云马群，正啃食岸边青草

沅水边的村庄

波光山坡一片幽静竹林
一簇簇寂静鲜红花团压弯枝头
低垂于，柚子树旁的鸭舍

院子里一位戴银镯的老人
正在喝茶，并不轰喳喳觅食鸟雀
身边几只猫静卧时光

村头从沈从文《边城》书页里
跑出来的一只黄狗半晌趴在岸边
望着沅水，像等待归人

波浪被江风雾化飘然缭绕
到夜晚，顺着星光山路向上走
有人蹚过牛郎织女银河

从吊脚楼雕花窗棂望过去
院墙篱笆，一朵朵金灿灿瓜花

正好佩戴在沅水的胸前

想起一位老家潇湘的战友
衔至大校，而他老母亲去世前
一直保存他少年打铁的家什

借母溪

一只流霞般红腹锦鸡似
夕阳裁下的一角，栖落林间空地
一阵溪风吹来，众树雀跃
凝神倾听，溪边离你最近那棵
枫杨，有什么话要对你说

遥远农耕年代民间故事
借母溪哗哗流淌的清澈水声
又一次复述三个版本的古老传说
你这来自异乡的旅人静立溪边
生怕打扰传说里的人物

万事万物又隐入暮霞
借母溪篝火之夜，辰河高腔
酉水号子，欢欣人们牵手起舞

而你却感到大地亘古的寂静
唯一声音，来自怦然内心

溆浦白鹭

在溆水与沅水交汇处
从黑牛背上飞起的一只白鹭
一会儿飞过来，一会儿又飞过去
对两水进行无缝衔接

三闾滩，犁头嘴，屈原庙
溆水从《楚辞》字里行间流过
诗人当年游吟之地，翩然白鹭
影子，千年不散吟哦余音

我感到那只白鹭飞进内心
又飞出，带着河流和青草气息
甚至感到它微微扇动的翅膀
在我生命里，翻找什么

昨夜梦见那只溆水白鹭
飞临我生活的北方都市灯火夜空
今晨窗外霞光里，白鹭一闪
它啊，没有从我梦中飞走

作者简介

曹宇翔，毕业于解放军艺术学院文学系，曾军旅多年，大校军衔，国务院特殊津贴专家，全国新闻出版行业领军人才。获鲁迅文学奖等奖项。中国诗歌学会副会长。

沅陵（组诗）

车延高

远眺

从凤凰山远眺
沅水和酉水在沅陵汇成一条长河
这里没有戈壁，九百条溪写不出大漠孤烟
晚霞起处
圆圆落日，只能一口咬住连绵起伏的
群山

执拗

沅水不停地流淌，表达了它的
执拗

多像揣摩不透的时间，很长很长
又很短，很短

我知道，无论这辈子如何努力
都无法将它抻长或缩短

它多像一根肠子，与沅陵
牵肠挂肚

它也像沅陵本体上的一截儿脐带
神，都无法剪断

静默

就这么坐在河涨舟舟头
如一块卵石，静默
看沅水滔滔，写一首自传体的长诗
不关心多福寺为何隐居
有龙吟塔在身后站着，就能想象
建安风骨为什么气宇轩昂

此刻有风在吟唱
我无须发声，唯一忌惮的是时间
两岸青山越绿，人越怕白头

就像这条江，越是源远流长
活着的人
就越悲叹时日苦短

不是逝者如斯，而是斯者如逝

地标

有景致，审美意识就是自由的
就像龙吟、凤鸣、鹿鸣三座塔是不是地标
各有说辞

刻石勒功也好，祈福镇邪也罢
塔在历史空间里的刻度，用目光
无法丈量

在激扬文字的鸿儒、骚客眼里
塔是用来登高望远的
是托举思想和境界的一节风骨

百姓，最怕它无限风光，却徒有虚名

我站在塔下，身躯就卑微
登临塔尖儿，风动胸襟
刹那间放开的
是一种从未有过的气度和眼界

可我清醒，知道领略不等于拥有
还是回到塔下
过日子要脚踏实地，走路的脚
更要接地气

借母溪

看了剧照，就知道遇不到狙花女

借母溪空空荡荡
溪水自在，哼着山野小调
流水和卵石非量子纠缠
一个一丝不苟的唱经，一个
成了不穿袈裟的和尚

在这里，空气清新，人就难得糊涂
在这里，不忍心去洗手
因为水越纯净，越像镜子
越照出灵魂的肮脏
在这里，石板路和跳跳石校正着脚板的落点
也考验的攀登者的肺活量

越走负氧离子越多，越走人越少

鱼能听见风和树叶说悄悄话
树叶能听见鱼和溪水说悄悄话

我第一个到了风雨桥
坐下

耳旁有沈从文的声音：知道你会来，所以我等

这时一个仙女从桥那头走过来，真像狙花女
忽然记起今天是七夕
我迎过去

如果有镜头拍摄下来多好
或许是现代版的鹊桥会

恰好风过来牵我的手，很轻很轻
我想起狙花女的那只手

不下架的书

在这里，翻开了另一部辞海，
让眼睛信马由缰

作为永不下架的书籍
在任何地方都可以和它谋面

在这里，有了一个发现
舒新城可以算冷门收藏家
他用一生的精力把汉字和词汇藏进了辞海

在这里，图片上的人栩栩如生
能看到民国和新中国建立后
一批文化名人的书信展

是一个别开生面的
书法展

笔会

没有天花板，就有了天下
今天
广场多大，咱们的书画室就有多大
两岸青山是天然的笔架
沅江、酉水是流动的洗笔池
这是面向民间的一次笔会
提笔泼墨的人只管才华横溢
飞白的宣纸想表现
七彩的颜料想表现
宽哥的数码相机也在表现
捕捉着每个艺术家精彩的瞬间
太阳明亮，就晒出人性的光芒
李先明，李昌艳，石品，
吉燕莉顶着红外线和紫外线上场
铺开的纸，等着有灵性的笔

爱好者，等着一幅幅作品落款、打印

这也是撸起袖子干

这也是汗滴禾下土

没想到的是，孤城不孤

身躯瘦弱，却藏有巨大能量

围观的越来越多，他写得越来越起劲

孤城可能写累了，不要紧

赵业胜撸了撸袖子，依旧精神焕发！

我站在一旁认真地观摩

风，在耳边喋喋不休地唠叨

真好，真好

写得好，画得也好

然后信手抓了几幅已经晾干的字画

连声谢没说

兀自起身，朝最高处的一朵白云

飞去

作者简介

车延高，籍贯山东莱阳。中国作家协会会员。有诗歌，杂文，散文，随笔，小说，报告文学等作品发表于各类报刊。著有诗集《日子就是江山》《把黎明惊醒》《向往温暖》《车延高自选集》《灵感狭路相逢》《诗眼看武汉》《车延高诗选》和散文集《醉眼看李白》等。所获奖项已归零，所以永远从零起步。

每棵树都在巡河

码头上不见木船
木船停泊在字里行间。沈从文先生的毛笔
是一枝粗壮的芦苇

乘坐巡逻艇游江，作为水利人
已将过往的水流和浪花织成锦缎
随波逐流，搂住朵朵云彩
荡秋千

巡河的人用脚步书写，光芒延伸江的长度
两岸青山逶迤，像巨轮艏艉相连
岩石挺直腰板
每棵树都在环顾

沅水清澈，酉水清澈
清澈的江水自由流淌，不必过多描述
原准备的词语花俏，用不上

在沅陵，做一尾沅江之鱼是幸福的（组诗）

蒋 默

听溪水

借母溪的溪水
小心翼翼地抚摸每一枚卵石
好像卵石会突然炸裂
挣脱出头颅

沉睡的卵石是溪流的孩子
时而滚烫，时而冰凉
发着高烧，一个夭折的传说

林中的微风呜咽，和着水声
诉说
卵石上的花纹是独特的
擦不掉的胎记

习惯

阅读久了，眼胀
侧耳聆听，街市的喧嚣一浪一浪
掠过窗外的树梢

潜入黑夜
星辰聚首在云雾搭建的帐篷，商讨
应对紫外线，臭氧

二酉山光点闪烁，仿佛失眠的羽翅
返航的风帆随夜幕垂落
今晚宿沅陵

沅江边扎根
一棵香枫尽情享受河水的芬芳
风雨之后的枝叶平静如水，保留
一条江的尊严

沅水，迈向朝圣之旅

与其将水一桶桶挑上来，从头上浇下
不如跳进水里
与其每天择时间下河洗澡，不如变成鱼
进入河流的心脏，抓紧潜流
一跃为浪涛

河流的走向不再改变
干枯与丰沛是两片荷叶翻转

于风中，拍打出不同的云朵
覆盖河床

拥有水，长鳞甲，长鳍
从头武装到尾，勇猛的战士冲向大海
大海接纳天地之水，不显拥挤
鱼的圣地，充满神秘

绝壁上的铁链

石壁上的铁链是水做的
热汗，苦泪，浑浊的盐分，不愿化开的
晶体。沙粒
血液燃烧的火焰在死亡中融化
用骨头炼铁，制链。抓住冰凉的绝壁
锁住灾难
浪打崖石的声音是铁匠铺传出的
沉寂中拍船，一只只僵硬的手
变形的手，棉柔如潮
河风拉着风箱，卵石在内心噼啪作响
映入沅江的月辉，做梦
赶水路，脚上粘着泥土，手上粘着锈屑

碑石

俯卧草丛的水牛，不食草

耽于反刍

让草青葱，让草枯黄，长成记忆的山峦

被山茅划伤的黄昏，在清晨流泪

竹叶似的镰刀锃亮，直到割断瓜秧

和苕藤。在溪水里洗白云

惊飞稻田的董鸡

顺着酉水，融入沅水

沙渚的荒草生不同的叶，开各异的花

将季节交叉种植，企图混淆

而船不摇摆

靠近任何一个寨子，码头都会系缆

捧出烟筒，说方言说出水的心情

无言时，成弯曲的果树，坚硬的石头

并懂得用江河的方式，表达

倾慕与怨恨，渴求与勤耕

而碑文，是烙上去的

胆大的鸟

前面的梅枝上，站着一只黄鹂
我走近时以为它会飞走。接着
又飞来一只
它们交谈，亲切的样子
视我为移动的桂花树，抑或浪迹的云

凤凰山上的林荫小道，人流不断
不同的口音吹拂不同方向的风
鸟儿们习以为常，各玩各的

我转了一圈回来，它们还在那里
有说不完的话
它们后面的房子还在那里
房子里装着爱情

借母溪的石头

打磨成卵圆形之前，溪中的石头有一段
阴郁而凄苦的经历，流传

这种大小、形状不一的石头
神色黯然
被迷信和陋习缠绕包裹的死胎
抛进山沟，钙化

如果是恐龙遗弃的蛋
斑鸠和野鸡会做噩梦，它们胆小
溪中的水蛇翻滚成巨蟒，是难舍

山泉一跌再跌，散落又聚积
形成光洁的肌肤，柔和的胸脯
拥抱卵石，焐热

林中的树木、藤条、野草烘托的静寂
是假象
石缝间细小的鱼，反而真实

一棵叫翠翠的树

沅陵的夜晚是流水铺开的
独坐江畔，我并未约谁
也不期待惊喜发生，然而
我等

江中，已经浸湿的云霞缓缓下沉

灯光在水面涂鸦

一棵叫翠翠的树，若隐若现

我试着喊道：我来了

远处有人侧目

江水颤动几下

江对面的山峦隔了一阵，回应

一丝丝凉风

我在今夜回故乡

黄昏的雨落在船上

沅江是那条失而复得的纤绳

一尾以梦为生的鲤鱼，腹中盛满潮流

今夜，我想回到我的故乡

从沅江下水，在嘉陵江上岸

一头是湘西的沅陵，一头是川东的岳池

由月亮陪同

月光带电，流水是优质的导线

有江风吹，波澜牵引我的头发

进入长江

我将邀约苇丛的白鹭和江鸥

喝下整箱啤酒，不醉
路灯比夜光杯透明，看灯光溢出
金色的泡沫

风景

巡河累了，坐在船头
看波浪，看波浪下的鱼

靠近江岸，树荫聚集的地方
鱼群聚集
船成了一片最大的落叶

任由浪追白云，在河底
水草长在云端
鸟儿们慌张，自作多情
鱼儿们悠闲，沉稳
群山茂盛的树林集体表演倒立
推来搡去不折腰

龙吟塔，古老的河长

龙吟塔站在河涨洲，远眺，沉吟
固执的老秀才，应该是沅江
最早的河长

河妖镇住了，洪水逃窜
龙吟商量凤鸣、鹿鸣，广邀天下名士
相聚辰州，吟诗作画
就地取材，点染沅陵的青山绿水

沈从文从此心痛
金庸的传奇，笑傲江湖
黄永玉的诗画潇洒自在，散发着湘西的气息

沅江梦

沅江是男人的
木船载走苦涩的江水，纤绳拉走沉重的山
纤绳断了，沤烂，添了土地的肥
长遍野的黄连木

沅江是女人的
爱美，每天在江边梳妆
用四季的树叶蜡染民族服装
云边镶着霞光

沅江是快乐的
渔家不再织网捕捞了
悲愁的船工号子穿插在山歌小调
风趣，轻快

沅江是有梦的
飞翔的愿望在五强溪电站实现
光的速度，鸟追赶不上，风追赶不上
只有羡慕的份儿

我们是河流的医生

如果为巡河者评职称，应当纳入卫生系列
颁发医师资格证

河流保洁是行医
清除枯枝败叶，疏通心脑血管

属内科，也可归为保健

大地是疤痕体质
山洪冲毁的道路和堤岸需要修复
种草栽树是外科手术，植皮

我们是河流的医生
河流无论发源何处，都会穿过我们的身体
再奔向大海

作者简介

　　蒋默，男，生于 1962 年 12 月，四川岳池县人。
中国作家协会会员，中国水利作家协会会员，著有
诗集《海韵》《陌生的水域》《曾经的树》《远去
的人》《穿过森林的河流》等。

题一张照片

走了多长时间，才可以坐忘行程
将云卷雨疏，揽入怀中

在自我的面前，独对心声
犹如整体身体沉入水中，被黑暗包围

没有鸟鸣，也没有花朵与风
窗外的一切都归于寂静

点亮你的内心，照耀自己
也照耀时间的内壁，与木质的年轮

在吊脚楼内，与发光的自己面对
如同与另一个自我相逢，重生一个本体

一把老铁壶，一束追溯的光
在沸腾的炊烟里，庄严故乡的灵魂

风在沅陵（组诗）

凌晓晨

农家腊肉

悬挂在木梁上，向下
垂直的肉体已经死亡，留下干枯
接近人间的烟火

背景黝黑，墙板黝黑
夜晚的黝黑中的一串串故事
如同月亮，一颗明亮的心

老家的日子，人畜共居
快乐与幸福的珍藏，只有熟悉
一头乐不思死的猪，一生的滋味

还有面容，可以雕刻的宁静和记忆
深入内心之后，又从眼睛里溢出
仿佛流水，回到盛着一碗腊肉的汤里

故乡

倚在门旁，打亮外边的岁月
是一束光芒，凝聚着内心的力量

故乡在回归时有一丝陌生和变化
在离开时，有许多牵挂和悲伤

成长的节奏，在房间内的一个角落
也在你可以仰望的树梢

斑驳的墙，古旧的门窗
如同沉积的记忆，也如同一朵浮云

有时打开，有时关闭
如同一片大草原，或者水域

在血液中涌动，沉醉你的站立姿势
有多少次，母亲也是这样盼你

笔墨新秀

风的颜色，被一朵鲜花描绘
那个沉浸在意境中的你，是谁
我在，而你在那里
竹林中，一阵风，一片宁静的水域

又有谁在意境之外站立，目光瞄准
你的笔墨，看见情感的曲线
在一束鲜花下，渗入纸张
展现岁月的黑白

多彩的季节，浓郁的气息
凝神思索的此刻，比远山更远
比天空更近，谁看见开始
谁又看见结束，在一幅画里

流动的笔触，是浪花涌起
是水岸深沉的码头，是丛林中的风
风中的消息，握在手中
叩问你的心意，轻轻地让秀发飘起

种瓜得瓜

硕大，与想象对立
犹如一只猛虎，在空旷中扑向你
突然被压抑的空虚
种瓜得瓜，一粒种子把奇迹留下
在另一粒种子中扎根，譬如想象你
有一千万个，彼此模仿

种子就是老虎，站在山岗
将自然演绎的故事，一次一次扩大
淹没，地域的界限
超越你我，贯穿一种硕大
翻过来，一切惊喜和奇迹都会倒塌
收回目光，还有枝叶以及篱笆

林间猜想

一只大鸟，落在树梢上
压弯了许多想象，可以听见
树叶的鼓掌，还有风的波浪

有多远，一条路直达山顶
无论坎坷崎岖还是险峻

有一块石头，足够停驻你的双脚

看见什么了呢？山顶之上的云朵
你的心，大汗淋漓的身体
以模拟的姿势，触摸树木的秘密

自然向上的力量，与阳光的呼吸
猜想对流，循环，包括眼神
那是一只大鸟，又飞回了内心驻足

向往

听一堵墙哭泣，有多少泪
犹如降雨，仿佛流水深入谷底
每一块石头，石头上的凿痕
都是伤口，都是饮食，都是脚印

让生命之爱壁立，如同包围
仿佛拥抱，在温暖中创造一方天地
每个日子，都充满情爱与甜蜜
心贴着心，彼此珍存

想让自己飞，在感受墙壁的同时
在人间烟火之上，在爱欲之外

独立。似乎只有这样
距离不是距离，俯瞰成为唯一

云朵之上都是晴空，没有墙壁
没有狭小的空间，甚至流水
大爱一片空虚，澄明一切的寂静
将白天与黑夜的差距，融为一体

山水风韵

一个人的层次犹如一块石头
一个人的清明仿佛一滴水

在石头中理解形成与诞生
在水滴里映照阳光与生存

山水风韵，将一生压缩在体内
冲洗，淘刷，沉积，逐渐走向明白

你也是一幅山水，与自然相依
山水也是你，旷世独立

揭开地层的纹理，有珍藏的碧玉
撕开心胸的纠结，有千山万水的情意

一块石头，一滴水
一个人的一生，就是山山水水

快乐老家

回到快乐，回到心中的太阳
在那里燃烧，在那里爆炸，在那里
达到自我的放飞和高潮

太阳是你，你也是一颗太阳
让炽热温暖，让光芒照耀
让真爱的阳光，砸在广阔的大地上

这是一种包容，这是一种跌入
快乐的方式，没有开始也没有结束
彻底，完全而满足

老家的方向，指向内心的放松
狂欢以及覆盖的内容，平凡而神圣
走向核心的颤抖，放空

一切掩饰和真诚，回到快乐
在老家的心中，在那里成为天真的孩子

再次沐浴，再次诞生

诗书人家

梦想存在的地方，都有一场风
吹透一个人，吹过黑夜和黎明时分
看见尘埃，看见一片沙漠

梦在风之上，吹拂山川大地的声响
从高处回落，一个字一个句子
带着金属般的阳光，叮叮当当

诗书人家，是梦想汇集的地方
无数灵魂在一起歌唱，流动的自我
一首诗，一幅画，集体的珍藏

无论你站在什么地方，风声
总在梦境之下，让天空更加高远
让大地更加辽阔，包括感觉

与每一个人对话，死亡也是活着
活着也是死亡，只有风在吹
梦在风上，在梦想存在的诗书人家

跳入你的眼睛

从你的眼睛里可以看见追溯
一束光，把内心打亮
无法描述的涟漪，同心圆一样散开
将黑暗的液体弥漫开来，让衣着绿色的
温热的边缘，勾画出美丽的端庄

鸟鸣那里去了，云朵如何落地
游走在自己的影子里，溪流
悠远的流淌，你听到了吗
一切都不重要了，只有自己看见
另一个自己，相对静下来的时光

无风无雨，封合天井
若屹立千年的山石，知道彼此的方言
如一具铝壶，存千秋火焰
需要多久？那揽入怀中的光线
在端坐中，突然把门打开

作者简介

凌晓晨，男，1963年10月，陕西永寿人。中国作家协会会员，中国诗歌学会会员，中国水利作协诗歌委员会主任，西京学院客座教授，咸阳市诗歌学会会长，咸阳市职工作协副主席，高级工程师。有1400余首诗歌在《人民文学》《人民日报》《诗刊》《星星》《绿风》等50家刊物发表，诗歌作品多次获得国内大奖。出版诗集《黄土色泽》《水荒》《火眼睛》《殿堂》《金属记忆》《天堂》，入选38本诗歌选集。

酉水

这一湾涤濯灵魂的绿
是窖藏沅陵亿万年的酒
醉过云　醉过鹤
也让闲步水底的两岸倒影
酩酊入梦

舀一瓢绿
我如风一般的踉跄里
品出酒曲原料
有千百回锻淬的草木
佐以粗犷纤夫号子
与摇橹歌呼里的赶尸传说
或许　还有某个曾在码头对歌女子
遥望缺月的幽幽叹息

这香驰千里的酒啊
曾给秦始皇的博士官
指引了疾奔方向
那五车逃过焚书诏的竹简
避入浸透老酒的堤岸

堆成延续中华文脉的书山
像峰头捧出的那轮红日
扫尽万里暗夜

欸乃声里
书香与酒香交缠的沅陵
让逐绿而来的沈从文们
晃着早已酣醉的扁舟
一阵阵心痛

碣滩茶

叶片三起三落后
啜一口碣滩茶
便与黄绿交织的甘露融合
尘寰与天宇无缝相接
天人也终于合一

我有无数言语浮在辰龙关
打算牵手王阳明举盏心悟
还有林则徐的借茶清联
如溪头相拥的云或缠绵之柳
终被坡下一行行野茶树阻梗
只剩一脸微醺

像沉醉树梢的那只白鹭

借母溪

小溪裹一身幽绿
还有不愿下山的鱼儿
辞却堆叠的负氧离子
与浓烈如酒的春色
一步一回头淌出林莽
像那些心事重重的寥落山居者

只有出岫孤云知道
她并非向往远方繁华
而是给山居者探路
以借来能繁衍后代的母亲
让大山除了禽鸟聒噪
还有蔓延的烟火气

沅江、洞庭湖或许还有长江
都一定酸楚见过
一抹标注"借母溪"之水眼角的泪花
那是母亲的焦虑
与比武陵山草木更多的牵挂

作者简介

张雄文,中国作协会员、湖南省作协报告文学委员会副主任、湖南报告文学学会副会长、湖南省"三百工程"文艺家、株洲市文联副主席兼作协主席。先后在《人民文学》《中国作家》《诗刊》《人民日报》《光明日报》等报刊发表百余万字,出版《无冕元帅》《雪峰山的黎明》《潮卷南海》《燕啄红土地》《白帝,赤帝》等十五部书四百余万字。曾获山西省"五个一工程"奖、第八届冰心散文奖、第四届四川散文奖等多种奖项。

在长情里喧嚣你的名字（外九首）

陈秀珍

用一抹天青色打开沅陵的轩窗

在此栖息灵魂

以怎样的方式——叙写

这永无息止，无词的曲调

以古老的文字还是跳跃奔驰的诗篇

用醉酒的姿态来抚摸你的名字？那些

点点滴滴让人疼惜的爱

都刻在了乘载人之灵魂沅陵的江水里

花船游过一层层浓墨的茶园

一垄垄凝神专注的稻田

青竹、山花、细雨、微风

这些勾勒的图案

我视为永恒的标榜

当沅陵触及双脚，沅水绕过发梢时

我无法感触，那个美丽的疯女人在大街上

宣讲的是什么？我如履薄冰不敢靠近

生怕触动到，这一纸忧伤

深凿爱得痛惜的双唇

讯息，是那么忧伤又是这么长情

将深灰色的爱——定格在
这片美得让人痛惜的土地上

遇见

那晚，凤茗楼茶社的老板娘
为我们煮了一壶红茶
看得出她眉宇间透着尊客和待见
还大胆地猜测，我们在红尘中的角色
我坦然一笑，你用透彻的眼神
把我关在了岁月的禁闭里

你在清韵庄园的小溪边
为我捡起一块漂亮的千层石
我放在了书桌上
看着它，仿佛我的那些挫败都成为了历史
你在那壶茶里，为我清理了所有
我踮起脚尖，仔细观望
周遭的人都那么甜蜜

那壶茶劲太大，我彻夜未眠
借一束月光，想梳理一下心情
你向我倾诉了所有的心事
我呢，用组成文字的笔画

为你量身打造一把钥匙

在这山清水秀的地方可以尽情畅谈
不管是高兴而来还是愉快离开
我们把这些美好的遇见
倾心的爱慕都供给了神祇的沅陵

进入美之地

空间拉近了我们的距离
越接近你，我越感觉到陌生
这种神秘感占据了我身心
如此浓厚而寂静

在借母溪圣域里不需要
多礼恼人的风度
和大自然素裹一体
感受这无穷无尽的魅力
潺潺流水，鸟儿就在耳边呢喃
就连嗡嗡乱飞的小虫都如此地欢快

花草也没有惊惧之色
眼前的这片绿海
灵动而泰然，以我的思维窥不出

如此深远的奥秘

晨光早临，黄昏眷恋
我们无须插上翅膀
就已经在丛林里飞翔了
在这纤静难觅大自然的夏日里
没有人告诉太阳、雨露、曙光
薄雾、星辰……怎样排序

天恩犹存，光辉上没有一丝皱纹
在相约沅陵的日子里，感受到
所有边界一一都被遗忘
在多彩的绣帏空间
盛歌悠然而起
灵魂进入了美之地

守护这一方青山绿水

在稻花飞扬的季节
乘风南下，打马进入夏日里的沅陵
停住脚步，我开始到处寻找
为什么，这带着岁月涌动的河流
如此地清澈、明亮？就连
一滴露都带着光芒

黎明从东方升起

飘扬着鲜艳的旗帜

美丽金州溪之所以美丽

清浪乡那口"红军井"那么清

那么净，如镜面，正衣冠

保佑万民安康、泰然

如一颗明亮的星，指引方向

当年军民结下鱼水情深

如今的"河小青"犹如当年的红军

守护这一方山水、绿植、净土

他们的细胞都有着神圣的使命

满季节的茶香飘来

葡萄、西瓜、黄桃都是这么甜

我在一座新房子前，看到了女主人

她笑得那么灿烂，满满一脸的幸福感

这是一片爱所供给的圣地

只此青绿溢出艺术家的镜面

绘出一帧多彩的画卷

见识

原本以为我可以平静度过一生
自从遇见你，便知道了什么是孤独
如果不曾遇见这么多的，第一次
我哪知，人间有这么多的绝美情感

沅水那么长，让我渡了一个世纪
平生怕水的我，竟然没有半丝的恐慌
细雨微微，我在夹板上与这一湖净水
贴面而谈。好想，让时光就此停住脚步

南方的辣，怎么能不去大胆的尝试
轻触舌尖，就以万马奔腾的豪放占据
腊肉是沅陵的必备品
还有晒兰，这些都是我第一次
品尝到这么正宗的美味

碣滩茶的茶香，借母溪迷人的风光
从酉水画廊再观凤滩水电站的震撼
吊脚楼挂满了昔日的记忆
手工编织的小背篓，那样的精致

我第一次与你近距离的相对而视

有一种闪电的力量传递到我的全身

在你统率的千军万马里

我不敢懈怠，奋力扬鞭

从缠绕的藤蔓绕树再到篝火燃起

咚咚锵锵唱起了地方戏

第一次和你手牵手围着篝火舞蹈

我爱上了这一趟山水有情、星辰集聚的约会

感谢这场相会，这么多的第一次

像是一串串丰满的葡萄

与沅陵的故事都锁进我的记忆里

安放灵魂

我突发一个永耀的想法

又胆怯地问一声山涧的圣灵

可否让我的根系扎进

沅陵的土壤里

或匍匐在借母溪的流水里

远离陌生而糟杂的海洋

将羽毛蜕化，化作一缕薄雾

轻吻每一片树叶

放下所有戒备

让灵魂有栖息之处

这是，我的设想

你若不答应，我就把这些

奢望，锁在旧皮箱里

你若欣然接受

我仰头朝望——永恒

这冗长的一生

你寄锦书而来

邀约在南方相聚

林深处见到了麋鹿

海蓝时也见到了白鲸

连梦里都没有见到你

我惊慌失措

寻遍古道长亭

历尽千帆

听风，吹了八百遍

走不出的执念，一期一祈

像一把钝刀

在心口反复凌迟

痛切，这冗长的一生

我一个滴酒不沾的人

提起，你酿那壶酒

煎入隔年雪

醉梦里海棠依旧

沅陵犹如一块璞玉

群花在绽满山坡时

以透明的经纬

编织沅陵的锦绣俊美

在霞光摇曳的图案里

一张浩瀚的沅水图铺展开来

古老的文化对应新时代的步伐

水利人用"守护好一江碧水"的信念和担当

构建"全民共治"的体系

他们日夜兼程，在信仰的河流赶路

沅水，这条千百年的波涛

交给了水利人

我们开山、劈水、建电站

兴产业、促农业……

当年，我们化身为惊涛

化身为千堆雪，化身为磅礴的沅江水

如切、如磋、如琢、如磨

把沅陵这块璞玉雕琢成章

历史很宽，沅水很长

若给古人留出再现美景的片段

李白会以怎样的心情来抒写

林则徐又是以怎样的心情作答呢

还有那么多的文豪墨客

该以什么样书面、形式去命题呢

沈从文的笔下；还依然会写出

"美的令人心痛的地方" 吗

青山碧水肥沃的连史书都装不下

每一位水利人都自带光芒

几千年的沅水与新时代共鸣

水利人，觉得有水的地方就是温暖的家

我们在蔚蓝的视域里抒写辉煌

用毫无保留的奉献答历史的问卷

眼里含着满眶归家的热泪

用携梦而来的春风全新出境

谱一曲华夏盛世的赞歌

我背着我的诗，不打算

再探望别处了

就在沅陵这个稻花杨飞的季节

安营扎寨，梳理和安放我的灵魂

月儿如钩，在这安静又祥和的时光里
点燃一盏心灯，把一颗未泯童心
轻轻地放在一朵青莲上

用我微弱的光亮也许，能给
深夜准备开放的小花一丝丝亮光
我用强大的力量点燃敞亮亮的胸膛
让萤火虫不在黑夜迷茫

借住长风的一把快刀
让丰收的五谷都颗粒归仓
再借蓝图白云悠长的记忆
把圣贤的文化一一装订成箱

虽然我不会喝酒，今晚
也想借住月光饮一杯沅陵酒
吟诵着古人的诗词歌赋
观看一场沅陵的地方戏剧
用五大生态文旅线路做音符
用五溪 2716 条纵横交错的河流做弦乐
谱一曲华夏盛世的赞歌

还没有看够

我不想和这个美丽的地方说再见
可是回城的车票催个没完
我还没有来得及看
山连古寨的千峰秀丽
巫山潭连接九溪
梦里，没有见潇湘
也没有看到秋月在孤山升起

我正襟危坐，洗耳恭听
那些关于水的故事
沅江水流到辰阳
一幅锦江春水图铺展

追光而遇，沐光而行
我打十万加急的快马
飞奔这里
翻山越岭只为这场遇见

你看，我多好养活，
几片红薯叶，就能填饱肚皮
可否，留我多住些时日

作者简介

陈秀珍，笔名夏弦月，中国诗歌学会会员、中国水利协会会员、中国报告文学学会会员、山东省作家协会会员、济宁作家协会会员、邹城市作家协会副秘书长、《邹城文艺》责任编辑，著有诗集《浮生若梦》《我在人间收集心事》。在《诗潮》《绿洲》《延河》《鸭绿江》《散文百家》《绿风》《诗歌月刊》《厦门文学》《辽河》《山东文学》等多家刊物发表作品。

沅水两岸写满传奇与期待

郭晓勇

湘西沅陵采风感怀

飞机还在跑道上滑行
心儿却早就飞到了
一个叫怀化的地方
那里有翘首以盼
那里有意外的精彩

汽车还在公路上疾驰
心儿却早就跑到了
一个叫沅陵的地方
这里有望眼欲穿
这里有传奇的意外

沅江滔滔流淌历史故事
酉水汤汤讲述人文情怀
中华书山拥抱学富五车
书通二酉赓续文明根脉

诗仙李白曾经在这里
我寄愁心与明月
林则徐五溪秋水为君清

景色无限入画来
借母溪有多少凄美过往
辰州三塔倒映述说感慨

屈夫子流放溆浦
奋笔疾书倾情吟唱
王阳明龙兴讲寺
曾致良知流芳世代
这里是沈从文心中
美得令人心痛的地方
与凤凰比肩毗邻张家界
风光旖旎来了还想再来

最美画卷眼前一江碧水
浩渺烟波千岛不施粉黛
红土地新长征初心不忘
好传统齐奋发民安国泰

文韵水韵谱写时代华章
绿韵茶韵演绎未来豪迈
河湖长总督导任重千钧
河小青接力棒子孙万代

诗一样的地方
何须写诗，莫不如

枕伏溪流之上

浮游于秋冬春夏

相伴绿水青山常在

再见啦，沅陵

再见啦，湘西

阿哥阿妹山歌对唱

唱醉了山河情深似海

阿妹轻唤哥心动哦

留下来，留下来，你说

是不是留下来

梦中来哦，做梦来

作者简介

郭晓勇，诗人，高级记者，中国外文局原常务副局长。历任新华社对外部翻译、编辑，贝鲁特分社记者，曾参加海湾战争采访，任新华社赴海湾前线报道组组长，新华每日电讯报副总编辑，新华社黑龙江分社社长。曾任中国翻译协会常务副会长，中国国际公共关系协会副会长。代表作：《扑不灭的反抗烈火》《硝烟下的繁荣》《征战硝烟——海湾战争采访纪实》《历史性的时刻——中沙建交纪实》《我的三个父亲》等。诗歌：《红叶颂》《胡杨颂》《母亲是一条永远流淌的河》等。翻译代表作：《迷》《再见吧，北京》（外译中）及合译《陈毅诗选》（中译外）、小说《十三少年历险记》、诗集《字符与色彩》（外译中）等。

绿满沅江

沅江，藏书也藏宝玉
满目山河宝石蓝
连雨也带着绿色的染料
天使到了这里
会擦着绿色的唇膏
翠鸟会唱绿色的山歌
两岸随便舀出绿色的果汁

望这一脉青山
想起挑柴烧炭的往事
摸这一湖碧水
想起摇橹捕鱼的生活
山里有山里的路
山里人有山里人的性格
心中的酸甜苦辣
只有大山知道

在美得让人心疼的地方（组诗）

胡金华

漂泊

开门见山
推窗见水
山水穿一身青衣日夜远行
远行的自古有船和离人

沅江下行越远越辽阔
河流库渠穿起我们青春期的喇叭裤
低矮的群山泡在水中
如土法泡制在罐中的药酒
只有三三两两的行船
七夕，我们几个微醉的老男人
水上看风景吟诗作画
漂泊久了，如忘了新婚期的居家汉
船上泊着尽是绿的倦鸟和寂寞

倦了寂寞的不止我们
有孤单的白鹭和孤单的垂钓人
还有江边关押少帅的凤凰山

七夕的借母溪

七夕挂在弯月就是镰刀

收割着传说情感和钞票

借母溪的夜挂在山尖树梢就是黑鸟

彩灯下我们围着篝火

一群美女的肢体扭动筒车车水

麻石板上涨满掌声和欲望

群山藏不住欢乐的歌声

她们正是我母亲生我的年纪

正是这样大热的天气

怀我十月的娘

在夜里车的水

早已灌满我的耳朵和脑海

一颗流星差点就坠落在水车旁边

在七夕的月光下最容易忘了时光

四方游客最容易忘了这里是借母溪

最容易忘了还有人借母的传说

山涧流水

阳光躺在原始森林的缝隙

一条小溪躺在枯水期的岩石间

流淌着青苔里漫出的玉液

夏天的热如几尾小鱼丝丝游动

余下的世界全给清风清凉和清静

在大湘西绿海明珠借母溪

莫问风从何来

莫问鱼往何处

莫问水之源头

风是远古冰山贮存的释放

鱼是四海云游的僧尼与诗人

水是他们听完当地传说的眼泪

出山，会听见汽笛和蝉鸣

还有夜晚欢快的山歌

垂钓的夫妻

城里的鱼属于城里人
吃饲料、排水甚至河湖岸线
虚胖，鱼疼，吃鱼人也疼
于是把吃美食的钓甩向乡下

鱼长在这沅江
吃青草矿泉水和天然氧
还吞噬了历代兴旺的小鱼船
禁捕令就贴在鱼肚子上
单人单杆单钩可以垂钓
江岸伞下偶有木炭般的夫妻
钓着满河的风景和寂寞
鱼篓里装着一家人生计与城里人梦想

水上生寂寞

昨夜的碗遗忘在昨夜的宿地
用手捧出的浪花更浸心田
船行在万顷翠绿之间
那河边人家里的翠翠在哪

那晨钟暮鼓中的号子何在

月光里月光族的打鱼人想着什么

历史与现实的故事会不会重演

一碗水喝下去

所有的思绪都遁入绿色的空门

流水长流

寂寞生焉

寂寞的时候只剩时光

忙碌讨生计的日子无光阴和寂寞

两岸青山永远停泊在此

尽长生机和生命的哲学

游五溪湖

一湖的烟波

一湖的故事

不时有苍鹭盘旋

还有鱼随船飞

偶有三三两两的船只来往

航行在这绿色的大海

笑了游客

愁了乡居

大坝截成的大湖尽头

发电厂灯光闪耀

白雾

秋雨无声秋水连绵

轻松抚摸和梳理着沅江的头

青山绿水中白雾缥渺

一如我花甲的发

秋风起秋水凉

白雾白鹭拍打着秋江两岸

秋叶，飘落于画家的画夹

秋水，打湿摄影包和我的双眼

在辰龙关

青山小溪间

茶园果园稻田亲密相邻

绿叶丛中古老的木屋和现代的洋楼同时开花

几只白鹭引领游人如织

在乾隆御赐的天下第一关

龙已随沅江入洞庭长江归于大海

笔架山已弃甲从文多年

十里茶园真如十里画廊

最奇的是渔夫上岸当了送茶人

采茶姑娘闲时当起了导游女

清溪作墨

蓝天当纸

文心阁上挤满故事和诗画

放眼远眺，神州大地尽是风景

作者简介

　　胡金华，男，硕士，高级职称，中国水利作家协会副主席。青年时期常在报刊发表诗歌散文，获《中国纺织报》金梭散文奖。近年在《诗刊》《解放军报》《农民日报》《大江文艺》《湖南日报》《湖南文学》等报刊和中国诗歌网、中国作家网等媒体发表大量诗歌和散文，获《诗刊》征文优秀奖，水利部征文一等奖。有诗集《雪落在南方的乡下》出版。

沅水，沅水（组诗）

陈巨飞

风滩电站

空腹的人，方能容得下
河流与群山。

水在练习跳水，瞬间的加速度
使之产生战栗。

多少星辰坠落凡尘。在虫洞，大鱼
可以骑着星光找到回家之路。

酉水高枕，沅水安澜。穿峡而过的山风
悬停在柘树舒展的枝叶上——

醒来后，会不会有人因为不会飞行而失落？
一块碧玉，竟敢于纵身化为一束浪花。

过沅水

船过十八滩，对歌是一种冒险的行为——
两岸青山及吊脚楼，都是岁月的留声机。

更何况在河涨洲，白塔之上的龙吟声
经久不息。传说，沙洲会跟着调子升高。

此时，江流平缓，古辰州的西瓜熟透。
浊者调转塔身挥毫，清者坚持用铜柱立约。

此时，网箱回到岸上，一对锦鲤从银河
跃入千岛湖，无人机捕获了这珍贵的一幕。

洲在江上，如同置身于摇篮。而河长
在山路上疾走，嘹亮的歌声如纤绳晃动。

借母溪寻石

青苔紧紧抱着石头，母亲紧紧抱着
她的孩子。那些裸露的石头
是湿润的——溪水好似山林的泪腺，
有谁细听过石头的啜泣声？

多年前，年轻的妈妈找到一块
光滑的卵石，给孩子当玩具。

后来，她寻来白色的岩石，
投入烈火，烧红时冲入红糖水，
从而治愈丈夫的宿疾。
在溪口，有人看见一方石碑，
其文漫灭，却像找到母亲的窗口。

远处传来辰河高腔，偶有小蛇出没。
只有听到许仕林高中状元，
在塔下祭母，她才能解体内的毒。

辰龙关

五丁开绝塞，二酉抱辰龙。

——清·张一鹄

雪峰山囚禁了一条龙。在摄影师
的镜头中，它又将被囚禁一次。

唯我把龙释放出来。揭开杯盖，
它只留下碧绿的鳞片，生有异香。

湘黔驿道向南，承接着远洋的涛声。
倒不如放之归去，任其吐纳风雨。

白天，抑或有月亮的夜晚，主埠溪
复印着万物，光是唯一的耗材。

明月向下，水中的那个更真实。
因为靠近我们，它更接近幽深的本质。

茶山鼓

我是鼓中虚空的部分，收藏了
万壑雷声。那些枝叶上
失传的部分，缓慢地煎出
无射山的胆汁。听到鼓声的人，
血液会荡漾。而喝上新茶的贵客，
从舌尖到肠胃，都沐浴了
古刹的晚钟……连绵的茶山，
正如起伏的翡翠，拾玉的女子
豢养不曾淬火的山歌——
所以，我说不清，她们到底
是在采茶，还是在弹奏古琴？

酉水号子

风给音乐放生。风放下了很多事物，

此刻，它慢慢被号子熔化。

急促、高亢，赤脚踩出一条道。而船工
没有更多的选择——
他们只能踏着流水，
在湍急的险滩上，认领自己的命运。

"伸手摘星星，即使一无所有，
也不会满身泥土。"
做一个排古佬，即使与篙手一起
化为齑粉，也曾调度过
暗礁和星河。

风停了下来，酉水变得平缓。
艄公已然远去。
一只闲置的背篓里，盛放着民间音乐。

作者简介

陈巨飞，1982 年生，中国作协会员。参加诗刊社第 34 届
青春诗会。曾获十月诗歌奖、李季诗歌奖、安徽文学奖、中国青
年诗人奖等，著有诗集《清风起》《湖水》和英译诗集《夜游》。

沅陵坐在沅水的花轿上走出很远

王行水

盘古洞和二酉中华书山

秦始皇钦定的黔中郡

唐太宗敕建的龙兴讲寺

知行合一的阳明书院

碣滩茶和五强溪鱼

三闾大夫的求索诗

令沈从文心痛的美

湘西门户与辰龙第一关

辰州巫傩与狃花文化

整个整个的沅陵县

全都坐在沅水的花轿上

伴随岁月的流逝愈行愈远

一路青山绿水连绵不绝

旅游形象吉祥物小天使

沅沅和灵灵热情呼唤

河长制责任层层刚化落实

河小青志愿者风雨保洁

净滩清河护河全民行动

河涨洲龙吟塔一声长吟

十乡百里又开始龙舟竞渡

哇乡山歌沅水号子同时唱起

坐在沅水花轿上的沅陵

沉浸在欢呼声中风光无限

作者简介

　　王行水，男，笔名三都河，60年代出生于屈原行吟地——湖南溆浦，80年代初期开始业余诗歌创作，迄今已在《人民日报》《人民文学》《诗刊》《民族文学》《星星》《诗歌月刊》等报刊发表诗歌数百首，作品入选《中国诗歌十年》《中国当代实力诗人诗选》等多种选本，出版《泛舟长河》《梦幻夜郎》《伴雪起舞》等多部诗集。现为湖南省诗歌学会常务理事、中国作家协会会员。

沅陵幸福河

陈松平

沅水，一条碧绿的丝带，
在沅陵的胸襟上轻盈飘荡。
汇聚着古韵，交织着历史，
流淌出一段绚烂而深情的岁月。

借母溪如一首婉约的山歌，
在群山之间轻唱，
唤起了山野的回音。
凤凰山如一只浴火的凤凰，
在苍穹之下翱翔，
翅膀掠过一片片璀璨的诗行。

它们是一首诗，一幅画，
将沅陵的美丽和神韵凝聚。
它们是岁月的见证，是历史的烙印，
诉说着沅陵的古老和辉煌。

沅水之滨，幸福河畔，
河长制的光辉照亮了这片土地。
绿意盎然的河小青，
在轻风中舞动着青春的旋律。

他们是环保的卫士，是自然的守护者，

用勤劳和热情，为幸福河梳妆。

他们的付出，如同璀璨的明珠，

镶嵌在这片古老而富饶的土地上。

这里，绿水青山就是金山银山，

这里，人与自然和谐共处，

这里，是河长制的家园，是幸福河的源泉。

这里，是美得让人心疼的地方。

这里，是一幅流动的山水画。

作者简介

　　陈松平，中国作协会员，中国水利作协副秘书长，湖北省作协全委会委员，鲁迅文学院高研班学员，湖北省优秀中青年文艺人才库作家。著有《滚滚长江》等多部文化散文、《不废长江万古流》等多部报告文学。作品入选国家"农家书屋"工程 2021 年度推荐书目、湖北省委宣传部"庆祝中国共产党成立 100 周年"主题出版项目；获第十届"文艺楚天奖"、第三届"十佳荆楚图书"、多届湖北新闻奖等奖项。

沅水岸边书画情

赵晏彪

雄鸡不常鸣，
每天只一声，
驱走了黑夜，
迎来是光明。

画面无言语，
字字默无声，
留给观赏者，
万语千言的心动。

一张宣纸，
让书法和绘画，
有了生命。
一张宣纸，
让汉字和山水，
赋予了灵性。

一行警句，
让观瞻者
领悟到了生命中的绚烂，
心底爱意充盈。

每幅字画，

都像一只板凳，
等着你，
候着他——
对号入座，
"请君入瓮"。

每句名言，
都像一面铜镜，
照出了你，
照出了他——
是站着还是跪着的
人生。

书画，
力透纸背，
浸透着阳刚的血性。

文字，
气贯长虹，
留下美好的意境。

沅水汤汤，
涮笔洗砚，

书画家疲惫地收拾着

"武器"，

满载而归的众人，

水影中

映出欢乐的笑容。

蓝天干净，

白云透明，

一块沅水石，

忽然舞动身姿，

在滩上写下她的憧憬——

书画有灵，

文字有声。

沅水作证，

我羡慕的，

是所不能屈膝的魂灵。

陵山证明，

我所敬仰的，

是别让精神低头认怂。

"呼！"

我把那石扔进河中，

"哗……"

水面涌起浪花层层。

沅水之石呀，

当你历经千百年的冲刷磨砺哟，

你的身躯更硬，

你的心脏更红。

当你重见天日的时候，

将与玉石同姓！

作者简介

赵晏彪，毕业于解放军艺术学院文学系。文学家、社会活动家、开创型策划人。中国少数民族文学学会副会长，世界汉学中心高级顾问、国际写作中心主任，中国少数民族电影工程领导小组成员兼剧本部主任、《民族文学》原副主编。创办了"中外作家交流营""全国少数民族题材影视剧本遴选""中国文学对话诺贝尔文学论坛""金鸡百花电影节民族电影展少数民族剧本征集"等活动。参与了电影《半条被子》《漂着金子的河》等多部电影的策划。

在《人民日报》《人民文学》、人民出版社等报刊社发表文学作品三300余万字，出版著作12部。作品多有获奖，被初高中语文课本收录，并译成英、韩、阿等多种语言出版。

我知道，你一直在等我

郑旺盛

我知道，你一直在等我。冥冥之中
或者，这就是百年、千年早已注定的缘分
沅陵，我来了，我终于来了。这片土地如梦如幻
如诗如画，如来自远古的神秘的呼唤
我已神往很久很久，我不顾山重水复、云遮雾绕
而来
带着一缕清风，捧着一颗明净的心
"我知道你会来，所以我等"
沈从文先生的话，一如八月初秋车窗外那一片
金色的阳光，无比温暖，无比温柔，明亮而浪漫

沅陵，我来了，我终于来了
我看到了一江碧水浪波激荡
我看到了两岸青山云烟缥缈
我看到了山峦叠翠美若仙境
看到了飞鸟划过江面的洒脱
我看到了高高矗立的属于沅陵的那三座宝塔
我知道宝塔千百年来一直在呵护着万千生灵
我看到了凤凰山上关押将军的那座古老的凤凰寺
我读懂了壮志未酬英雄报国无门以诗言志的心声

我走进了大唐明君李世民敕建的龙兴讲寺
看到了悬挂在大雄宝殿的"眼前佛国"四个大字

我感受到了佛的正大光明和慈悲慈仁的温暖光芒
我从未曾想到"龙场悟道"后奉诏回京的王阳明
也曾经两次在这里开坛，讲授"致良知"的内涵
我来到了二酉山，在酉水岸边仰望神圣的藏书洞
仰望雕刻在山上的黄永玉先生题写的"中华书山"
我无限虔诚地膜拜无惧生死保存中华文化火种的大秦先贤
我走进了白岩界山，来到了掩映在竹林深处的王家大院
知道了红军在沅陵点燃了革命的烈火，看到了贺龙元帅
率领红二、六军团为中央红军的胜利转移在沅陵的激战
看到了沅陵老百姓当年与红军心连心血肉相连的动人场面
我走进了借母溪，听到了曾经的苦难的岁月里那些穷汉子
与"狃花女"演绎的"典妻借母""母子永别"的苦涩故事
庆幸的是，今天这里到处是森林、溪流和幸福的男人与女人
最幸福的是，我在这里还看到了金色的秋阳下打着一把淡雅
油纸伞的那个明眸皓齿笑靥如花轻轻盈盈飘飘如仙的湘妹子

千里沅江通黔贵，酉水画廊连巴蜀
三千里碧水为路，五万峰青山作营
沅陵之水有大美，美在隽秀，美在古朴，美在险峻，美在丰饶，
美在壮丽，美在广阔，美在人文，美在传说，美在神秘
我想说，沅陵之水有大美，更美在这里以水为生的人民
他们千百年来在船工号子的呐喊声中无穷无尽的智慧和创造
他们在激流险滩的大自然面前一往无前的勇敢和勤劳

他们在艰难险阻面前前赴后继勇于抗争的不屈不挠

而今天最让我感动的是那成千上万顾大局识大体的渔民

在陈家滩千岛湖，我曾经采访了几家移民上岸的老百姓

"绿水青山就是金山银山"的理念，已经深入了他们的心

一山一水一河长，每村每户每个人，包括学校的老师和娃娃

都加入了"守护好一江碧水，保护好每一条河流"的行动

他们放弃了渔船而上岸，从"捕鱼人"变成了守护江河的人

沅陵的人民啊，一代一代奉献、付出和牺牲的精神令人动容

这是一片令人心向往之摄人魂魄的神奇之地

这是一片山水壮丽如诗如画的人间大美之地

这是一片历史悠远文化厚重的华夏文明之地

沅陵，一个"美得令人心痛"又心醉的地方

最美的诗情，染绿了那一江碧水两岸青山

最浓的诗意，藏在那神奇神秘的辰州大地

其实，在沈从文的笔下，最美的湘西古城

还是沅陵。碧绿的山，碧绿的水，碧绿的树

碧绿的小桥和茶园，还有染绿的一颗颗心

那每一眼绿，好像都在等待，等待着远方的你

沅陵，是何等之美啊

美得令人心醉！更"美得令人心痛"
你不来，你怎会知道？这里的美
因何会"美得令人心痛"
我知道，你一直在等我
所以，我来了

作者简介

　　郑旺盛，中国作家协会会
员，中国报告文学学会常务理
事，河南省直作协副主席，河南
省报告文学学会常务副会长兼
秘书长，鲁迅文学院第24届高
研班作家。出版《庄严的承诺》
《光明的道路》《小村大道》
《辛亥女杰刘青霞》《震撼日本
列岛的中国英雄》等多部长篇文
学作品，中短篇文学作品曾多次
被《人民文学》《中国作家》、
人民日报等报刊刊发，曾获各类
文学奖数十项。

沅陵数日有感

孟英杰

沅陵的山

沅陵的山
不高耸
不雄奇
不巍峨
但
满山都是绿油油的草和密密匝匝的树
不分阴阳
不分上下
不分疏密
山上的
每一寸土地都要生长草木
每一棵植物都要吐露芬芳
每一种生命都要竭尽所能
因为传说
这里是夸父逐日最终倒下的地方。

沅陵的水

这里的水曾经是奔涌着向前

卷起不安的波澜
拍打不息的浪花
马不停蹄，水不停歇
它要迫不及待地汇入更大的江河和湖海

这里的水曾经是繁忙的航道
从岸边的屋子
到隔岸相望的友邻
甚至更遥远的城镇
顺流而下的是
追寻心中躁动的梦
逆流而来的是
回归让心平静的家

曾经的山高路远，狭道悠长
曾经的楼台掩映，水屋隐现
曾经的大小码头，人来人往

而如今
一座座大坝耸立
高峡出平湖
江面更宽，绿水更深
曾经翻滚的潮头安宁

曾经湍急的浪花消失

儿时记忆中临河而居万家灯火的老县城被淹

换来的是

人间烟火更加的光明

沅陵的茶

几片叶子

嫩绿嫩绿的

明亮明亮的

让人禁不住想品尝一口

普通的包装

刚刚撕开一道缝隙

却是沁人心脾的一股股清香

让人禁不住想品尝一口

有史书曾记载武陵七县出茶最好

大唐王朝曾将其列为贡茶

历史名人、英雄人物也曾赞誉

让人禁不住想品尝一口

喝茶，喝的其实不仅仅是茶

喝的是山水

喝的是文化

金州溪

在武陵的青山绿水间绕来绕去

豁然开朗

看到了周边的青山怀抱

中间的阡陌纵横

道道溪水蔓延

水稻是颗粒饱满

茶树是横平竖直

柚子、葡萄、黄桃、梨

公鸡、鸭子、黄狗、鹅

不是陶翁笔下的桃花源

却是眼前仙人都羡慕的景

真想在此多加停留数日

还想在此耕作数年

作者简介

　　孟英杰，汉，中国作协著作权保护与开发委员会委员，目前在中国作协社联部权保处工作。毕业于北京师范大学艺术与传媒学院，艺术硕士。在《北京文学》《中国作家》《散文》《牡丹》《文艺报》等报刊上发表文章多篇，曾有电影剧本入选国家新闻出版广电总局青年剧本创作计划。

沅水，沅水（组诗）

孤城

红军发报机

铁匣子豢养密语。一如滴水
镂空岩石——
可洞穿黑夜，可飞溅成
连天晨曦

玻璃罩——时间透明的认定
与致敬

细茎上四叶天线，指向
悠远
信仰随电波散开，就是
漫山遍野的劲草
——献给春天的最高点击率

在幽邃，在斑驳
哪怕草木寒虫也发出一粒粒
清亮的节奏音
也没舍弃
对锦绣山川的策应

滴答声脆，沿沅水的走向

蜇出腹语

汇成王家大院——一望固体的漩涡

或砖雕的号子

木板上的毛笔字

宣纸收留的毛笔字，是一回事

旧木板咬紧硝烟、光阴，私藏下的毛笔字

是另一回事

兑换诗意的毛笔字

适宜题在流水与月光上

迎合蜂箱牵引野花丛，奏出静好声音

毛笔字一旦夹杂星火之念，淬

枪声与号角

则混同蜂芒针灸长夜

挑出蜜

挑一条晶亮的出路

一种力道，将毛笔还原成拱土的春笋

将笔画和温度递给

王家大院，木石史页的挽救性珍藏

王家大院

斑驳墙体上，红色标语
历经风雨
被缅怀者再三默念

白岩界村，在苍翠群山的褶皱里
静卧成一个休止符

缘于一群头顶五星的人的抵达
具有了
来自鲜活心脏的强劲撞击

砖和瓦构筑的乌托邦
仓中，常年积有百万担谷物
独持一隅
天下，可以有更大的粮仓

火把照亮辰州坪

山谷溪边，摸黑行军的
是草鞋里能倒出晨星的人
是为穷苦人
一笔一画写天下的人

是接受群众火把

也要在篝火边留下一堆铜钱的人

杉木皮和稻草拥抱在一起

红军和辰州坪

互为照亮

访二酉山，船遇龙吟塔

沅水抄小道

拐进酉水

寻找窄一点的倒影和

秘境。转述——

书卷，也有八方七级的泽被

一只桅杆—— 一根船工号子

搓成的塔身

索性杵在水心，铆住一块滩涂

坐看云起落

景更迭

百年小转眼，坐借水吟

守护经

打理一条江水

打理一脉液体的翡翠
一湾璞玉，勒进光阴深处

山歌、船工号子，是一层包浆
两岸倒影如切——是一层包浆
流云、帆影和白鹭，是一层包浆
水箱登岸，渔民上山
让出天光，清澈一条江水里永恒的福祉
万千深情凝视，是最动人的
一层包浆……

打理一条江水
打理一条江水照见的华章
——沅陵新时代的自然课，是手工的
更是匠心的

山歌贴着水面飞

婚嫁船儿沿江
几十里
山歌贴着水面飞

交出骨子里虔诚的苦香

透明在囚禁。一星星的嫩绿，一扇扇
小小的出口
让滋养我们的血汗与泪水，有了沸腾的理由

借母溪红岩

苍山沿借母溪被切成两个版本
一个凝重
一个随涟漪战栗
多少年
溪水埋头，一直在锯

石头咽下的
一口呛血
被古老土族人碗里的红辣椒
分摊

凤滩水电站

拦下一条江，取出浩渺倾诉里
蕴藏的

火花与闪电

以长虹拱手之姿
虚竹空腹之态
为推石上山者，摆下一席
山水宴

二酉山

酉水清冽，波纹
按照游轮和风的口吻
画一簇簇雪线
渐次向蓝天白云间延伸……

三五点白鹭，上上下下
翅膀一斜再斜
一压再压
坡峰上的苍翠随之，绫罗一样
漾动起来

在沅陵，新谣曲在蓝图上
广种韵脚
大手笔，留下一座书山
做镇纸

桂竹潭村即景

果实在枝头挂累了，索性就
倚上竹篱笆

花叶为框，一帧帧小远山
—— 一层层浓黛
输给淡青

脊瓦驮起花团
高檐挑灯笼
吊脚楼围筑木质纹理的烟火气
鸡犬鸭国，不怯生人

老翁悠然，草帽是阳光灌制的新唱片
篾箩筐，小板凳
小马达转动上午的时光
剥出一场地金黄的玉米粒

作者简介

孤城，原名赵业胜，安徽无为人。中国作家协会会员、中国诗歌学会理事。现居北京，任诗刊社中国诗歌网编辑部主任。曾参加《诗刊》第12届青春回眸诗会。著有诗集《孤城诗选》《山水宴》等。

沅陵时光（组诗）

林 平

青山汹涌

船行水面，欸乃声声
恍如行于碧翠的丝绸之上

丝绸缓缓地漾起涟漪
那是江水在诵读倒映的诗行

两岸青山迢迢赶来，绵延不绝
仿佛叠翠的绿，波涛汹涌

赶路匆忙，缺挤相依，高低错落
还没来得及排好队列

一声号子从船头响起
青山骤然停住脚步，四野苍茫

借母溪之夜

夕阳遗落了几条纱巾，洗红溪水
我汗湿的衣衫紧贴青山

溪水叮咚，溪边游客览胜
哪条溪水里倒映过狃花女的面庞

篝火燃起，火苗遥望星空跳跃
辰河高腔与酉水号子惊醒宿鸟

我独自站在借母溪对岸
时空在篝火中不断变换，人影幢幢

有人在唱妹妹是朵栀子花
借母溪边，谁在暗夜里独自寻觅

烟雨沅江

顺流而下，把我放成一道排吧
我在江上等一场浩瀚烟雨，等你

一年又一年，从古到今
从枯水到丰水，从黑夜到黎明

越过激流险滩，我眼含期盼
多少千古人物尽没江水中

当你到来，我瞬间泪眼蒙蒙
心中涌起惊涛骇浪，我故作镇定

把我放成一道排吧，顺流而下
我在江上等你，等一场浩瀚烟雨

酉水画卷

是谁蘸湿画笔，画这一河青碧
卷轴处，凤滩电站隐入深山

酉水日夜流淌，越流越丰润
山歌小调号子声蕴藏其间

让我摇一次桨吧，用尽全力
表明这不是梦幻，汗水湿透衣衫

掬一捧碧水饮下，我身心剔透
化作一尾晶鱼，游入百里青绿

两岸青山多嫉妒，匆匆涌来
一头扎进河水，与画卷融为一体

夜登凤凰山

涉过沅水，踏着夜色拾级而上
凤凰寺阒寂无声，不闻暮鼓

伏天远去，谁在细雨中寻觅
逝去的人远隔重洋，不再回来

江面雾气氤氲，几点灯火闪烁
沅水大桥在山下独自喧哗

可是孤星发呆间坠落大地
可是渔火遥对凤凰山诉说往事

分明是夜航船只迢迢而来
能否载上我，在千里沅江上下求索

沅陵时光

老房子承载着岁月风尘
青瓦灰墙的角落，蜘蛛在细数时光

青葱时随风奔跑，成熟后娴静垂首
那不是稻秧，是我童年的诗行

一群小鱼在溪水里游弋
两条柴狗静卧门前打量陌生面庞

峰回路转，早不分东西南北
每一次转身，都是一生一世的相忘

摘一串葡萄，握一颗黄桃
那些极致的甜蜜哟，我该如何品尝

写给沅陵

夜幕降临，你一定看到了我
在我悄然走近你的那一刻

你一定有很多话想对我说
当我沉醉于山水与村落

烈日炙烤大地，满眼酷热
你一定想扯给我漫天云朵

心痛无着，我在时光里蹉跎
你又想掬起沅水帮我润色

转身离去，挥挥手假装洒脱
却把灵魂丢在了你的心窝

作者简介

　　林平，中国作家协会会员。在《人民日报》《光明日报》《中国作家》《解放军文艺》《诗刊》《中国校园文学》《鸭绿江》《西部》《北京文学》《山东文学》《四川文学》《青海湖》等刊物发表文学作品。出版长篇小说《立地成塔》《红房子》、长篇纪实文学《挺进深蓝》、报告文学集《东达山上》及诗集和散文集多部。获首届中国工业文学作品大赛奖、第六届广西网络文学大赛长篇小说一等奖、《解放军报》长征文艺奖、《解放军文艺》双年奖、中央企业"五个一工程"奖等文学奖项。作品入选中国作家协会重点项目、"十四五"时期国家重点图书出版专项规划、2023年度国家出版基金资助项目。

路过龙兴讲寺

如果逆沅水而上
经过道阻且长的一波三折
拐进武陵雪峰的巍峨
大概一定会遇着点什么

沅水只悄悄拐了一个弯
便多出一河酉水的故事
从白露为霜的水岸启程
随手翻拣一堆蒹葭苍苍的记忆

大湘西的阳光有些多刺
风也桀骜不驯
那些文明更迭的荒芜中长出来的妩媚
庄严和肃穆都恰到好处

如果俯身碧瓦红墙的角落
千万别去惊扰低首的狗尾巴草
在高墙裹挟的大唐龙兴讲寺
虔诚地听诵了千年的诗文

淅沥教化蛮夷的霏雨
攀爬步步为营的石阶
眼前没有佛国袅绕的烟云
唯有一片飞檐斗拱的沉吟

慢条斯理的游鱼
从容地吐一口锦绣文章
厚地高天的学问
潜伏在书院的每一格窗棂

龙凤钩织门楣的古韵
浮雕在梁上轻盈穿梭
一襟旛盖云丛的豪情
打坐在镂空的莲花宝座上

时光与流水
究竟哪一个跑得更快
一个个王朝的背影
依稀可见几行悲壮的文字

不知惠休的禅房能否剪下一片月光
照见千年后的同游人
秋水退却了一河磅礴
门前两棵银杏，还在等待先生归来

登二酉山

为着一句成语而来
我得淌过一河酉水
小心攀爬长长的台阶
似乎稍有闪失 人生将回到原点

到达万卷亭叩问时光
不经意 脚下已是千年
随手采一把古老的传说
浸满墨石和草叶的幽香

一个气喘吁吁的转身
人生便走过了半程
一道光自藏书洞而出
照暖崖壁一大把年纪的苍苔

蜘蛛爬上堆满经卷的案牍
偷得一些学富五车
鸟雀不知天高地厚地绕梁而歌
酉水河沉默着浅唱低吟

日出而作的耕读人家

从陶渊明的诗里

收割秋天的雁声

当然还有那至关重要的五斗米

仰止亭边的无数次寻觅

原来 书中的故事藏在山水间

宁静的向往开始神圣起来

我终于遗忘了自己 还有归程

处暑时节来得尚晚

下山的路如此寂寥又漫长

渡口的那只小船

想来 早已载不动来时的我

作者简介

张雪云，女，苗族，系中国作家协会会员、中国民间文艺家协会会员、湖南省报告文学学会副会长、湖南省散文学会理事、湖南省诗歌学会会员、鲁迅文学院第36期少数民族作家班学员，供职于湖南省作协毛泽东文学院。出版散文集《蓝渡》《青寨》，长篇报告文学《桃李春风》等。

端午怀人

是不是还在规则之下潜泳
失意于庙堂的骚客学兄老先生
渔父道濯足濯缨
你却坚持后来居上，抢了子胥薄面
在石头城
凭一枚石子与汨罗江水抗衡
岁岁，年年

溆浦或者沅陵
我们划龙舟、吃粽子、挂艾叶菖蒲和喝雄黄酒
且与你无关
楚辞离骚不远
天问九歌惠兰
可托付橘子洲头
捎与滚滚大江奔流
再倾地球七分之水烹煮
倘有小老百姓心生渴意
就允他轻轻啜上一口

借母溪

进出借母溪

不需要邮戳

一路颠簸

翻越万水千山。

——让那只唤作蛊的蝈蝈

没来由唧唧地叫

拱动心中的情怀。

我们用不语或轻笑

直面狃花女的故事

让时空深处的风云际会 以及

视野尽头飞来的鸿雁斜阳

腾出无奈的怅惘

面对着你

无论倾诉

还是沉默

不管悲伤

或者喜悦

沅水

现在，我站在你的身边
朝你手指的方向 看你
只争朝夕地送走
苍茫 苍凉
而两岸 是水墨画的大地
——目之所及，都是点睛之笔

我们都是过客
在失之交臂的刹那 萍水相遇
多谢馈赠墨迹
——滚滚远去

你面朝大海的
集聚、奔腾，和始终如一
令人震撼、讷言
我只能看你一眼，再看你一眼
然后，转过身去

远去的雁鸣

将重峦叠翠和蓝天白云

用九百条河流展陈

黛色的风拂过

邮递来渐起的凉意

突然听到雁鸣声

抬眼望去

却找不着那些人字的身影

随着远去的雁鸣

大山颤抖了一下

接着有树叶落下来

轻轻覆住通向外面的小径

风

你从哪里来

是到何处去

英雄不问出处

又何在乎来龙去脉

过程就是一生
起于虚无
归于虚无

中国人

站立，是一株青松
行走，刮一阵飓风
端坐，矗一尊铁塔
躺下，成为连绵的大山

挺起承接上下五千年的脊梁
皮肉化作尘泥
喂养了阳光、雨露

剩下的坚硬部分
横笛竖箫
吹打出有杀伐之声的
铮铮铁骨

母亲

母亲只一篙
就将我们撑出好远好远

伫立岸上
母亲目光如网
网住游子远去的浩渺

多年以后
母亲额上的阡陌
让大家迷失了回家的路
于是　我们双手掌犁
一边扶住生活
一边捡拾母亲的失落……

母亲的手

两片宽大的叶子
铺下去
大地一片葱茏
收回来

遍地金黄

这时
我们是鸟
叽叽喳喳
落进秋天的原野

冬

正在逝去的白天
令人感到越来越短的生命
在冬季
风吹过
我看见没有落叶的树
与风一来一去的私语
汽笛遥遥地响着
仿佛夏天
和我们相隔甚远
落叶的树 如戟
在风中一颤 一颤
而冬天
正一步一步退去

作者简介

　　蜀东泊客，原名陈宇。
诗刊社 1991 年函授班学
员。中国水利文协理事，
中国水利作协理事，四川
省作协会员，广安市诗歌
学会副会长，《远方诗刊》
副主编。曾在《中国水利报》
《人民长江报》《大江文
艺》《散文选刊》《诗刊》
等 100 多家报刊发表文学
作品 1000 余件次。

沅陵纪行

靳 军

沅陵，生命的际遇

于我热切的期盼中

你是一个遥远的梦

抵足的一刹那

便已明白

一处地域

一处宗教

龙兴讲寺的钟声

穿越时空的隧道

高古中透着奇绝

经过了岁月的磨砺

干净　悠远

纯净得像个婴儿

在这个日趋浮躁的时代

我想

世间许多事

简单点

岂不更好

一如　沅陵

我根本不去想

你如何就成了我的宿命

我只怀了一颗怯怯的心

披星赶月

逐云追风

只为奔赴这场千年的约会

当我踉踉跄跄

走近沅水之滨

如漂泊旷久的游子

一头扎进母亲的怀抱

默然相对

寂静欢喜

芸庐

每一个来沅陵的人

都会想起芸庐

每一人提及芸庐的人

都会颤了心房

为了

一个叫九妹的女子

你是世间少有的精灵

用一生

把自己活成了一首凄美的诗行

你想用自己悠远的歌声

唤回远去的情郎

不想

你哀婉的目光

却刺透了所有人的胸膛

在这个温凉的夏夜

我坐在离你最近的酉水旁

虔心地为你祈祷

愿那个叫作天堂的地方

也有一处芸庐

把你的灵魂

静静地安放

沅水

一条江

因你而名

一座城

因你不朽

沅水

一个极柔美的名字

却极富韧性

逝者如斯

你以一种决绝的姿态

日夜奔流

穿越千年的时空

阳光下

每一滴水珠

都折射出母爱的光芒

你默默地

滋养了这片神奇的土地

大爱无言

万世沧桑

你用自己的坚守

告诉世人

什么叫

为母则刚

酉水

我不知道你名字的由来

但这丝毫不影响

你在我眼里

绿得像玉

美得像酒

纯得像娘亲的乳汁

沅陵人说

沅水

是我们的血脉

而酉水

才是我们的母亲

凤凰山

我第一眼看到

凤凰山

这个极美的去处

便猜想

能有这样一个吉祥的名字

想来定有一个美丽的传说

但我不想探寻这传说的由来

我怕自己那世俗的热情

惊扰了你千年的清梦

千回百转

似水流年

我相信

你一定早就有了灵魂

在这沅水之滨

坐观云销雨霁

闲看潮起潮落

岁月静好

亿万斯年

世纪之眼

凤凰山下

有两个碉堡

每一个都坚固如初

迎面看去

那两只硕大的世纪之眼

着实吓了我一跳

它像一位米寿的老人

一只眼冷观历史

一只眼觑着当前

似乎时刻提醒人们

曾经灾难深重的祖国

饱经的战火和雁难

当我转身

竟如——

芒刺在背

只一瞬

泪水

已浸满眼底

酉水号子

我们桨挨桨

我们肩并肩

我们扯开喉咙

浑身是胆

三脑九洞十八滩

滩滩都是鬼门关

最难莫过青浪滩

暗礁怪石水中拦

上险滩

过深潭

橹号子

喊破天

乌云乍起

狂风战犹酣

哪怕恶浪滔天

何惧死神擦肩

一人启口

众人相伴

酉水号子喊一番

天下就没有划不动的船

五强溪建起发电站

没了青浪滩

往事如烟

喜看千岛湖面

峰峦滴翠

山水相间

阿哥阿妹扯起帆

桨号子

天下传

唱响日月

蜜了心田

云水悠悠

醉了人间

作者简介

靳军，男，汉族，1973
年3月生于河北易县。保定
市文联党组成员、副主席，
保定市作家协会副主席。河
北省作家协会会员，河北省
文学院第十一、十二届合同
制作家。作品散文见于《人
民日报》《长城》《当代人》
《牡丹》《散文百家》等报刊。
长篇小说《最后的冬天》获"冀
版精品图书奖"和第十三届
河北省精神文明建设"五个
一工程"奖。

古体诗（平水韵）

李先明

五绝　沅水行吟八首

其一

千峰烟雨醉，
一水翠微潇。
碎玉堆生起，
飞泉跳落遥。

其二

长卷徐徐展，
江山处处娇。
谁持巨椽笔，
泼墨自然调。

其三

几点红房子，
陡坡悬半腰。
野人谁想在，
不舍白云飘。

其四

快船斜雨潇，
七色韵难嚣。

入眼皆风景，
无人不聚焦。

其五

屏画霍然变，
清流细浪消。
水朝低处走，
海弄万千潮。

其六

翔鸟凭空瞰，
花红树绿漂。
河湖清四乱，
游客自相邀。

其七

水静江风缓，
平湖大坝骄。
画家情未尽，
不墨也勾描。

其八

百溪连九水，
沅酉更何昭。
放眼云天外，
山河万物韶。

七绝·借母溪感怀

其一

林深树静斜阳碎，

绿叶青苔流水清。

鸟语花香无远近，

河鱼漫步醉琴声。

其二

一叶尊严一世光，

万花孕育万和乡。

已经古树千年事，

借母可曾披彩妆？

其三

千杆万树迷人眼，

良莠凡夫不辩身。

伯乐①当知龙凤贵，

岂可混迹一般尘？

其四

真水无形石上悬，

惹人赤脚到溪边。

润肤快意惊呼伴,

更美飞鱼喝矿泉。

其五

穿林探路转头过,

堆玉怡然落下坡。

莫道清流溪水浅,

倾河飞瀑震山陀。

其六

晨雾蒙蒙不见天,

只闻溪水弄琴弦。

借机②飞跃三千尺,

七彩祥云伴绿仙。

注:

① 伯乐树,属乔木植物,原产于中国,是中国特有的、古老的单种科和残遗种,被誉为"植物中的龙凤"。在《世界自然保护联盟濒危物种红色名录》中属于近危物种,是国家二级保护野生植物。

② 机,指无人机。

七绝　见沅陵烟熏腊肉得句

椒麻烈酒盐①雄胆，

腊月赤身何惧寒。

火燎烟熏更坚劲，

舍生待客作堂餐。

注：

① 盐，去声，yàn，《广韵》以盐腌物也。

七律　白河谷船上听溪水小调和酉水号子

乘舟将醉沅江景，

锣鼓一声魂走先。

小调悠扬携凤舞，

高歌嘹亮抖凰颠。

船夫号子惊天地，

艺客神情引颈肩。

自信非遗传古韵，

青山绿水化诗仙。

七绝 8月19日初到沅陵晚餐前即兴得句

山舞青松迎客到，

江衔绿水等诗来。

龙书德化知心语，

沅韵声华喜目开。

七绝 7月9日与怀化沅陵客人在水利部座谈时得句

烈日炎炎可见胆，

新诗赫赫欲求贤。

河湖似玉传明仕，

笔墨生花颂绿沅。

楹联（平水韵）

书山有欲修文脉，

沅水无争入画图。

——沅江岸上远眺二酉山得句

阳明格物传心语，

少穆书联赞辋川。

——参观龙兴讲寺得句

林深树静斜阳碎，

绿叶青苔流水清。

——深入借母溪采访得句

千峰烟雨醉，

一水风华殊。

——细雨中船巡沅水得句

碎玉堆生起，

飞泉跳落无。

——船巡沅水观船尾浪花得句

水静江风缓，

平湖大坝骄。

——船巡沅水于五强溪电站坝前得句

酉水风光美，

沅江物色新。

——巡沅水看沅陵得句

山舞青松迎客到，

江衔绿水等诗来。

——与全国艺术家一起初到沅陵有感

龙书德化知心语，

沅韵声华喜目开。

——与全国艺术家一起初到沅陵县城有感

看幸福河湖，万点青山皆入画；

巡清明沅酉，千溪绿水共弹琴。

——巡沅水看沅陵活动艺术家座谈时即兴得句

作者简介

李先明，二级高级编辑，现任中国水利文学艺术协会主席、中国水利摄影家协会主席、中国水利报社总编辑、中华全国新闻工作者协会理事、中国新闻摄影学会常务理事、中国楹联学会书法艺术委员会委员。擅长新闻、书法、摄影、诗词、楹联、文学等跨界融合，新闻、摄影、书法等作品入选国家、省部级展览（奖项）；获评中国摄影家协会全国"2010 抗灾救灾优秀摄影家"；曾代表大陆新闻界到台湾举办书法交流展；散文作品发表于《人民日报》《中国水利报》等媒体。出版《水利新闻宣传操作实务》《鏖战舟曲》等图书十余部。

沅水河长组歌

凌先有

沅远流长

都匀云雾起沅江，
吞纳千溪润绿洋。
穿越沅陵如静叶，
簇拥酉水似娇娘。
白河谷上现帆影，
千鸟湖中耀日光。
沅水流长何所美？
全凭河长护河忙。

涵养水源

清流汩汩自深山，
护水还须保水源。
草地改良勤灌溉，
森林养护谨浸涵。
岩溶石漠蒙植被，
废埠荒滩改坝田。
一县好山留客住，
两江沅酉为君颜。

十年禁渔

千岛浮湖安且逸，
陈滩晨雾锁涟漪。
十年禁捕齐收网，
万众拆栏共护鲵。
水里增殖鱼放养，
岸边生态鸟栖息。
渔人上岸建民宿，
八面嘉宾欢喜集。

河长巡河

晨曦普照水天合。
河长巡河步似梭。
洁岸疏淤除痼瘵，
净滩清障扫沉疴。
三级携手同发力，
四制施行齐尽责。
喜看波澄鱼跳跃，
且听苗土唱乡歌。

智慧管河

沅陵水美百花香，
网络图斑云管江。
无驾飞机观六路，
有频监控看八方。
河监屏幕张明眼，
渔政平台开亮窗。
水质清纯波荡漾，
风烟舒卷浪晶光。

沅陵净岸

辰州沅水染烟羲。
江面清波望眼迷。
倾美山青腾紫气，
留连水绿荡涟漪。
垃圾去害洁江岸，
厕所除污护井渠。
村镇清洁庭院美，
河湖灵秀各呈奇。

河小青

荷花尖角露晶莹，
江岸走来河小青。
伸手钳夹尼塑袋，
俯身拣起化学瓶。
巡察流域保滩净，
深入村民讲水情。
自幼争当环保者，
甘为志愿护江清。

作者简介

　　凌先有，中国作协全国委员会委员，水利文协副主席，社会科学研究员。曾任水利部离退休干部局党委书记、局长。曾在《人民日报》《文艺报》《文学报》《中国艺术报》《诗刊》《大江文艺》等报刊发表散文、诗歌、文学评论等。出版有《玉兰花开》《走进湿地》《中华江河水文化》《跟着节气过好健康生活》等散文、诗歌著作，主编《情满江河》等著作，创作《新时代的水利人》等歌曲，担任《世界各国首都的母亲河》丛书总编著。作品曾获全国首届"上善若水杯"我的父母亲散文征文特等奖、"庆祝建党100周年"散文征文一等奖等。

诗两首

高洋

作者简介

高洋，95后青年作家，中国水利作协会员。曾在《意林》《上海故事》《知音·小说绘》等杂志发表短篇作品十余篇。代表作《萱草堂前燕》被多家转载，并作为中小学教辅材料，数次改编为有声作品发表在喜马拉雅等平台。第五届MKT文学赛四强选手，连续四年入选《春华杯征文大赛作品集》。

八月末初遇沅陵

初至小城寨，景可赛江南。
福地人尽美，歌荡山重山。
暮饮沅江水，朝览众溪川。
人生本蜉蝣，何须自缚茧。

赞沅陵黄桃

桃园春来桃花盛，桃花开尽做桃羹。
桃羹留香飘万里，可比书信唤故人。
故人不暇携醉月，醉月移云躲天灯。
天灯仙人亦羡我，桃花扇底弄清风。

沅水长风

陈维达

华夏腹地起苍龙，
武陵山势绚如虹。
湘资沅澧三湘水，
有沅发端自黔东。
逶迤行程两千里，
含溪抱涧汇洞庭。

而今吾访沅江上，
沅江曲迂穿沅陵。
沅陵城，质古风。
长歌千古万人称。
廿万年前古同类，
沅江岸边蹀躞踪。
溯沅水兮苦求索，
屈原郁吟且独行。
冠切云之高崔嵬，
佩长铗兮光凌凌。
社稷危亡忧报国，
志高和寡翱太空。
始皇焚书再坑儒，
有官伏胜潜身行。
车载船装古竹简，

珍贵文书藏酉洞。

学富五车从此传，

文行天下二酉通。①

二酉纳溪有容大，

文化传承万古名。

唐宋诗人游辰州，②

昌龄且行且望星。

李白杜甫心相惜，

歌吟沅水慕江风。

山谷道人黄庭坚，

挥毫波横绕蟠龙。

开创心学王阳明，

研讲心学在龙兴。③

清朝名臣林则徐：

"五溪秋水为君清"。

湘西边城沈从文，

携同徽因与思成。

结庐云间望秋水，

秋水曾与云庐同。

青山碧水仰首啸：

美哉心痛美沅陵。④

美沅陵，从兹行。
山重水复望无穷。
而今吾访沅江上，
沅江曲迁穿沅陵。

百里墨卷山山秀，
十里凤滩处处灵。
象鼻岩似象晒日，
夸父峰在辰州东。⑤
画舫波涌千堆雪，
扁舟一叶雾霭横。
坡上稻花沿溪展，
稻花田里跳鲤青。
农人感恩杂交品，
一生孜孜属隆平。
八月苗家欢聚时，
沿江处处起歌声。
春耕秋收篝火亮，
跳踉欢舞与芦笙。
仰望秋空星与月，
吾感山民盛世逢。

歌者闻之遥指崖，
栈道铁环凿行踪。
横石九矶十二滩，
舵颤橹摇与险争。⑥
昔日江岸纤夫苦，
寡妇峭岩盼夫影。
多少人家辛酸泪，
无数悲剧难从容。
红军长征走黔滇，
二六军团勇策应。
松翠竹绿至天际，
遥看辰龙关外峰。⑦
雄鸡一唱天下白，
千百溪水映云影。
群坝势贯起平湖，
从此江滩无浪横。
青山绿水闪金银，
沅陵城外贵宾迎。
八方来客回眸笑，
宜居宜游万事兴。
而今吾访沅江上，
沅江曲迂穿沅陵。
我歌一曲犹未尽，
有生重访大武陵。

注：

①"二酉通"：沅陵城外二酉山，酉水与酉溪在此山下相汇，再东流，汇入沅江。

②"辰州"：即指沅陵县，原史上曾为辰州府治所在，故亦称辰州。

③"在龙兴"：城里沅江畔有龙兴讲寺，据考证，为唐李世民所赐建，用以讲研佛学；后王阳明在此讲授心学。

④"美哉心痛美沅陵"句：引用沈从文先生赞沅陵语："美的令人心痛"。

⑤象鼻岩、夸父峰：均为沅江两岸象形山峰。

⑥"横石九矶十二滩"句：均为沅江原险滩，旧时多有船覆。

⑦辰龙关：沅陵自古为"湘西门户"，辰龙关是京都通往滇、黔、川等地的必经之路，"上扼滇黔，下控荆湘"，自古有"西南锁钥"之称。遥看辰龙关上，万峰插天，峭壁数里，谷径盘曲，仅容一人一马通行，自古乃兵家必争之地。

作者简介

陈维达，1958年3月生，河南郑州人。研究员，河南省摄影家协会会员。历任黄委宣传处处长、黄委办公室副主任、巡视员、黄河工会常务副主席；兼职黄河文协副主席，中国水利文协常务理事，中国水利作协副主席。多年从事黄河文化宣传等工作，赴源头主持黄河源立碑并多次组织黄河源考察等事项。在央媒和不同刊物上发表新闻和文学作品约百万字，出版《黄河—过去、现在和未来》《走近三江源》《黄河—这样从我们身边流过》《黄河源》《黄河万里写胸怀》等著作。

情滿沅陵

散

文

美丽"河小青"

——沅江游记

龚盛辉

去沅陵、游沅江的愿望，是很早就有的。

十几年前的一次战友聚会上，一名沅陵籍战友问我："老排长，你知道我们沅江水的组成成分吗？"我不假思索地回答："水当然是 H_2O 啦，天下所有的水不都是由氢和氧构成的吗？"战友却笑了说："可我们沅江水与众不同啊，是诗和画做成的文化水。"

战友的话，让我顿感自己浅薄。"三闾大夫"屈原曾在沅江之畔写下《天问》《九章》；"朗州司马"刘禹锡傍着沅水生活了十年，创新诗歌体式《竹枝词》，创作出《踏歌词》《采菱行》等不朽诗篇，留下"晴空一鹤排云上，便引诗情到碧霄"的千古名句；"文学大师"沈从文，认为自己认识美，学会思索，是从认识水、思考水开始的，而他是喝着沅江重要支流沱江水长大的，自然对沅江格外亲近，作品中多次浓墨重彩赞美沅江……历史上在沅江之畔居住过或到访过的文化名人繁若夜星，留下的诗词歌赋、书画墨宝更是数不胜数。这样一条沅江，难道不是诗和画做成的吗？

从那天起，我便在心里种下一个心愿：此生一定要游沅江。

2023 年 8 月终于梦想成真——受邀参加"幸福河湖·中国文学艺术家巡沅水看沅陵"活动。

时值初秋，正是"秋老虎"肆虐的季节。在沅江码头，钻出凉爽的中巴车，站在白晃晃的阳光里，好似钻进一个大炉膛，感到皮肤被火焰燎过般的刺痛，身上仿佛冒出千万个泉眼，往外"哗哗"冒着汗水。

猛然抬头，不远处的沅江跳入眼帘，她像是仙子从无垠的蓝天裁下的一条长长的蓝绸缎，一头系在左边的山谷里，一头落在右边的深渊中。好蓝的一江水啊，蓝得这般纯净、那么经典，蓝得我心里立刻涌起了丝丝凉爽。

我抑不住加快脚步向停泊在码头上的"怀化"号游艇走去。但行至江畔，又不由停下了脚步。我是被身旁的江水吸引了，她着实太通透、太清纯了，能望见水中形态各异的小鱼儿欢游弄姿，能望见阳光在微波上跳跃舞蹈，甚至能望见河床的彩石折射的七彩之光。沈从文前辈说"沅陵美得让人心疼"，沅陵的水更是清澈得让人心碎。

游艇离开码头，向沅江下游驶去。山谷无风，江面静如镜面。为让我们更好地观赏沿江风光，驾驶员把游艇开得不紧不慢、非常平稳，坐在船头的我竟有一种坐在影院里观看一部 3D 风光大片的感觉，一面面葱翠的山坡、一座座耸立的奇峰、一间间镶嵌在青山绿水间的吊脚楼、一个个白鹭点点的水湾，如影视中的慢镜头，由远及近，缓缓迎面而来，又缓缓擦身而过。忽然，前方一条大鱼跃出水面，带起一片碎银般的水珠子，在空中划出一条漂亮的弧线，重新落入江中，又溅起一朵白色水花。

这时，我从耳旁呼呼吟唱的风声里隐约听到一阵歌声。对，是那首耳熟能详的经典儿歌《我们是共产主义接班人》。循着歌声望去，只见右侧郁郁葱葱的山坡小路上，行走着一队小学生，他们身上的红马甲格外亮眼，他们的队旗上赫然写着"河小青"三个字。

"'河小青'？"我喃喃了一句。

一旁的导游无疑从我的疑惑中猜到了什么："您不是在想，叫这个名字的姑娘一定很漂亮吧？"

我不置可否地笑笑，算是默认吧。

"'河小青'不是个姑娘，但她比姑娘更美丽。"导游笑着告诉我，"'河小青'是我们沅陵县'净滩护河'志愿者团队的队名。"

"河小青"志愿者团队有 6000 多名队员，他们经常或自发、或有组织地身穿红色志愿服，拿起扫帚、垃圾铲和钳子走向河道，一边清理散落在两岸河滩上的杂物、树枝，一边巡查"乱占、乱采、乱堆、乱建"情况，确保辖区河道的干净整洁。

"河小青",确实美丽。

"现在,我们已经来到'三垴九洞十八滩'。"听了导游的介绍,我们四处张望,却既不见垴,也不见洞,更不见滩。"三垴九洞十八滩"在哪儿呢?

"下游的五强溪大坝建成后,河床水位抬升了数十米,把'三垴九洞十八滩'淹没了。"导游有些遗憾地说。

其实,这没有什么遗憾的。因为"三垴九洞十八滩"消失了,但随之而来的必定是新的风景。这是历史的规律、大自然的逻辑。

随着游艇穿过一片狭长的水域,展现在眼前的便是沅江上崭新的景点——陈家滩千岛湖。从前,这里是一片连绵起伏的山地,山峦鳞次栉比,水库蓄水后,层层叠叠的山峦,只在水面上露出一个个翠绿的尖顶,远远望去,像是一片片碧绿的荷叶,把宽阔的湖面装点得生机盎然。

不远处的一个小岛旁,两只小舟在缓缓游动,舟尾的男人轻轻划着双桨,舟首的女人手拿抄网,一网一网打捞着水面上的漂浮物。他们从前是渔民,水库蓄水前他们在沅江上打鱼,水库蓄水后他们在水库里开展网箱养鱼,创造了知名品牌"五强溪河鱼",过上了富裕的生活。十年前,他们响应党和国家"青山绿水"的号召,家上岸,网也上岸,由打鱼人变成了护江人。

走近了,只见他们身上的红马甲,也印着那三个美丽的字眼——"河小青"。

游艇停靠在一小岛旁。游人登岸参观、休息。这时我看见不远处一个老奶奶和一个小女孩,身穿红马甲,并排走在湖滩上,不时弯腰用铁钳夹起废弃物,放进手中的垃圾袋。

我不由走过去问:"你们是一家人吗?"

小女孩抬头望着我,转着大眼珠子说:"她是我奶奶。"

"真乖。"我说,"叫什么名字呀?"

"我叫'河小青'!"

小女孩的回答让我愣了一下。但随即便向她竖起拇指。然后我问老奶奶："你们在这里清理垃圾，有报酬吗？"

"是义务劳动呢。"老奶奶开心地笑着，"沅江养育了我们祖祖辈辈，对我们有恩呢。虽然现在不在江里打鱼了，但我们要继续把沅江保护好，算是报答它的恩情吧。"

我的心怦然一动。多么平实而又深刻的道理啊。知恩图报，人与人是这样，人与自然也应该是这样啊。

在五强溪龙回首农家乐吃过午饭，驱车来到官庄金洲溪茶产业园参观。正是午后三点，阳光正烈，大地一片明晃晃、热烘烘。喜热的茶树开心地舒展开枝叶，贪婪地吸收着阳光，为夜间的光合作用积蓄能量，一丘丘茶田、一行行茶垄，竞相吐绿、生机勃发。

蜿蜒在辽阔花园间的金洲溪上，官庄镇团委正在组织"争当'河小青'、保护母亲河"志愿服务活动。数十名年轻人，身穿红马甲，手拿铁钳、垃圾袋沿溪而上，捡拾饮料瓶、塑料袋、碎纸片、烟头……他们的身后，是洁净的河床，清澈的溪水、清脆的流水声……

沅陵县境内包含两百千米沅江和数百条溪河，汇成了"三千里水路"。在这"三千里水路"上，处处活跃着"河小青"的身影。

沅水哪得清如许，为有美丽"河小青"！

作者简介

龚盛辉，1959 年 3 月生于湖南江永。1978 年 1 月入伍，1979 年 2 月参加南方自卫反击战。国防科技大学教授、中国作家协会会员、湖南省报告文学学会副会长。1994 年开始文学创作，出版长篇报告文学《中国北斗》《铸剑》《决战崛起》《向着中国梦强军梦前行》《中国超算》《国防之光》《沧桑大爱》和长篇小说《绝境无泪》，发表中篇小说《导师》《老大》《与你同行》等10 余篇，获第八届鲁迅文学奖、第十二届中宣部"五个一工程"奖、第十六届中宣部"五个一工程"奖、第六届中华优秀出版物奖图书奖、2021 年度中国好书奖、全军优秀文学艺术奖特等奖等。荣立二等功 1 次。

能不思沅陵

吴克敬

　　借母溪、寡妇链、藏书洞、壶头山、清浪滩、马援苦……离开湘西腹地的沅陵，回到祖居地古周原来，耳畔总是轰响着这一串名字。我知道这是风先生的作用呢，他咬着我的耳朵，念念不忘地提说我了。

　　结交上从历史深处走来的风先生，是我的大幸呢。他常会以风的姿态，提醒甚或教唆做了他朋友的我，扑下身子，做我怀念在心而不能拔的事情。受邀湘西沅陵，他不离不弃地伴着我来了。上知天文、下知地理的他，偕同我来到这里，借用他喋喋不休的说教，让对这里陌生的我，知晓了许多这里的传奇与传说。

　　坐在电脑前，风先生盯着我敲打在键盘上的手指，帮助我书写起了我的书写。

　　三两下敲出"借母溪"三个字来，我心里犯起了嘀咕，不知母亲是怎么个借法？正嘀咕着，风先生越俎代庖地替我在电脑上敲了起来，我盯视着电脑屏幕，一个在那里相传的故事，活现在了我的面前。那位年轻的苗族小娘子，穿着他们民族特有的华彩服饰，跟在一个小伙儿的身后，攀爬在一条淹没在树荫下的羊肠小道上，翻过高可接天的山岭，赶到小伙子的村寨里去，给他生孩子去了。一年到头，生出小孩子来，小娘子给小孩子喂食两个月的奶水，即会丢下小孩子转身离去，了无牵挂地去到另一处地方，再做被借的母亲，生她要生的小孩子。

　　故事改编成一部名叫《狙花女》的电影，并还被演绎在一部地方戏中。

　　我没有看过那部电影，也没能看上那部小戏，只是听着那样的故事，我已心伤得想要哭。风先生如不代我在电脑上敲打那个故事，我是一定要避讳的呢，哪怕那是借母溪边曾经流传了许多年的事实……一字一句地敲打出那个故事后，我长长地叹了一口气，想着可以逃避开那样的故事了，不承想，风先生不歇气地又把"寡妇链"三个字敲在了电脑屏幕上。

看着有别于"借母溪"的三个汉字，我的眼睛已然像被那个铁打的链子撞得痛了起来，当然还有"寡妇"两个字。

那是一个悲壮的传说！传说在峭峰险滩不绝的沅水边上，尤其是翁子洞一带，似乎更为险恶。仿佛经历了那里艰险似的，风先生在电脑上很是自如地敲打着"滩虽不长，但湾中有险，稍不注意，就要掉下丧命"的一串字符，当即醒目地展现在了我的眼前。我想象得到，人工錾修的纤夫栈道，狭窄难行，纤夫手足并用，一不小心，掉下悬崖，即会尸骨无存。公公是个拉纤的人，他堕入沅水死了。为了生活，丈夫勇敢地顶了上去，很不幸，他再次堕入沅水，丢掉了性命。儿子一天天长大，长到也能拉纤的年纪，也如他的爷爷和父亲一般，投入拉纤的队列里，但他宿命地又还堕入了沅水……三代人的死，像一根锁链般，使年轻的寡妇窒息，人们诟病她是个不祥的人。

不祥的她，昼思夜想，以为于她的公公、丈夫、儿子死难的江边，凿石穿壁，修建一条环环相牵的铁链来，使拉纤的纤夫，有铁链可依，就不会坠落入沅水死难了！

想到这个主意的她，既卖掉了家里田产，还卖掉了家里的房产，然后走出家门，以乞讨卖唱为生，数十年寒风苦雨，得银若干，聘请了众多石匠，在瓮子洞的江岸绝壁上，开凿了一条石路，并在壁岩上镶嵌上了铁链，使过往的纤夫有铁链可抓，安全过险滩。这个故事发生在有明一代，现存的一段"寡妇链"，还如初始时一般，闪耀着乌光，挂在沅水边上的五强溪镇明月洞村北岸。后人为了纪念这位寡妇，将这条铁链取名为了"寡妇链"，更把她生活过的村寨，改名为"寡妇村"。

一道长长的铁链，横亘沅水边的险滩绝壁上，昭示着的，是一颗不畏非议，不惧诟病的女人心。

风先生感慨，这颗女人心的心跳，就是跳动在沅水上的波涛，波涛常在，那颗心常在！与这颗女人的心一般，泛滥在沅水上的还有一颗男人的心，那个男人的时代要比那个女人古老得多，他生活在秦扫六合的始皇帝执政时期。相信雄才大略的始皇帝诏令焚书坑儒，爱书如命的博士官伏胜，偷运了五车即将焚毁的禁书，跋山涉水，历尽了千辛，遭遇了万苦，来到这里的二酉山，把他偷运来的典籍，藏在了二酉山向阳处的一个山洞里，这处山洞从此有了个"藏书洞"的盛名，这座山从此有了个"中华文化圣山"的伟名。

山下一道酉水，一道酉溪，二水环山绕谷，奔腾着合流向沅水，既壮大着沅水的声势，更壮阔着沅水的精神与魂灵。

历史在风先生的见证下，过去了一千余年，到了北宋真宗执政年间，辰州通判欧阳陟登上二酉山，他感慕追思善卷之德，上书皇帝赵恒，请建祠庙祭祀善卷，以示崇德报功之意。真宗准奏，下旨在二酉山顶为伏胜建立祠堂。当其时也，更有辰州卫人董汉策、王世隆，分别在山中兴建起了翠山、妙华书院。

如今二酉山，传承着先辈好学尚文的风气，他们人才辈出，成为闻名全国的"教授村"。

眼前沅水浪高，耳畔沅水声急，突然浪就平了，声咽了。我是要疑惑了呢，而风先生不许我疑惑，他如风般揪扯着我，使我看得见远方的峡谷口，耸立起一面混凝土的水坝，截断了汤汤的沅水，"高峡出平湖"，原来的沅水，变成了今日的五溪湖……平湖改变了沅水原有的景色，但改变不了沅水应有的历史底蕴，譬如风先生强调的，他说壶头山还是壶头山，青浪滩也还是青浪滩。

高耸云天的壶头山，与沉寂水下的青浪滩，与风先生一起，铭记着一个英雄的人物，他就是伏波将军马援了。

风先生的记忆力特别强，他不用翻书，张嘴就能把历史人物评价马援的句子，流水滔滔般往出说了。

风先生首先推出历史学家范晔来，说"马援腾声三辅，遨游二帝，及定节立谋，以干时主，将怀负鼎之愿，盖为千载之遇焉。然其戒人之祸，智矣，而不能自免于逸隙。岂功名之际，理固然乎？夫利不在身，以之谋事则智；虑不私己，以之断义必厉。诚能回观物之智而为反身之察，若施之于人则能恕，自鉴其情亦明矣。"接着又举例唐代大诗人刘禹锡，说他诗颂马援"蒙蒙篁竹下，有路上壶头。汉垒麏鼯斗，蛮溪雾雨愁。怀人敬遗像，阅世指东流。自负霸王略，安知恩泽侯。乡园辞石柱，筋力尽炎洲。

一以功名累，翻思马少游。"还举例明代学者黄道周的评价，论说"马援大志，少便莫伦。盖坚益壮，时时自陈。阳蛙井底，嚣挟奸心。及见光武，知帝有真。聚米指形，帝喜进兵。西羌内寇，边害频频。拜援陇守，击破先零。金城欲弃，援苦请存。归民乐业，羌来和亲。宾客故旧，日满其门。征侧征贰，二女不驯。伏波伐之，传首立勋。裹尸明志，薏苡报恩。壶头失利，受责虎贲。怒收印绶，叹杀功臣。"

史书上著作歌颂马援的文章及诗句，成千上万，不胜枚举，我不好一一列举，但风先生絮絮叨叨，通过我的耳朵又不断地灌输着，说了宋代的张预、刘祁、陈亮、徐钧、陈元靓等，和明代的归有光、李贽、王夫之等，以及清代的郑观应、易顺鼎、金虞、黄彭年、屈大均等，便是写了《红楼梦》而文名满天下的曹雪芹，也情不自禁，做了首七言古诗，颂扬活在他心中的千古英雄马援，"铜铸金镛振纪纲，声传海外播戎羌。马援自是功劳大，铁笛无烦说子房。"

确如曹雪芹的古诗说的那样，我是不好论说马援了呢。但我有可爱的风先生做朋友，老实倾听他说怎么样呢？应该可以吧。他十分自信，在我伸手在电脑键盘上时，他即代我就把《诗经》中那首名曰《无衣》的歌谣，清晰地敲了出来：

> 岂曰无衣？与子同袍。王于兴师，修我戈矛，与子同仇！
> 岂曰无衣？与子同泽。王于兴师，修我矛戟，与子偕作！
> 岂曰无衣？与子同裳。王于兴师，修我甲兵，与子偕行！

风先生在把文言文的原诗吟诵出来后，没歇气地还用白话文翻译给我听了。他说小小三个段落的诗句，头一段讲了，"谁说我们没衣穿？与你同穿那长袍。君王发兵去交战，修整我那戈与矛，杀敌与你同目标。"第二段讲了，"谁说我们没衣穿？与你同穿那内衣。君王发兵去交战，修整我那矛与戟，出发与你在一起。"第三段讲了，"谁说我们没衣穿？与你同穿那战裙。君王发兵去交战，修整甲胄与刀兵，杀敌与你共前进。"

白话文的《诗经·无衣》，被风先生翻译过来，自然就好理解了。

仔细地听来，歌谣所呈现的当是一首战歌，充满了激昂慷慨、豪迈乐观及热情互助的精神，表现出同仇敌忾、舍生忘死、英勇抗敌、保卫家园的勇气。英雄的马援，他老当益壮、马革裹尸，很好地体现了《无衣》一诗的精神气质。风先生作为马援生平的见证者，知晓他的先祖为战国时期赵国名将马服君赵奢，子孙因之以马为姓。曾祖父名马通，生父马仲，育有四子，第四子就是马援。哥哥马况去世了，心在四方的马援守在家中，为哥哥守孝一年。在此期间，他没有离开过马况的墓地，对守寡的嫂嫂非常敬重，不整肃衣冠，从不踏进家门。后来马援当了郡督邮。一次，他奉命押送囚犯到司命府。囚犯身有重罪，马援可怜他，私自将他放掉，自己则逃往北地郡。后天下大赦，马援就在当地畜养起牛羊来。时日一久，不断有人从四方赶来依附他，于是他手下就有了几百户人家，供他指挥役使，他带着这些人游牧于陇汉之间，但胸中之志并未稍减。他常对宾客们说："大丈夫的志气，应当在穷困时更加坚定，年老时更加壮烈。"

英雄崇拜，是人共有的一种情结，我与风先生也都认同，但我没有风先生那样的能力，所以就只有羡慕风先生能追随在英雄马援的身边，驰骋疆场，建功立业。

起势北地郡，扬名三辅地，征讨隗嚣军，平定陇西郡，复又转战交趾……在那些腥风血雨的日子里，风先生如是马援随军的记事官，一笔一笔，非常认真地记录着马援的每一次战功，还有他的事功。时间到了东汉建武二十一年（公元45年），北方的战局因为马援的威名，逐渐平息下来。然而，国家的安全形势却是按住北方的葫芦，又浮起南方的瓢，武陵郡的五溪人突然发生暴动，朝廷命武威将军刘尚前去征抚，但他太冒进了，结果导致全军覆没。

　　怎么办好呢？端坐皇宫大殿上的刘秀作难了。他想到老将军马援了，但此时的老将军年已六十二岁，还能派遣他出征吗？军务繁杂是一个方面，再还要亲冒矢石，老将军顶得下来吗？就在刘秀犹豫再三之际，马援自觉向刘秀当面请战，说"臣还能披甲上马"。刘秀的心动了，准许他试试，他即披甲持矛，飞身上马，手扶马鞍，四方顾盼，一时须发飘飘，神采飞扬！刘秀服了马援，夸赞他"烈士暮年，老当益壮"。于是派遣他率领中郎将马武、耿舒、刘匡、孙永等人，率领四万余人征抚武陵去了。

　　别说马援老将军的手下将士，为他的精神感动流泪，便是随在他身边的风先生，也为他不屈的英雄气概而慨叹不已。

　　风先生不是要拖老将军马援的后腿，而是实在不能忍心功勋卓著的他，赴死在两军阵前。然而，这只是风先生担心老将军的一个方面，另一个方面，有一些不堪的世事也向一世威名的老将军逼了过来……老将军有所不知，但风先生是知道了呢。他知道身为老将军部将的耿舒，已经写信给后方的朝堂告状了。获悉告状信的天子刘秀，倒是感怀老将军的不易，却也架不住朝堂上他人的攻讦，这就派出虎贲中郎将梁松前去责问马援，并命他代监马援的部队。

　　这个梁松可不是个什么好人，他到达时武陵（也就如今的沅陵）时，马援实现了他"马革裹尸"夙愿。小人就是小人，身已死难的马援，没有感化梁松，他坚持诬陷马援，使得刘秀收回了马援的新息侯印绶。

　　在小人的诬陷下，天子刘秀褫夺了马援的封号，但他幸有明慧的妻子，六次上书刘秀，为夫君申诉冤情，其言辞之凄切，令刘秀实在过意不去，这才颁旨遵照他们马氏一族的先例，马援归葬回扶风县的毕公村。又过了几年，即建初二年（公元77年），汉章帝感念马援的卓越功绩，还追谥马援为忠成侯。

　　盖棺成定论，马援以他忠贞不渝、勇毅卓绝的品性，光彩在历史的荣誉榜上。我从沅陵采风回来，风先生陪我来到扶风县毕公村马援祠，我俩站在他的金身塑像前，把从武陵带来的一把"马援苦"献祭给了他。我是要和老英雄说几句话的呢。

我说了：沅陵人怀念你，把你之前常吃的野菜败酱草，叫作马援苦。

我还说：沅陵人现在还吃败酱草，那是他们对你的纪念哩！我也吃了，吃着只觉味道苦，我们苦在舌尖上，而你苦在心里头。

风先生听着我的话，颇有感触地接了句话说：没有苦，哪来甜？

作者简介

吴克敬，陕西扶风人，毕业于西北大学中文系，获硕士学位。现任陕西省作家协会副主席，西安市作家协会主席；西北大学驻校作家。曾获冰心散文奖、柳青文学奖、小说选刊文学奖等奖项。2010年，中篇小说《手铐上的蓝花花》获第五届鲁迅文学奖；2012年，《你说我是谁》获第十四届中国人口文化奖（文学类），长篇小说《初婚》获中国城市出版社文学奖一等奖。《羞涩》《大丑》《拉手手》《马背上的电影》等五部作品改编拍摄成电影，其中《羞涩》获美国雪城国际电影节最佳电影奖；长篇小说《初婚》改编的电视剧热播全国。

出版有长篇小说《初婚》《新娘》《乾坤道》《源头》等七部；中篇小说集《手铐上的蓝花花》《状元羊》《绳欲》《渭河五女》等十四部；短篇小说集《锄禾》《血太阳》等三部；散文集《青铜器当时故事》《碑刻的故事》《国画的故事》《书法的故事》等二十七部。

沅陵：一个"美得令人心痛"的地方

郭晓勇

人，归来了，心，却还留在那里，留在沅水两岸。那里的故事，那里的山水，那里期许的目光，总是萦绕脑海，久久挥之不去，让人久久沉醉其中。

如诗如画的湘西门户

沅陵，古称辰州，是湖南省怀化市所辖县，地处湖南省西北部，怀化市北端，沅水中游，素有"湘西门户""南天锁钥"之称。

沅江，又称沅水，是长江流域洞庭湖的支流，也是湖南省第二大河流，干流全长 1033 公里，流域跨贵州、湖南、重庆、湖北四省份。早在新石器时代晚期，沅江两岸即有人类繁衍生息。

这里，是诗仙李白"我寄愁心与明月，随君直到夜郎西"的神往之地。战国时楚置黔中郡，汉高祖五年（公元前 202 年）置县，历为郡、州、路、府、道治所，也是民国和新中国初期湘西行署所在地，曾是大湘西地区政治、经济、文化、军事中心，是成语"学富五车""书通二酉""夸父逐日""马革裹尸"的出典处，是中国传统龙舟之乡，世界巫傩文化发源地。

这里，是林则徐笔下"一县好山留客住，五溪秋水为君清"的福地，处于中国地势从第三阶梯迈上第二阶梯的台阶上，"上扼川黔、下蔽湖湘"，是湖南省面积最大的县，是全国十大水电基地、十大生态产茶县、中国有色金属之乡、中国黄檗之乡。

这里，是沈从文的第二故乡，是他心中"美得令人心痛"的地方。这里有借母溪国家级自然保护区、五强溪国家湿地公园、沅陵国家森林公园

三张国家级生态名片，森林覆盖率76.2%，绿韵盎然，风光无限；有沅江、酉水两大水系，911条溪河，五溪湖如诗如画，水韵悠长，江河安澜。

当然，令沅陵人引以为傲和挥之不去的远不止这些，还有那些曾经发生在沅水两岸的一个个感人故事和口口相传的凄美传说。

藏书洞与焚书坑儒

乘车前往县城西北15公里处的二酉山，这里的"二酉藏书洞"是我们此行首站。"二酉藏书洞"语出《太平御览》，引南朝·宋·盛弘之《荆州记》："小酉山上石穴中有书千卷，相传秦人于此而学，因留之。"

相传当年秦始皇"焚书坑儒"时，朝廷博士官伏胜冒着生命危险，从咸阳偷运出书简千余卷，辗转跋涉，藏于二酉洞中，使先秦文化典籍得以流传后世。成语"学富五车""书通二酉"就出自此。这些书简在秦灭汉兴时献给汉高祖刘邦，保住春秋诸子百家，为延续中华五千年文明立下不可磨灭的功勋。

刘邦在获得伏胜所献大量秦前书简时大喜，亲自将二酉藏书洞封为"文化圣洞"，将二酉山立为"天下名山"。从此后，二酉山、二酉洞就成为天下圣迹和读书人毕生向往和追求的地方。历朝历代文人墨客，络绎不绝地前往二酉拜谒，留下大量的诗词文章。山上一度建院立阁，修堂造亭，香火旺盛。为纪念伏胜修建的伏胜宫和为保护二酉洞修建的藏书阁就是典型的代表。在山半石洞下方，留有京师大学堂总监督即北京大学第四任校长、湖南督学使者张亨嘉于清光绪六年（公元1880年）二月所立的榜书碑刻"古藏书处"四个大字。

在当地人看来，"二酉藏书"不仅是文人墨客竞相传诵的历史典故，更成为古辰州的文化符号。

导游介绍说，多少年来，附近乡民每到学子开学之前，纷纷带着孩子前往二酉山进行读书成才教育，焚香祭拜文化先祖，二酉山下因此人才辈出。据《沅陵县志》载，这里在明清时期出了400余名进士举人，近百年来走出了1000多名教授，其中仅二酉村就有100多名，由此成为著名的"教授村"。

目前，投资5000万元的二酉山提质项目即将完成，主要包括游客集散中心、展览馆、盘山公路、观景平台、藏书馆、蜀山码头扩建、二酉古村民宿改造、伏胜堂修缮等。项目立足"中华书山，文化福地"的总体定位，确立了"发蒙启智、勤学笃行、朝圣祈福"的总体思路，打造"中华第一书山"。

据介绍，这次提质工程不但改造了景区设施，修缮保护了古迹景点，还对周围的古村落、码头进行了提质改造，修缮了道路，增设了安全设施，让当地百姓的生活条件、交通条件得到改善，将吸引更多游客来此观光朝圣，带动周边观光餐饮住宿等行业的发展和百姓增收。

"借母溪"传说

县城以北50多公里处，有个地方名"借母溪"，这个名字的由来有一段凄美而感人的故事。

许多年前，永顺知县调任长沙府任职。知县奉母赴任途经此地时，行走愈发艰难，树枝、藤刺不时挂住轿子和轿夫的腿脚，使轿夫摔倒受伤。终于，轿夫们精疲力竭，再也走不动了，他们放下轿子，倒在了路边。正在束手无策之际，知县心生一念，既然母亲身体孱弱，无法行走，何不将她暂时寄养在此呢？这地方风景优美，一道色彩斑斓的绝壁耸立西北，屏风般围出一个翠绿的山谷，山谷里有参天古木，也有茵茵绿草，鲜花盛开，锦鸡啼鸣，还有一条溪水潺潺流过，不正是颐养老人的好地方吗？于是，知县花了一笔银子，找人在溪边的山坡上修了一栋小木屋，将老母亲暂时安置好之后，就独自到长沙府赴任去了。知县之举被轿夫传开，这蛮荒之地便破天荒地有了一个名字"寄母溪"。

知县一走，就没有了音信，独居深山的老母亲思儿心切，时常以泪洗面。附近山上有一茅屋，住着一个孤零零的土家汉子，他看在眼里，怜在心上，要拜老母亲做自己的干娘，一来代替知县尽孝道，二来自己也有了母亲。老母亲欣喜万分，满口应承。从此，土家汉子便与老母亲相依为命，恪尽孝道，直到养老送终。当地方言"寄""借"同音，便成"借母溪"。

现在借母溪已成为著名游览景区，是国家级自然保护区。几年前专门成立的保护区管理局，目前有40多名干部职工在此辛勤工作。从借母溪到张家界，车行距离100公里，实际上直线距离也就五六十公里，有"湖南九寨沟"之誉，是一个集徒步、溯溪、探洞、攀岩、速降、漂流等多种户外活动为一体的全方位天然运动场。

借母溪的山水有独特气质，清幽如伊人般，洗净铅华，尘埃不染。借母溪是动植物的天堂，一年四季，谷中野花灿烂。千年的古藤老树、神奇的沟谷溪流，无不让人流连忘返。我们穿行林深秘境，沿几年前修建的步道拾级而上，在这天然大氧吧中感受清新，的确是一种享受，一种惬意。

向宗彦与莲花池村

从县城向西行20多公里，就到了二酉苗族乡的莲花池村。这里曾经是五代时期（公元907年—960年）后晋"武安军节度衙前兵马使"与"前溪州左厢都押衙"的办公驻地，也是湘西五代名人向宗彦的故里，是周边多地向氏家族的祖源地，被誉为古辰州与古溪州等地多元文化的交融地。

当年，莲花池是古溪州与古辰州之间驿道的必经关口。这一带到处是大森林，人口稀少。当时受命朝廷领军前来溪洞平叛的向宗彦，看好这个地方。本是江西南昌府丰城县人士的向宗彦，自幼熟读兵书，曾与后晋平卢节度使杨光远、大将军杜重威共学。后晋天福四至五年（公元939年—940年），向宗彦被封为武安军节度衙前兵马使，领兵平定溪州之乱，被溪州百姓尊称为"向老官人"。

在向宗彦故居，我们见到了向宗彦第36代孙向邦德先生，今年68岁的他曾经是当地一所学校的校长，退休后一直致力于文物搜集整理和现场讲解工作。

说起先人向宗彦，向邦德满脸崇敬和自豪。在他看来，向宗彦主要功绩有以下几方面：一是他作为第一次溪州战争的前线指挥官员，英勇善战，率领官军取得溪州平叛大捷的军事胜利；二是他促成交战双方停战和议，成功劝导对方首领在溪州大战失败后面对现实，放弃反抗，争取和议，使百姓免遭更多战争的屠戮，缓解了朝廷与溪州土司、汉族与溪州少数民族、中原与溪州等多层面之间的矛盾，为溪州地区数百年的和平安宁奠定了可靠的基础；三是促进了溪州经济发展，劝人农桑，打破"汉不入苗、苗不入汉"的区域封锁陈规，倡导溪州与辰州百姓跨区域商品贸易，发展溪州经济，使百姓免遭饥寒交迫之苦；四是打破陋习，汉苗通婚，促进民族团结与融合。向宗彦带头娶苗族姑娘为妻，促进了民族之间的交往、交流与交融，实现各民族之间和睦相处。

身处这座千年古村落，面对眼前明、清和民国三个时期的苗汉特色鲜明的建筑群，犹如在历史时空里穿梭。站在向氏祖堂大堂中央，审视这座明代后期修建的三进的合院式住宅，似乎随处可以感受到主人曾经的生活轨迹，阅赏岁月的遗韵。

如今的莲花池古村落，有村民 45 户，共计 370 余人，90% 以上为向姓。现存建筑 20 余栋。2016 年 11 月，莲花池古村落被列入第四批中国传统村落名录。2019 年 2 月，村落中 14 栋古建筑，被公布为第十批省级文物保护单位。如今，每天都有游人来这里探寻过往。

寡妇链

乘船游览，聆听导游讲述沅水两岸发生的故事，心绪如同江面涌起的波浪，久久难以平静。

所谓寡妇链，其实是当年沅水流域驾船上险滩纤夫攀爬的一条铁链。

相传当地因缺田少地，男人多做纤夫。村中一张姓妇人，公公是个拉纤的人，他堕入沅水死了。为了生活，丈夫勇敢地顶了上去，很不幸，他再次堕入沅水，丢掉了性命。儿子一天天长大，长到也能拉纤的年纪，也如他的爷爷和父亲一般，投入拉纤的队列里，但他宿命般地也堕入了沅水……三代人的死，像一根锁链般，窒息着这位寡妇，她昼思夜想，决定在男人们死难的江边上，凿石穿壁，修建一条环环相牵的铁链来，使拉纤的纤夫，有铁链可依，就不会坠江而死难了。

于是，她卖掉了家里的田产和房产，之后走出家门，以乞讨卖唱为生，数十年寒风苦雨，得银若干，聘请了众多石匠，在瓮子洞的江岸绝壁上，开凿了一条石路，并在壁岩上镶嵌上了铁链，使过往的纤夫能够手抓铁链，安全蹚过险滩。

这个故事发生在明代，现存的一段寡妇链，还如初始时一般，闪耀着铁色的乌光，挂在沅水边上的五强溪镇明月洞村北岸。后人为了纪念这位寡妇，将这条铁链取名为寡妇链，还把她生活过的村寨，改名为"寡妇村"。

这位传说中的寡妇所经历的苦难和她百折不挠的精神，正是当地人千百年在历史长河中不懈奋斗的写照。

王家大院与凤凰寺

汽车沿盘山公路行驶，身旁是茂密的森林和满眼的绿色。位于沅陵镇白岩界村的王家大院，就在此山的高处。这是一座有着 100 多年历史的民居建筑，始建于清代晚期，共有房屋 58 间。这座豪宅的主人是王成藩，靠着祖传的良田，仓中常年积有百万担粮食谷物，因而得名"王百万"，为当时当地首富。

1934 年 12 月，为策应中央红军长征，发动湘西攻势开辟湘鄂川黔革命根据地，贺龙、关向应、萧克率红二、六军团主力攻打沅陵县城，为配合主力红军长征立下功劳。当时，他们的指挥部就设王家大院内，这里现为沅陵红色革命遗址，是革命老区湘川黔沅陵苏区县的历史见证。

1934 年 12 月初，红二、六军团按照中革军委的电令，攻打沅陵城。12 月 5 日，贺龙、萧克率领红二、六军团主力从大庸天门山出发，进逼沅陵县城。白岩界的群众帮助红军打开了王家大院的粮仓，又帮助红军舂米做饭。红军围城激战三昼夜，攻占了城北所有阵地，突破了敌人城外最后一道防线——城壕。但由于沅陵县城城高墙厚，又驻守着 4 个团，红军始终未能克城。此时，敌人从陆、空大举增兵，红军遂主动撤出战斗，回驻常安山向大庸（今张家界市）开拔，攻占桃源县城，围常德，威胁到围堵中央红军的湘敌的侧翼，迫使敌分兵，策应了中央红军的战略转移。

新中国成立后，这座百年老屋里设立过学校、供销社和卫生院。娜仁花主演的电影《湘女潇潇》的主要场景就是在这里拍摄的。影片根据沈从文小说《潇潇》改编，表现了近一个世纪前湘西农村人民的心态和生活习俗。

2023 年 1 月 23 日，红二、六军团进袭沅陵县城指挥部旧址纪念碑揭幕暨沅陵县爱国主义教育基地授牌仪式在这里举行，矗立在路旁的纪念碑耸入云天，在阳光下巍峨挺拔，熠熠生辉。

离开王家大院来到凤凰山森林公园，站在高处俯瞰，整个县城尽收眼底。凤凰山上的凤凰寺，是个有故事的地方。1938 年 3 月，因发动"西安事变"而被蒋介石囚禁的张学良将军，被秘密从郴州苏仙岭辗转押送到沅陵，幽禁于凤凰寺内，直到翌年 10 月转押贵州修文。

凤凰寺西头，是张学良当年的书房和卧室。卧室小而简陋，书房比卧室稍宽敞一些。在这间书房中，张学良曾两次写信给蒋介石请求参加抗战，写有题壁诗《自感遗憾作》一首："万里碧空孤影远，故人行程路漫漫。少年渐渐鬓发老，惟有春风今又还。"这首诗后被编入沅陵乡土教材，当地老少皆能吟会诵。

现在山上还有张学良与赵一荻曾活动过的放生池、钓鱼台、网球场、防空洞、船亭子等场所。为纪念张学良将军，县政府拨款对古寺进行维修，内置张学良将军塑像，恢复原有建筑物——船形亭和水池。1988 年，凤凰山森林公园利用凤凰寺的古建筑，建立张学良将军陈列馆，开辟四个陈列室，再现了张学良将军的爱国主义精神。

守一江碧水　创幸福河湖

近年来，沅陵积极践行"绿水青山就是金山银山"发展理念，严格落实河湖长制，大力实施长江"十年禁渔"，以创建美丽河湖、健康河湖、幸福河湖为目标，加强河湖综合治理，全县水生态环境持续好转，实现了河畅、水清、岸绿、景美、人和的目标。全县 6 万多库区养殖移民和

1200多名专业渔民由"养鱼人""捕鱼人"变成了"护鱼人""护河人""致富带头人"。

邓富国是陈家滩乡驮子口村的养殖户，20岁出头就开始在怡溪流域"摸爬滚打"，涉及养殖、售卖鱼饲料等产业，一年下来能挣不少钱。后来发现，附近水质越来越差，鱼类疾病频率逐年增加。由于无序养殖规模的增大，季节性缺氧造成死鱼现象时有发生。

禁捕退捕政策实施后，对网箱、饲养棚等进行政策补偿，拆除上岸。2020年，邓富国利用补偿资金，创办了一家小型电子厂，主要从事充电器加工。他在自身转产成功的同时，还为10多个渔民提供了就业岗位，每人月收入将近2000元。近几年市场不景气，今年年初电子厂停产。他决定前往怀化市区开店，主要经营餐饮、土特产售卖。他说，今后的生活能不能更有滋味，那就要看自己的本事了。

邓宗平在乡里从事畜牧水产工作，经历了发展水上产业及取缔网箱，拆除钓鱼棚、拦网等全过程。他说，以前网箱养殖及垂钓棚无序发展导致水质变差，鱼类疾病逐年增加，无序铺架网箱导致有的河道变窄，水上交通安全隐患增大。禁捕退捕政策的实施让水更清了，环境更美了。

乘船巡江而下，微雨朦胧中的绿水青山从眼前掠过，不禁令人心潮澎湃。其中绝不仅是欢快和秀美，还有沅水两岸人民"舍小家，为大家"的付出，以及多少人为"守一江碧水，创幸福河湖"所作出的奉献和牺牲啊！

尾声

有同行者问，从文先生认为这里是个"美得令人心痛"的地方，除了"美"还有别的含义吗？没有人给出答案。

离开沅陵前，我写了一首小诗《沅水两岸写满传奇与期待》，就用诗中的最后部分作为此文结尾吧：

诗一样的地方

何须写诗，莫不如

枕伏溪流之上

浮游于秋冬春夏

相伴绿水青山常在

再见啦，沅陵

再见啦，湘西

阿哥阿妹山歌对唱

唱醉了山河情深似海

阿妹轻唤哥心动哦

留下来，留下来，你说

是不是留下来

梦中来哦，做梦来

作者简介

郭晓勇，诗人，高级记者，中国外文局原常务副局长。历任新华社对外部翻译、编辑，贝鲁特分社记者，曾参加海湾战争采访，任新华社赴海湾前线报道组组长，新华每日电讯报副总编辑，新华社黑龙江分社社长。曾任中国翻译协会常务副会长，中国国际公共关系协会副会长。代表作：《扑不灭的反抗烈火》《硝烟下的繁荣》《征战硝烟——海湾战争采访纪实》《历史性的时刻——中沙建交纪实》《我的三个父亲》等。诗歌：《红叶颂》《胡杨颂》《母亲是一条永远流淌的河》等。翻译代表作：《迷》《再见吧，北京》（外译中）及合译《陈毅诗选》（中译外）、小说《十三少年历险记》、诗集《字符与色彩》（外译中）等。

沅水，一条奇异而又迷人的江

俞 胜

我想，应该是水的清澈、山的青翠和天空的澄碧叠加，才有了这条绿得如翡翠一般的沅水。

船头犁开碧绿的水，仿佛一下子扎进了时光的隧道。沅水，她应该是一条诗意的水。一股股翡翠般的波紧咬着船尾翻滚，翻出了千百年来、那些来到沅水的迁客骚人的身影。

我看见了那个一路孤愤前行的诗人，屈原"朝发枉渚兮，夕宿辰阳"，他被流放在沅水间，创作出了《九歌》等楚辞华章。

我看见翻滚的波心里，屈原的身影变幻为刘禹锡，他携带着一壶老酒，乘一叶扁舟，往返于常德、沅陵间，他谈及自己创作《竹枝词》的初衷——"昔屈原居沅、湘间，其民迎神，词多鄙陋，乃作《九歌》，到于今，荆楚歌舞之。故余亦作《竹枝》九篇，俾善歌者扬之……"

屈原——这个中国文学史上的伟大符号，让来到沅陵的迁客骚人无论如何都绕不开他。或者说，他已经成为沅水记忆的一部分，掬起一捧水，水顺着指缝飞溅，每一粒水珠都有屈原的影子。那个把沅陵视作"第二故乡"、常常"苦苦思念着故乡的那条沅水和沅水边的人"的沈从文——他也成为沅水记忆中的一部分。他在《箱子岩》中也写到了屈原，"当时我心想，多古怪的一切！两千年前那个楚国逐臣屈原，若本身不被放逐，疯疯癫癫来到这种充满了奇异光彩的地方，目击身经这些惊心动魄的景物，两千年来的读书人，或许就没有福分读《九歌》那类文章……"如果没有沅陵的生活经历，就一定不会有"翠翠"那样曼妙的身姿，惊艳整个中国现代文学的画廊吧。

一波紧随着另一波，来到沅陵的迁客骚人，前贤的名字常常出现在后贤的文字中。像刘禹锡之于屈原，沈从文之于屈原。沈从文的名字也出现在林徽因的文字中。抗战时期，来到沅陵的林徽因在给沈从文的回信中这样写道，"今天来到沅陵，风景愈来愈妙，有时颇疑心'翠翠'这种人物在！沅陵城也极好玩，我爱极了。沅陵的风景，沅陵的城市，同沅陵的人物，在我们心里是一片很完整的记忆，我愿意再回到沅陵一次，无论什么时候……"读着这样的文字，让我感到，沅水这条继往开来、诗意的水，迷人永远。

遗憾的是，后来的林徽因并没能重回沅陵。但我觉得，她的一次到来就让一条沅水泛起奇异的光彩。何况还有"我寄愁心与明月，随君直到夜郎西"的李白，"杖藜一过虎溪头，何处僧房是惠休"的王阳明，"一县好山留客住，五溪秋水为君清"的林则徐……这些来过这里的灿烂的名字衬托得这条沅水格外澄碧，他们在沅水上歌咏的诗篇此刻更像阳光一样在波面上跳跃，在我眼前，流光溢彩。

"舟行碧波上，人在画中游"，眼前的沅水不仅是一条诗意的河，更是哺育着两岸人民的母亲河。沅水两岸青峰连绵，沟壑纵横，里面究竟藏有多少照耀今古的故事。

那座二酉山，是"学富五车、书通二酉"的典出之处。传说秦始皇执政，焚书坑儒，儒生伏胜偷运禁书五车藏于二酉山洞。保住春秋诸子百家不致断绝，为延续中华五千年文明立下不可磨灭的功勋。这是一个多么了不起的壮举，二酉山让薪火得以在暗夜中流传。乡贤的激励作用像沅水一样悠远绵长，所以，今天二酉山所在的二酉村先后走出了六十七位教授，二酉村也被称为"教授村"。

那座辰龙关，号称"湘西门户、云贵咽喉"。群山绵绵，高峰耸峙。当年，隘口仅容一骑通过。吴三桂反清，兵败死于长沙。残部退守云贵，扼守辰龙关，清兵三年攻打不下，后来还是祸起萧墙——得到乡人接应，才攻破此关。就是到了隘口已经拓宽了的今天，两车相会，驾驶员也得小心翼翼地缓缓擦身而过。我看见山崖上，乾隆皇帝御笔的"天下辰龙第一关"几个大字依然醒目，听着关楼上装饰的彩旗在风中猎猎作响，耳畔就隐隐约约听见了战马的嘶鸣声——从历史云烟的深处飘来。

沅水，更是一条红色的水。我在王家大院"红二、六军团进袭沅陵县城指挥部旧址"，听着七旬老人向显桃讲解当年红军进袭沅陵县城的意义，看着一张张红色的图片、一件件红色的实物，愈加感到沅水是条英雄的河流、胜利的河流。

王家大院里有一则村民陈定祥一家五代珍藏贺龙元帅军刀的故事。

1935年11月，红二、六军团突围长征时，红军司令部就设在村民陈定祥的家中。当时，贺龙的妻子蹇先任和出生仅二十多天的女儿贺捷生，也随部队行军。为了让营养不良的蹇先任有足够的奶水喂养孩子，陈定祥一家想方设法弄来一只母鸡给蹇先任炖汤。贺龙给陈定祥钱时，陈定祥说什么也不肯收。红军在此只短暂地休整了四天，临行前，贺龙悄悄将自己随身佩戴的军刀赠送给陈定祥。

红军离开后，陈定祥将这把刀埋在地下，以防被卷土重来的国民党军队搜出。新中国成立，贺龙成为共和国元帅，陈家人才重新把刀挖了出来，将其作为传家宝，交代后世子孙：即便家里再困难，也千万不要打此刀的主意！这把刀从陈定祥手中算起，到2017年4月，已经传了五代，当政府有关部门提出要将这把刀征为革命文物时，陈家人慷慨献出。

贺捷生将军来到沅陵。沅陵县决定把贺龙的军刀赠送给她。2017年5月22日上午，这把刀，在时隔82年后，回到贺捷生将军手中。在沅陵举行的赠送仪式上，手捧着这把见证军民鱼水深情的军刀，贺捷生睹物思人，激动不已。我读到这个故事，也激动得热泪盈眶，为穿越将近一个世纪的军民鱼水情，也为以陈家人为代表的沅陵人的识大体、明大义。

一方水土养一方人，这又使我想起了此次采风团的一位工作人员——怀化水利局的小胡——一位长相清秀，行事干净利落的女子。我们在沅陵采风期间，她一直默默地为我们提供着各种保障。一天自助午餐时，我和同行的诗人孤城还有她恰好坐在一起。闲聊中，孤城透露出沅陵采风活动结束后，他想到距离此地不远的凤凰古城看看的想法。正在用餐的小胡立刻放下筷子，爽朗地说，她的先生常去凤凰古城，对那里很熟，如果孤城要去凤凰古城，她可以让她的先生义务地驾车送孤城去，并且让她的先生为孤城做义务的导游。

诗人孤城是一位不愿麻烦别人的人，沅陵采风结束后，他一个人悄悄地去了凤凰古城，自然没有麻烦小胡和她的先生。

在商业味越来越浓的今天，我却从小胡的身上看到了怀化（自然包括沅陵）人的淳朴、热情和豪爽！有些民族传统中美好的东西，他们在坚守。

这些天，我行走在沅水两岸，这些打动我的人和事，就这么无序地汇入了我的脑海中，也汇入了我关于沅水的记忆里。所有这一切，让我愈来愈感觉到，沅水是一条奇异而又迷人的水。她留着我的念想，"我愿意再回到沅陵一次，无论什么时候……"

作者简介

俞胜，男，安徽桐城人。中国作家协会会员，辽宁省作协特聘签约作家。著有长篇小说《蓝鸟》，中短篇小说集《城里的月亮》《寻找朱三五先生》《在纽瓦克机场》，散文集《蒲公英的种子》等。作品入选《新实力华语作家作品十年选》，2014年至2022年每年散文选本。作品曾获首届鲁彦周文学奖中篇小说奖，第二届曹雪芹华语文学大奖短篇小说奖，第八届中国煤矿乌金奖短篇小说奖等。

辰龙关上民族魂

赵晏彪

在 2023 年的夏末秋初的季节，终于如愿以偿踏浪沅陵。

知道沅陵，因了两个人、两个故事和两句成语。两个人，一是被蒋介石囚禁在沅陵凤凰古寺的张学良；二是散文《沅陵的人》的作者沈从文。两个故事，一是在 1679 年，"苗土侗白四族族长"为伸张大义，为保乡民不再遭受吴三桂叛军烧杀抢掠，决定引清军进山剿灭吴氏残军；二，同样是辰龙关的少数民族同胞，为支持和帮助贺龙等红军夜过辰龙关，留下诸多感人的故事。两句成语，一为"老当益壮"，二为"马革裹尸"。

此行来到沅陵，只为探寻曾震慑古今的"辰龙天下第一关"。

"四族"乡民献关破贼

联袂雪峰山，美誉天下传。

吴氏欲分裂，辰龙拒天险。

峭壁容一骑，清军愁破关。

族老觉民苦，献计破敌顽。

飞机落在了怀化，驱车百里，沿溆怀高速过辰溪，顺沅水而行，一条弯弯曲曲的马路伸向两山断开的幽深隘口，一座雄伟的城楼屹立眼前，这便是仰慕已久的"北有山海关，南有辰龙关"的辰龙关。

辰龙关居于湖南沅陵县官庄镇境内，属常德与怀化的交界地带，在古代乃界亭驿的一部分，是由京都通向滇、黔、川等地的必经之路。在"河流文明时代"，沅水是中原通向云贵等大西南的一个重要通道，这条通道从楚国时代便已开始使用了。宋代重视陆驿建设，建立了一条从中原通向大西南的陆上驿道——湘黔大驿道，几乎与沅水并行。在这条驿道途中有许多关口，仅在沅陵就有辰龙关、马鞍关、芙蓉关、武胜关四大重要关口，其中辰龙关是最重要的一个关口，它是湘黔大驿道由洞庭湖平原进入湘西山区的第一关，是中原通向大西南的一个最重要的关隘，军事家们有"得辰龙关则得大西南"之说。

辰龙关声名远播并非因为驿道，而是因了一场至关重要的大胜仗，这场战役连康熙大帝都甚为重视，并钦赐辰龙关"天下第一关辰龙关"的美誉，与山海关并称"南北第一关"。

远眺辰龙关，胸中便涌出壮怀激烈的情感。中国自春秋设驿站，以维持交通，辅助军事通信，西汉时期更以此开辟了举世闻名的"丝绸之路"，当今越来越重视的道理——要想富先修路，殊不知在上千年前便有古人逢山开道遇水造桥了。尽管岁月风华模糊了史前斑斓，但雄关古道依然回响着曾经的马蹄铮铮，人笑茶香。

据清同治年间《沅陵县志》描述："辰龙关县东百三十里，关外万峰插天，峭壁数里，谷径盘曲，仅容一骑"。解说员指着关下四座风雨古桥，这是象征苗、土、侗、白四个民族的风雨古桥，它们相互簇拥，相得益彰，俨然一幅民族团结、民族融合的江南春山图。中国是一个拥有 56 个民族的民族大国，当年正是苗、土、侗、白四个民族的族长，为了民族大义，为了乡民不再受吴贼叛军的烧杀抢掠的欺辱，共商大义，引朝廷大军进山剿之，为此留下一段佳话。

"天下第一关"的正是因此战得名。

回望辰州之战，最为著名的是清朝大军平定三藩之乱中的一次决定性战役——大破辰龙关。

清初，朝廷知"三藩"势大，吴三桂有必乱之心，为防患于未然，决定撤藩。果然，"三藩"之首吴三桂早想谋反，听说要撤藩，本性暴露，于康熙十二年（公元 1673 年）十一月二十一日举兵，打出"兴明讨虏"口号。随后杀死云南巡抚朱国治，进兵贵州，在贵州提督李本深、云南提督张国柱等的响应下，逼得云贵总督甘文焜自尽。随后，吴贼叛军攻入湖南、进逼湖北，迅速形成了饮马长江的势头。

战场上连连得手的利好形势，带动着吴三桂昔日部将纷纷响应，四川提督郑蛟麟、陕西提督王辅臣等先后叛变。

与此同时，广西孙延龄举兵控制全省，福建耿精忠发动兵变，并与台湾郑经联络合兵一处反清复明。

短短数月，吴贼叛军势力已波及云南、贵州、广西、四川、台湾、福建、陕西、湖南及湖北南部等。一时间，大清王朝完全丢失了江南战场的主动权。

绝不允许分裂大中华。康熙大帝亲临战场，战争的转折点或者是胜负点，往往出于你打的战争是正义之战还是非正义之战。

就在战争的天秤向吴贼叛军倾斜的关键时刻，吴三桂的本性让他迅速失去了战场主动和叛军的"民心"，欺辱了"盟军、盟友"们对明朝的忠诚。康熙十七年（公元 1678 年）三月初一，67 岁的吴三桂急急忙忙在湖南衡阳称帝，建立了吴周政权。此举，先是打破了他自己提出的"兴明讨虏"口号，众多叛军知道被吴三桂骗了，原来是他自己想当皇帝，让大家背负叛国之骂名。其实在吴三桂起兵之初就有人警告说，吴三桂早就被标注上"两姓家奴"的标签，再多一个"三姓家奴"的标签又何妨？所以有些将领一直在观望和等待，并没有加入叛军的行列。

果然，吴三桂"三姓家奴"的本性被洞察者看穿了。吴三桂和他爹备受明朝的恩泽，吃明朝的俸禄，却在李自成攻入北京以后归顺了大顺；而又因"冲冠一怒为红颜"弃李自成而投降大清；今日他又反了对他恩重如山的大清朝，自己称帝了。于是叛军中以耿精忠、尚可喜、孙延龄、王辅臣等人纷纷倒戈，再投降大清。吴三桂这"三姓家奴"，便遗臭万年成了孤家寡人。

战场胜负即在瞬间，吴贼叛军在形势一片大好的情形下，忽然东风横扫西风，这让吴三桂急火攻心，知道人心尽散，大势已去。于康熙十七年（公元 1678 年）八月称帝不到半年便一命呜呼。传其孙吴世璠继位，随派大将胡国柱镇守辰龙关。清康熙十八年（公元 1679 年）正月，势如破竹的清朝大军将吴贼叛军从久据的岳州、长沙、衡州一带击溃，吴贼叛军全线崩溃，清朝大军乘胜西进。三月，叛军退至辰州依险要扼守辰龙关。四月，清朝贝勒察尼统军抵达辰龙关。

辰龙关为辰州的门户，清军过不了这个关，就进不了辰州，也就无法通向云贵，直捣吴氏叛军老巢。当然如果走其他省份也可，只能绕道几千里，多走上几个月才能够到达。贝勒察尼大将军望着辰龙关心里一惊，此地山高径狭，只能一人一骑通过，易守难攻，成功概率几乎为零。而盘踞辰州之叛将是换成了吴三桂的次子吴应期。他率领大军跨隘口立五营，堙塞路径，凭险固守。吴贼叛军从云南发来两船金子，每名军士该给银五两，折金子才四分几厘，买酒买肉都不够用。差城中文武官下乡买粮，只能买到三五十石，没有买过上百石的。每名军士给谷二斗，不够吃。粮饷不足，又困于大山之中，士兵不满情绪暴增，于是对当地百姓烧杀抢掠，无恶不作，百姓深受其害，怨声载道，顿时民怨沸腾。

虽叛军拒险反抗，但贝勒察尼技高一筹。七月，贝勒察尼大将军率领大军攻克枫木岭，切断了辰州吴贼叛军后路，吴贼叛军更是人心惶惶，继续烧杀抢掠。面对乡民们的不敢怒更不敢言的惨状，苗、土、侗、白四族族长悄悄商定，由四族长各派两名善走山路者，分四个方向出山，寻找清朝大军给他们当向导，请清军进山，剿灭吴贼叛军。

共商大事后，四路乡民顺利地见到了贝勒察尼大将军，并献上"潜逾峻岭，绕入关后从间道出奇兵"的破关之计。清朝大军得到"四族"乡民的支持，斗志倍增，一举大破叛军，攻占了辰龙关。由于当地"四族长"们的大义献关，吴贼叛军被全部剿灭。由此避免了国家分裂，维护了民族统一。辰龙关百姓欢天喜地迎接清朝大军，而清军将战利品分发给百姓，辰龙关上下一派欢乐祥和景象，贝勒察尼立即向康熙皇帝上书，表彰辰龙关"四族"乡民献计引路破关功劳，康熙皇帝大喜，于是才有了钦封辰龙关为"天下辰龙第一关"的美誉。

辰龙关注定是不同凡响的，美好的故事仍然在继续。

火把照亮了辰州坪

贺龙闹革命，济困解民难。

攻打借母溪，百姓引过沅。

热茶暖兵身，火把映路艰。

百岁风雨桥，见证大团圆。

时间过去了两百余年，辰龙关再次书写着民族团结的故事。1935年冬，红军长征途经辰龙关，在辰龙关、辰州坪所发生了许多感人的故事，尤其以"火把照亮辰州坪"的故事温暖人心。

1935年11月25日的一个初冬的夜晚，萧克、王震率领的左路军抵达辰龙关前界亭驿附近。界亭驿村位于沅陵县官庄镇辰龙关内，总面积13平方千米，辖33个村民小组744户2663人，有汉族、苗族、土家族、侗族、白族、壮族等6个民族。辰龙关山势险要，易守难攻，红军自然知道。清朝军队打败吴贼叛军的故事流传久远，怎么办？红军决定派出一支先遣队利用强渡沅水时俘获的国民党军化装成一支保安团，准备进入界亭驿。但路线如何走，怎样进入辰龙关而不被敌人发现？萧克说，发扬红军老传统，依靠老百姓。于是，红军找到当地土家族乡民，乡民一看是红军愿意为红军带路。这样，在乡民的引路下，红军顺顺利利、大模大样地进入了乡公所，不费一枪一弹，一举擒获乡长、保长和在场勤务兵。然后迅速封锁消息，由乡长他们带路，继续以保安团的模样进军，抓捕了罪行累累的"铲共义勇队"副总队长黄穆柏。黄穆柏一度幻想凭辰龙关天险可以挡住红军，可他做梦也没有想到，在睡梦中成了俘虏。第二天，红军主力顺利经过辰龙关越过湘黔大道占领官庄，向湘中地区纵深推进。

沅陵县委一位工作人员向我讲述，为何当年可以挡住清朝大军的辰龙关却挡不住长征的红军呢？一方面是因为战场形势的差异，清朝辰龙关大战时朝廷军队由东向西进攻，辰龙关是由湘黔驿道进入大西南的必经险关，所以能发挥"一夫当关万夫莫开"的战术作用。而红军突破沅水防线后是由北向南进攻，辰龙关呈南北走向的山势难以形成对抗红军的防线。更重要的是红军得到了当地百姓的坚决拥护，贺龙带领红军"打土豪分田地"的政策在沅陵本来就深入人心，再加上军纪严明、爱护百姓，沿途百姓不仅没有给保安团通风报信，而且还主动为红军打掩护带路，红军强渡沅水时俘虏保安团一个营，就是因为当地群众参加了红军，用本地口音喊话才骗得保安团上了当。

沅陵县一位作家笑着说，咱们这里红军长征过辰龙关的故事有很多。

一路采风，处处可以听到红军与这里百姓的军民鱼水情的故事。

当时，红六军团第49团先锋部队到达辰州坪时，已经天黑了，部队要连夜赶到官庄宿营。家住路边的土家妹子张么妹、李大旺夫妇，远远看见一支军队在夜里向他们村里走来。张么妹夫妇一见到军队，立马想到国民党保安团无恶不作，心里害怕，赶紧躲到了屋子里。过了一会儿，听到外面的部队脚步声没了，李大旺悄悄走到院子里，东瞧瞧西望望，家里鸡还在窝里，其他东西也没有被动过。这时二人推开院门向外张望，军队已经没有了影子。张么妹对丈夫说，这支军队和飞扬跋扈的国民党保安团不一样，他们是什么军队呀。夫妻二人一下子对这支神秘队伍产生了好感。

一袋烟的工夫，脚步声又从村外响起，这回李大旺出门看看这支军队到底是什么军队。只见大部队从远处起来过来了，而且人数越来越多。这时一位军人微笑着说："老乡，不用怕，我们是红军，我们只是路过。"李大旺见这位军人很和善，就告诉张么妹，给红军烧点水。几桶茶水放在门口，让红军战士解渴除寒。从队伍中走出一位年轻的军人，他主动过来和夫妇俩搭话："谢谢老乡，这茶水太及时了。现在外面看不见路了，能不借一下你们家的稻草，点燃照明用？"军人边说边从口袋里掏出一些铜钱递给李大旺，张么妹夫妇坚决不收钱，他们只见过抢钱的军队，还没有见过给他们钱的军队。此时天全都黑了下来，想到红军队伍摸黑行走很危险，夫妇俩拆下了自家菜园的竹篱笆给红军当火把用。可篱笆拆完了还远远不够，情急之下，李大旺爬到偏屋顶上将杉木皮当火把，直到把那屋顶的杉木皮全部拆完扎成火把。红军队伍有了解渴的茶水和火红的火把，行军速度加快了，这支举着火把的队伍如一条火龙向着辰龙关和官庄镇快速前进。

第二天早晨，张幺妹夫妇惊讶地发现，在门口石墩上放有两银圆。夫妻俩很激动，自言自语地说：这是天下最好的军队呀。

88多年过去了，当地至今流传着"火把照亮辰州坪"的歌谣：红军夜过辰州坪，队伍骡马满山行。黑夜伸手不见掌，山高坡陡路泥泞。李大旺、张幺妹，忙点火把送光明。火把点完拆杉皮，照我红军去长征。

红军在这里的故事还有许多。红六军团长兼任17师师长的萧克，宿营在官庄附近的腊月湖一个苗民人家的茅棚里，第二天临走还给那家人留下了一块银圆，却没有人知道他就是萧克将军；还有村民赵开怡掩护和收留红军伤员在家养伤，自己吃葛根也要把大米给红军伤员熬粥喝……一个个鲜活的人物，一段段真实的历史，谱写出一曲曲感人的红色壮歌。

辰龙关虽经历了几百年的风雨，但民族团结的故事还在继续，经历了重要历史转变，更见证了民族团结。

回眸历史，沅陵辰龙关扼守湘黔古驿道，在清朝立国的历史节点上与声名显赫的山海关比肩而立，被朝廷敕封"天下辰龙第一关"，风光无限名满天下。令人惊讶的是，这道曾让清朝军队苦攻三年的天然雄关，却被贺龙、任弼时、萧克等人率领的红二、六军团一闯而过，成为蒋介石百思不得其解的"关隘"。

辰龙关被清朝大军攻破，它不仅留给后人执政为民的深刻反思，也充分说明民族团结的伟大力量、团结才能胜利的简单道理。而红军长征过沅陵、辰龙关，在久远的历史文化中注入了红色文化基因。红军在辰龙关的革命实践再次证明，没有最广泛的统一战线，没有人民群众的鼎力支持，革命不可能胜利，人民群众才是历史的创造者。

望着辰龙关的巍峨的照片，诸多动人心魄的故事再次浮现脑际，那位叫郑卯莲的红军女排长在经过辰龙关时突发急病，不得不暂住界亭驿养病。几个月后病情好转，却与红军部队失去了联系，此时敌人追杀红军非常残忍。在族长们的撮合下，这名女战士与一名土家族向姓男子结婚生子，躲过了国民党的追杀……故事动人心魄，更让我们体会到辰龙关是中国古代西南地区地理、民族、政治、文化融合线，更是体现军民鱼水情的风景线。

不到辰龙岂有诗？徘徊于辰龙关，感动于辰龙关，回眸于辰龙关，辰龙关犹如附体了诗魂……

寻遍山川蜀道难，仰望巍峨辰龙关。

只容一骑挡清兵，红军巧过无人拦。

族老大义天险破，幺妹无私火把燃。

马蹄人影今远去，重温历史著新篇。

作者简介

赵晏彪，毕业于解放军艺术学院文学系。文学家、社会活动家、策划人。

中国少数民族文学学会副会长，世界汉学中心高级顾问、国际写作中心主任，中国少数民族电影工程领导小组成员兼剧本部主任、《民族文学》原副主编。

创办了"中外作家交流营""全国少数民族题材影视剧本遴选活动""中国文学对话诺贝尔文学论坛""金鸡百花电影节民族电影展少数民族剧本征集"等活动。

参与了电影《半条被子》《漂着金子的河》等多部电影的策划。

在《人民日报》《人民文学》、人民出版社等报刊社发表文学作品三百余万字，出版著作十二部。作品多有获奖，被初高中语文课本收录，并译成英、韩、阿等多种语言出版。

沅陵，一个美得令人心痛的地方

郑旺盛

一

冥冥之中，一切皆是缘。

癸卯年之初秋，携一缕清风，怀一颗金色的秋阳，我从遥远的北方，应邀来到了"湘西门户"之地——沅陵，参加"幸福河湖·中国文学艺术家巡沅水看沅陵"活动。

赵学儒老师亲切地在微信中温暖地说：我知道你会来，所以我等。

我来了，沅陵。我终于来了，不顾山重水复，不顾路途迢迢，不顾云遮雾绕；从此，我与你结下文学之缘、生命之缘、山水之缘、美好之缘。

这是一片令人心向往之摄人魂魄的神奇之地。

这是一片山水壮丽如诗如画的人间大美之地。

这是一片历史悠远文化厚重的华夏文明之地。

遥想当年，在沅陵这片神奇大美之地，有太多太多的美让沈从文心动。于是，他望着一江碧水、两岸青山和远处含羞的少女，无限感慨地说出了他心中最动人的话："这里美得令人心痛！"

很多人是从沈从文的《边城》中，知道了那个令人向往的凤凰古城。其实，在沈从文的笔下，最美的湘西古城，还是沅陵！

这是一个"美得令人心痛"的地方。

二

沅陵，地处湖南省西北部、怀化市北端，上扼川黔，下蔽湖湘，总面积 5852 平方千米，自古就是"湘西门户"，有"西南要塞"之称，不但是湖南省面积最大的县，也是中南六省面积最大的县，这里有苗族、土家族、白族等 24 个少数民族与汉民族和谐相处，共荣共存。

千里沅江通黔贵，酉水画廊连巴蜀。因为沅陵地理位置和战略位置的特别和重要，在抗日战争最关键的时刻，湖南省政府曾经一度迁至沅陵，长沙的不少学校包括一些工厂，也随之迁到了沅陵。此时的沅陵，大街小巷，人声鼎沸，繁荣一片，俨然成为当时湖南乃至整个大西南的政治、经济、文化、军事的中心。

1938 年秋，曾发动震惊中外的"西安事变"的爱国将领张学良，也被国民政府从郴州转移至沅陵凤凰山凤凰寺看押。山上萧萧落木无边，山下滚滚江水无际，面对佛光烛影、木鱼声声和家仇国恨，而自己却报国不能、有家难归，张学良数次上书蒋介石，恳请让自己重上沙场，抗战立功，但愿望终是落空。张学良心怀愤懑，写下了《自感遗憾作》："万里碧空孤影远，故人行程路漫漫。少年鬓发渐渐老，唯有春风今又还。"诗以言志，点墨之中，可见他的困顿、无奈和彷徨。

提到沅陵，给人的初印象似乎是地处偏僻，荒凉不堪，其实则不然。沅陵的历史之悠久、人文之荟萃，超乎人们的想象。这里有战国时代"黔中郡"遗址，有康熙钦封"天下辰龙第一关"的辰龙关，有秦人藏书处"二酉藏书洞"，有唐代李世民敕建的"龙兴讲寺"，有明代王阳明开讲"致良知"的虎溪书院，有"胜亦赢、败亦赢"的五月端阳传统龙舟赛，这里还有窑头古遗址等历史文化遗址 100 多处，拥有馆藏国家一级文物 41 件。

沅陵曾被授予"中国传统龙舟之乡"的称号；辰州傩戏、传

统龙舟和沅陵山歌被列为国家和省级非物质文化遗产名录；成语"学富五车""书通二酉"出典于此。盘瓠传说、夸父追日、辰州巫傩、黔中郡之谜、无射山茶韵、狃花文化等等，这里有那么多那么多的神秘和神奇的文化……

三

沅陵是一个山水壮丽、神奇神秘的地方。它原来有一个非常厚重的名字，叫"辰州"，雪峰山与武陵山的余脉在此交会，贯穿全境。雪峰之秀丽、武陵之神奇，使这片广袤而丰厚的土地，峰林苍翠，江河纵横。

沅陵有沅水、酉水二水，蜿蜒于山林之间，奔腾东流而入海；911条大小溪河，密布于沅陵的山山岭岭之间，汇聚于沅、酉二水，像山川大地的血管一样，滋养着这片古老而雄沉的土地，让这里文韵醇厚、水韵悠长、绿韵盎然、茶韵飘香，让这里的每一个村寨、每一条溪河、每一条街道、每一个人物，都浸润在青翠欲滴的波光云影之中。

我想说，沅陵之水有大美，美在隽秀，美在古朴，美在险峻，美在丰饶，美在壮丽，美在广阔，美在人文，美在传说，美在神秘……而我更想说，沅陵之水有大美，更美在这里以水为生的人民，他们千百年来在船工号子的呐喊声中无穷无尽的智慧和创造，还有他们在激流险滩的大自然面前的勇敢和勤劳，在艰难险阻面前一代又一代人勇于抗争的不屈不挠……

雪峰巍巍，武陵苍苍；"三千里碧水为路"，"五万峰青山作营"。沅陵，是山的世界，是水的王国，是花的海洋，是树的天堂，是美的仙境。今天，这里的森林覆盖率高达76%以上，有"天然氧吧"的美誉。这里还有借母溪国家级自然保护区、五强溪国家湿地公园、沅陵国家森林公园、中国西南地标辰龙关等众多如诗如画、美景天成的人间仙境，令人无限神往。

碧绿的山，碧绿的水，碧绿的树，碧绿的小桥和茶园，还有染绿的一颗颗心。那每一眼绿，好像都在等待，等待着远方的你。

我知道，她一直在等我。所以，我来了。

四

沅陵，山多水多，有"山国水都"之称。山川河流，不仅使沅陵自古就成为兵家必争之地，也造就了沅陵的物华天宝、人杰地灵，留下了无数的传奇佳话。

汉高祖五年，即公元前202年，此地置沅陵县，在历史的更迭中，此地历为郡、州、路、府、道和湘西行署治所，曾是湘西地区的政治、经济、文化、军事之中心。境内现有楚秦黔中郡遗址、秦代二酉藏书洞、唐代龙兴讲寺、明代虎溪书院和辰州三塔、凤凰寺和湘西剿匪胜利纪念园等名胜古迹。

两千多年前，楚国在沅陵始设黔中郡，秦汉时期在沅陵设水驿，隋唐以后在沅陵设州郡，元明清三朝，贯穿沅陵开通了湘黔官马大道，直达云南大理。汉代名将马援在沅陵壶头山大战，留下无数传奇故事，"壶头夜月映丹心"的诗句，不仅是对沅陵山川美景的描绘，更是对一代名将马援忠心耿耿保大汉的赞叹。清朝"平三藩"的辰龙关大战就在沅陵境内，康熙皇帝为此钦封此关为"天下辰龙第一关"。大禹治水的圣人山，延续文脉的二酉山，始产茶叶的无射山，享誉盛唐的碣滩茶，填补历史空白的虎溪山大墓，都在沅陵，沅陵有太多太多说不尽的历史文化的遗存。

要说沅陵最有名的地方，当属位于县城西北处的虎溪山麓的大唐"龙兴讲寺"，它是世界上现存最古老的学院，比长沙岳麓书院还要早300多年。浩浩荡荡的历史上，曾有多位文人墨客路经沅陵，并在龙兴讲寺留下了珍贵的墨宝和传奇的故事。

明代崇祯年间，当朝尚书董其昌，在其巡视途中，路经沅陵，因患眼疾，便请龙兴寺精通医道的主持高僧，替他医好了眼疾。他感念恩德，便挥笔题写了"眼前佛国"四字相赠。今天我们来到龙兴讲寺，看到在大雄宝殿的上方，高高悬挂着这四个大字，从中能感受到佛的慈悲和温暖。

当年，王阳明在贵州"龙场悟道"后，奉诏赴京，归途中途经沅陵，受到当地学子的盛情相邀，先后两次在龙兴讲寺中教授他的"致良知"，并在寺内墙壁题诗一首："杖藜一过虎溪头，何处僧房是惠休？云起峰间沅阁影，林疏地低见江流。烟花日暖犹含雨，鸥鹭春闲自满州。好景同来不同赏，诗篇还为故人留。"此诗之境界，甚是空明静寂、高雅而和美。

再后来，林则徐途径沅陵，目睹壮丽之山水，感悟人文之厚重，禁不住欣欣然挥笔，写下了"一县好山留客住，五溪秋水为君清"的名句，至今成为沅陵人老老少少耳熟能详的诗句。因为，林则徐的词句，说出了沅陵人至善至纯、热情好客的品质，写出了沅陵山水的隽秀、大美。

五

说起沈从文，更是与沅陵有着千丝万缕的情结，乃至浓浓的乡愁。位于沅陵天宁山的"芸庐"，是沈从文的大哥早年建造的私邸，沈从文后来以"芸庐"为家，文思泉涌创作了不少作品，留下了他对沅陵刻骨铭心的记忆。

天意与人意，注定的缘分，让沅陵，成了沈从文生命中魂牵梦萦的第二故乡。他在作品中曾这样说："苦苦思念着故乡的那条沅水和沅水边的人们。"

抗战时期，沈从文的"芸庐"曾接待过闻一多、梁思成、林徽因、萧乾等文化名流。林徽因后来在给沈从文的信中，对沅陵表达了真挚的赞赏："沅陵的城市，沅陵的风景，沅陵的人物，在我们心里是一片很完整的记忆。"

有人说，沈从文是在沅陵，才找到了他生命中最美的灵感和情愫。

在沈从文的笔下，沅陵美到神奇而忧伤。他曾这样描写："千家积雪，高山皆作紫色，疏林绵延三四里，林中皆是人家的白屋顶……什么唐人宋人画都赶不上，看一年也不会讨厌。"字字句句，表达着他对沅陵的深情。

他在《湘行散记》中这样写道：在青山绿水之间，我想牵着你的手，走过这座桥，桥上是绿叶红花，桥下是流水人家，桥的那头是青丝，桥的这头是白发……

他在他的《沅陵的人》一文中这样写道：山后较远处群峰罗列，如屏如障，烟云变幻，颜色积翠堆蓝。早晚相对，令人想象其中必有帝子天神，驾螭乘蜺，驰骤其间……

沈从文的此生此世，还有他传世的诸多文学作品，都与沅陵密不可分、渊源甚深。在中国现代文学史上，沈从文以水为媒创作了他绝美的文学作品，创造了一个完美无比的湘西水乡世界，让后人对这里充满了神往之情。

武侠小说大师金庸也与沅陵有着不解之缘。1938 年，他作为一名国美艺专的学生来到沅陵求学。他说："我这个好动的人，好奇嘛，休假日我就和同学往乡下到处跑。沅陵的山川秀美，文化神奇，叫我终生难忘。"金庸后来在他的《连城诀》《笑傲江湖》《射雕英雄传》等武侠作品中，多次描写沅陵的山水风物，对沅陵有着非常浓厚的好感和特别深刻的印象。

时光流逝，岁月沧桑。在日月星辰的变幻和轮回中，无论是沈从文笔下"美得令人心痛"的沅陵，或是金庸笔下"笑傲江湖的传奇"沅陵，一直都在，始终未变。

看沅陵，山水依然，美丽依然，风光依然……

沅陵是何等之美啊！

六

水是生命之源。从远古时代，人类就是逐水而居。有水的地方，就有草木，就有生命，就有文明，就有生生不息的文化和传承。

沅水，就是沅陵人的母亲河。沅水是武陵山与雪峰山共同孕育出的一条江河，她的美丽和沉静，她的隽秀和激荡，她的丰盈和富饶，千百年来一直哺育着沅陵人，成就着沅陵人的性格和精神，创造着沅陵独有的文化和气质。

恰逢初秋，细雨蒙蒙。我等一行作家，乘船溯流而上。碧绿明净的沅水，浪波激荡的沅水，烟雨如诗的沅水，美如画卷的沅水，就这样一览无余地徐徐地展现在我们的眼前。我们不仅看到了一江碧水，还看到了两岸青山。放眼望去，两岸青山叠翠，烟云袅袅，偶有水鸟划过江面，飞向远处的青山和树林。自然的神奇和力量啊，不经意间，就将巨幅的水墨画卷，呈现在了我们的眼前，真是美得令人心醉啊！

此时此刻，飞溅的浪花，蒙蒙的秋雨，轻轻地打在我们的头发上、面颊上、胳膊上、衣服上，我们的内心与一江碧水、与两岸青山、与天光云影、与满眼碧绿，刹那间亲密无间地融在了一起，那份亲切，那份温柔，那份激情，那份浪漫，那份天上人间的诗意画卷，让我们好不激动啊！

沅水之行，让我激情满满，诗意满满，禁不住撰联抒怀：

两岸青山叠翠，云烟缥缈，天上人间藏画卷；

一江碧水长流，波浪飞腾，辰州大地蕴诗篇。

偶得此联，尽情表达我对沅陵沅水的敬意和神往。此联得到了中国水利文学艺术协会李先明主席等文学艺术大家的赞赏，甚是喜悦激动。

七

沅陵乃是大美之地。在沅陵的每一天，都有看不尽的风景，万千的感慨，很难用语言来尽情表达。

我特别感动的是，沅陵人民那种无私付出、奉献和牺牲的精神。

"绿水青山就是金山银山"的精神，已经深入了沅陵人的心。这些年来，他们不是口头上说说，而是在实践之中把这种精神落实到一山一水之中，落实到每一个村、每一个人。从县委书记、县长开始，一直到普通的老百姓，甚至是学校的老师和学生，都加入了"守护好一江碧水，保护好每一条河流"的行动中。

靠水吃水的沅陵老百姓，原来曾经靠一江碧水而养鱼捕鱼、挖沙采砂，腰包子赚得鼓鼓的。但"十年禁渔""河道禁采"开始了，沅水、酉水两岸的老百姓都放弃了渔船、沙船而上了岸，"抛家舍业"成了新一代的移民。

2021年以来，沅陵全县实现了全面"退捕禁捕"，县委书记刘向阳、县长易中华成了沅陵的"总河长"，从上到下一直到村里，有了各级"河长","河长制"成为沅陵打好"蓝天、碧水、净土"三大保卫战的保障。而这些曾经生活在沅水、酉水两岸的"养鱼人""捕鱼人""采砂人",也变成了战斗在一线的"河湖守护人"。

在陈家滩千岛湖,我曾经问几家移民上岸的老百姓,了解他们移民上岸后的生活状况。这些先前靠水吃水日子过得滋滋润润的老百姓说:"上岸之后,不能捕鱼了,不能采砂了,刚开始收入下降了很多。后来,年轻人有的靠打工赚钱,有的开始进行岸上水产养殖,有的开始学习种植碣滩茶,政府也安排了很多创业就业的机会,现在日子已经越来越好了。"

还有一位七十多岁的老人说:"守护好一江碧水是大事,是千秋万代的事情,就算是我们口袋里少收入一点钱,可看到现在水越来越绿,山越来越青,空气越来越好,我们就理解了政府的号召,我们也高兴,觉得也值。"

沅陵人民的奉献、付出和牺牲的精神,令人动容⋯⋯

八

好山好水,好景好人好风光。

好山好水出好茶的沅陵碣滩茶,神秘神奇的借母溪国家自然保护区,"三线建设"的重点工程——酉水世界第一空腹坝凤滩水电站水利枢纽工程,二酉苗族乡河长制成果和莲花池村古村落美丽乡村建设成果,传奇的凤凰山凤凰寺和历史悠久的龙兴讲寺,沅陵二酉山保存中华文化火种的藏书洞,"宝塔镇河妖"的凤鸣、鹿鸣、龙吟三塔,"胜亦赢、败亦赢"的五月端阳传统龙舟赛,贺龙元帅率领红二、六军团在沅陵策应中央红军长征的激烈战斗⋯⋯沅陵这片隽秀、壮丽、广阔、厚重、神奇、神秘的土地,值得欣赏、回味、铭记和书写的还有很多很多。

大画家黄永玉先生,曾为保存中华文化火种的沅陵二酉山题字——中华书山;他生前还最后一次为沅陵挥笔题词——青山是诗，碧水是画。老先生的浪漫和情怀溢于言表，他洒脱的笔墨和诗情画意，永远留存在了沅陵的山水之间和沅陵人的心中。

沅陵县委书记刘向阳、县长易中华也曾为沅陵撰文："沅陵，是山水锦绣妖娆的沅陵，是人文博大精深的沅陵。来沅陵吧，看一回龙舟竞渡，看一场巫傩祭祀，看一出辰河高腔，看一场'狃女花开'；唱一次山歌，喊一声号子，赏一回秋色，饱一顿口福，喝一杯碣滩茶，闯一回辰龙关，不枉此行，不负平生。"

沅陵，是何等之美啊！美得令人心醉！更"美得令人心痛"！

你不来，你怎会知道，这里的美，因何会"美得令人心痛"！

作者简介

郑旺盛，中国作家协会会员，中国报告文学学会常务理事，河南省直作协副主席，河南省报告文学学会常务副会长兼秘书长，鲁迅文学院第24届高研班作家。出版有长篇文学作品《庄严的承诺》《光明的道路》《小村大道》《辛亥女杰刘青霞》《震撼日本列岛的中国英雄》等多部，中短篇文学作品曾多次被《人民文学》《中国作家》、人民日报等报刊刊发，曾获各类文学奖数十项。

沅酉山水

张雪云

水墨河涨洲

一轮朝阳从对岸的河涨洲上缓缓升起，江心一片霞光洇染。

"城东五里黄草尾，村烟簇簇，林木苍苍，常有烟霞缭绕，日出时，更觉明媚。"这是古城沅陵旧八景之一的"黄草朝霞"。黄草尾曾是我母亲小时候熟悉的地方，母亲差一点就嫁到了那个村子。

从黄草尾的河岸望过去，沅水中的小沙洲，水墨画一样的河涨洲，似乎伸手可触。一座隽秀挺拔的白塔屹立在河涨洲头，倒映在碧波潋滟的沅水里，霞光染满天际，水面波光粼粼如碎银洒落。小船悠闲其中，往来穿梭，此情此景，一幅山水泼墨画卷，透着一股清俊之气。

如果以河涨洲上的龙吟塔为中心，溯流而上，可见凤凰山上的凤鸣塔。凤鸣塔身以青砖砌体，白墙敷面，身材匀称，檐角微翘，如美人云鬟卷卷，衣袂飘飘。如果顺水而下，在鹿溪口的山头，修缮一新且颇有气势的鹿鸣塔，在岁月的悠悠风雨中，细述着一些远古颓垣断壁的传说。河涨洲上的龙吟塔地势最低，塔身却最高，身形挺拔俊秀，像一位白衣翩翩的饱学秀士，其背面，青砖斑驳，长满苔草，历经风雨，似一位经历磨难的留守老人。龙吟塔比凤鸣塔更高，比鹿鸣塔更精致，更多几分沧桑之感，独自屹立在江心的河涨洲上。

龙吟塔、凤鸣塔、鹿鸣塔，这三座高低错落，相隔并不远的白塔、辰州三塔，分别耸立在一脉沅水的两岸，中轴一线，两两相对，环环庇护，默默以目光相望，以天籁相和，凤鸣和着龙吟，龙吟唤着鹿鸣，任凭世事沧桑，时光荏苒，相濡以沫。

一直想搭乘一只慢船，顺着流水的方向，接近这神秘而美丽的河涨洲。很多年过去了，这个愿望实现的时候，天都格外蓝。当一方河洲近在眼前时，着实让我激动。

秋天的沅水格外青绿，泛起的水花向后翻腾，拖出一船细碎的涟漪。尽管江心水流不急，静水流深的样子。但往昔这三垴九洞十八滩的沅水，那些淹没于河底的浅滩石礁，不知有没有被搅扰，想起诸多繁华与悲情的往事来，不知有没有听见远去的悠悠钟声。

靠近，再靠近，耸立在河涨洲头的龙吟塔，连天接水，在这水天一色中，似乎听久了禅语，越发显出庄严与肃穆，一派静气，倒多了几分神秘。我在心里突然有了某种敬畏，反而没有那么迫不及待地靠岸。船慢了下来，从一片乱石盘桓中，找到一条长长的青石板码头，石板被河水洗得发白，交错垒叠，直抵龙吟塔脚下。

停船靠岸，走出船舱，天蓝得刺眼，几朵闲云悠悠。沿着石板小路一直走到塔前，小心翼翼地，心里念叨一些遥远的祝福。四处打量，青砖围墙和木质的窗栏，已斑驳松懈，野径荒草，一块石碑竖立，隐约可见的正楷刻字，记载着那个年代的辉煌。围墙上爬满厚实的绿色植物，不知是爬山虎，还是木莲藤，几株耐不住寂寞的细瘦竹子，不自觉地伸出围墙来。

龙吟塔一袭白素，塔身被八方青砖花墙围着，一把铁锁紧锁着院门，似乎很久没有人打开过，也没有人拂去门上的蛛网。我踮着脚，从围墙的缝隙里望去，"龙吟塔"三个字隐约可见。须抬头、仰面，方可望见塔尖，看见塔尖的时候也看见了天高云淡，阳光从疏落的枝丫洒下来，直接照到了心底。塔高四十二米，浮屠七级，塔内置木梯可登塔顶，塔层疏密得当，造型完美，灵秀俊逸，是目前湖南仅存最高最完整的砖塔。虽然颇显荒凉，但灵气未减，仍有一派神圣庄严的气象。

我站在围墙外，怯怯地注视，畅想一座白塔、一方沙洲的前世今生。

河涨洲因何得名？有关河涨洲上的传说自古就有好几个版本。相传是皇帝赐名"河涨洲"，至于是哪朝哪代皇帝所赐，因何而赐，却不得而知。

后来流传某朝知县一副绝妙的对联："河涨洲，洲外舟，水涨舟流洲不流。黄头桥，桥边荞，风吹荞动桥不动。"听说下联还是一位农夫信口而出，对得倒是十分工整，流传至今。还有一个更远古的传说，说是打鱼的年轻船夫为了救一个女子，宁愿变成水鸭，托起小洲，小洲虽小，却能随河水起落而起落，水涨洲也升，总也淹不着。

传说一直流传了下来，生活在沅水边的人们，一代又一代，然而他们对于河涨洲的白塔，一直是心生敬畏的。再后来，沅水流域成了库区，水位升高，河涨洲淹没了一部分，龙吟塔却从来没有被淹，似乎真有神灵庇佑。

河涨洲上，龙吟塔前，绿洲与白塔濡沫相依，相辅相成，为沅水上一道重要的风景。洲上的人们生活了世世代代，为了祈福平安而修建龙吟塔，据史料介绍，龙吟塔始建于明朝，后经过修缮一直延续至今，佑护沅水这一方百姓。龙吟塔迎面扼住滔滔的沅水，上扪日星，下镇江河，多少人行船经过此地感叹，膜拜。

徘徊在龙吟塔前，我无意拾起过往的历史烟尘，无意踩痛一些往昔的纷纭传说，寻觅一些被湮没的遗迹。我只想简简单单地来，安安静静地离开。可我还是惊动了脚下的小草、树枝中栖息的鸟儿，它们已经好久没有被人打搅，唯有与脚下的滩头，细叙一河大水的滚滚东流。

河涨洲并非与生俱来的孤独。洲上以前住着人家，那里曾经是百十户的大村子，果木满枝，菜畦碧绿。洲上的人多以种菜和打鱼为生，日子过得与世无争。一个村庄，得经过多少代人，才能踩出这样一条条大路，才能雕琢如此精美的门窗，踩磨出一块块油光可鉴的青石板？后来，修建下游的水电站，这里成为库区，人们不得不舍弃家园，搬离上岸。如今洲上只剩下一处龙吟塔，成了孤零零的守护者。

我静坐河涨洲的乱石滩头，偶尔看看蓝天，看看云朵，看看眼前的河涨洲，看看对岸的黄草尾，我想知道，从黄草尾看河涨洲，与在河涨洲上看黄草尾，究竟有什么不一样。也许，风景没变，只是看风景的心情变了。我还想看见更远的看见。比如，看见鹿溪口常安山上的鹿鸣塔，看见香炉山上的凤鸣塔，看一江大河水最后流向洞庭湖。但我视线模糊，最终什么也没有看见，我安安静静地端坐在自己的心里，还好，风不曾停息，有风的地方就有回忆。

茂密的杂草丛生在河岸，成片的白杨林严阵以待，那些在水中独自飘零的小船，那些白杨林中修长的鹭鸶，时而栖息在洲泽湿地，时而成群翩飞，还有悠闲在草地上咀嚼的水牛，一群在水边拾荒的"河小青"志愿者，穿着统一的红色或者是浅绿的背心，弯腰或行走，与一河碧水，与绿色的林子，和谐如画，这就是一幅最美的山水田园牧歌图。

夕阳要下山了，船该回家了，江心氤氲出晚霞一片，渐渐掠去了心底那一丝淡淡的忧思。回头再望一眼河涨洲，洲上的白塔，她已经远远地在身后了。

水底的故城

我习惯了去河边看这一片大水，也不仅仅是看水，更是想看见水底的故城。

早晨八九点钟光景，沅水与酉水的汇合处，庄严而妩媚的水有一种不可形容的静气。太阳并不着急从紫宸山升上来，或许早升上来了，雾蒙蒙的云气娇了她，宠了她，惯了她，天边只是略略有了一丝羞涩的亮光，浅浅地，若隐若现，似有似无。

湿雾，照例从河面升起来，缓缓地，如一匹轻纱，飘拂在河两岸巍穆迤逦的长山中，白得温软，白得绵柔，梦一样，似人的初恋。水，清而婉，透出秀雅明丽。一些似雾非雾的水汽，丝丝缕缕的，厚薄并不均匀，紧贴着水面，漪来漾去，水深流速，舒急有致，变幻无穷，大泼墨、大写意一般，很是灵动。往来船只，迷蒙中，虽不能十分清楚地看见，却听得出船行"突突突"的声音，间或渔舟弄筏的歌呼声。

约半个时辰后，素颜的阳光勾勒出南岸的凤凰山、香炉山寂静的轮廓，北岸的梧桐山、天宁山、鹤鸣山顿时遥相呼应生动起来。阔大的水面波光粼粼，从沅水江畔的舒溪口、丑溪口、沙金滩下行，柳林汊、清浪、朱红溪、北溶上行，以及酉水两岸各处下行的大小船只，开始俊朗地往来穿梭，犁出一道道白浪，涟漪互应，交相晃荡。

　　人到中年的我，看一看南北两岸巍穆灿然的山，又望一望这片宽博的水，似乎水底有一座令无数人感叹唏嘘的故城，瞬间湿了我的双眼。貌似多愁善感的我，免不了想起《牡丹亭》里的一句："原来姹紫嫣红开遍，似这般都付与断井颓垣。"

　　印度有句名言："两河相交的地方，一定是智慧诞生的地方。"沅陵，作为一座千年古郡，自然有着自己不同凡响的前尘往事。事实上，每一座城池都有自己的故事，就像每个人有自己的故事一样，有智慧，有得失，有荣光，也有悲怆。

　　每一座古城，浸泡在时光里，有的缓慢生长，有的转瞬死亡。站在岁月的拐角处，隔着陈年的月光，能够打捞出一些鸡零狗碎的往事、起承转合的忧伤，也不失为觅得一缕梅香。让走过石板路、扶着老城墙的人们，嗅出一些有颜色的味道，咀嚼或回味，都是值得的。

　　这座古城，是五溪山水相交之所，荆南要冲雄峙之地，素有"湘西门户""南天锁钥"之称的古城，峨冠博带的屈原曾经涉江来过，朝发枉渚，夕宿辰阳，看着桀骜不驯的沅水河发出感叹："沅有芷兮澧有兰……观流水兮潺湲"，辞很短，忧伤很长；颠沛流离的王阳明来过，带着格物致知的仁心于虎溪山麓"杖藜一过虎溪头，何处僧房是惠休？云起峰间沉阁影，林疏地底见江流。烟花日暖犹含雨，鸥鹭春闲欲满洲。好景同来不同赏，诗篇还为故人留"；虎门销烟的林则徐来过，壁立千仞，无欲则刚中满目风情，"一县好山留客住，五溪秋水为君清"；位高权重的董其昌来过，眼前佛国里大唐龙兴讲寺的暮鼓晨钟，遥远了月光遍地的水途。"不折不从，星斗其文，亦慈亦让，赤子其人"的沈从文先生来过、住过："由沅陵南岸看北岸山城，房屋接瓦连椽，较高处露出雉堞，沿山围绕，丛树点缀其间……由北岸向南望，则河边小山间，竹园、树木、庙宇、高塔、民居，仿佛各个位置都在最适当处。"还有"你是人间四月天"的林徽因来过："沅陵的风景，沅陵的城市，同沅陵的人物，在我们心里是一片很完整的记忆，我愿意再回到沅陵一次，无论什么时候，最好当然是打完仗！"

　　对于这样的一座老城，我从小充满了向往与渴望。我家住在蓝溪旁，离老城并不远，约二十里地。每次，当我考试优胜，作为奖赏，母亲便会带我来到老城街上玩半天，小小的我见到了大世面，所见皆是欢喜的。到了南岸的驿码头，渡河的码头上有卖炸灯盏窝、油粑粑、炒爆米花的，卖削甘蔗的，卖油砂炒板栗与五香瓜子的，围着青布围裙，笼着碎花袖套，各自卖力地吆喝，有腔有调，有板有眼。码头上方一个灰头土脑的小砖屋，当街一面墙上凿了个木格小窗，是卖渡船票的。船票五分钱，起先是一枚烙有字印的小竹篾片，后来改成盖有糊糊的章子的纸片。过渡时，先从码头下到趸船上候着，眼巴巴看着老气横秋的渡船气喘吁吁地靠过来，轰的一声撞在趸船两侧绑着的橡胶轮胎上，晃得人直打趔趄。船停靠三五分钟，船上一胡子拉碴的老汉吹响口哨，大声地吆喝："开船啰，开船啰。"于是，码头上急着赶船的人肩扛、背负、手提各色货物，鸭子下水似的慌里慌张扑下来，待到上了船，船却并没有立即开，于是就有满脸汗水的妇人开骂道："砍你个脑壳的，催，催，催，催死啊！"吹哨的老汉也不作声，偶尔还会咧嘴一笑："催生不催死呢。"渡船到中南门靠岸，人们从跳板走过去，跳板一端固定在码头石阶上，一端搭在趸船船舷上，众人呼啦啦从跳板上走过时，摇摇晃晃必不可免，故也常常会有毛里毛躁手脚不稳当的人掉下水的，狼狈不堪地湿了鞋裤，引得众人哄堂大笑。

　　老城街巷纵横，码头众多。主要的街道称城内大街。从西关城外起到文昌门止，分别是县前街、上南门正街、二府街、中南门正街、考棚街、义仓街，下南门正街、文昌门正街。东边文昌门外至街尾称东关大街，西边从西关出溪子口称西关大街。西关大街由通河桥正街、游府街、大西街、清泰街、太平街、溪子口组成。西关大街和城内大街、东关大街东西贯通全城，是沅陵正街。在正街之南，由店铺、居民住家相隔，又有一条河街。东从文昌门至下南门段称下河街，下南门至中南门段称中河街，再往上到上南门称上河街，再上到通河街口称通河桥街，从通河街口再上到当铺台段统称河街。民国时期沅陵老城流行的民谣：西城的豆腐东城的酒，西城的酒馆东城的妞；北城的学生看风景，南城的船排水中游；城中官衙雄赳赳，城中大户坐轿走；夜里逛逛戏园子，美旦小生样样有。可见当时的热闹。

老城的北面巷子，从城西大王庙算起有：大王庙冲杨家巷、卷桥口巷、小施家巷、大施家巷、龙兴巷、火神庙巷。火神庙巷后是榆林坡、马坊界、虎溪桥、杖藜坞、阳明读书台、红坡山。然后，依次是清泰巷、铁炉巷、内铁炉巷、柳营坪巷、小同文巷、马良巷、同文街（其中同文街内有三条大的横巷由外至里为：大同文巷、嫁家巷、西冲巷）。同文街后面是西冲、小营门、新村、把关坡。在所有街巷中，比较著名的有：牛肉巷、城隍庙巷、甲第巷、府坡横巷、杏浒冲、总爷巷、尤家巷、马路巷、五甲坪等。这些曲里拐弯、变化无穷的古旧老巷，无疑成为这座古城的毛细血管，流淌着数不尽的楚风乡韵。斑驳的墙角，陡峻的飞檐，长满青苔的青石板小径，旗帜似的东张西挂的各色衣物，持一壶茶或酒闲摆龙门阵的老者，打纸板或陀螺的小孩，庭前的一丛疏竹，三两树寒梅，积蓝耸翠，明黄有间，无一不在诉说光阴的故事。

中南门，往往最热闹。下猪脚粉的、包饺子馄饨的、挑担剃头的、焊锡补锅的、扯白糖姜糖的、卖花生瓜子烤烟的、抽着风箱打铁的、叮叮当当捶金锻银的、卖各色印花布匹的、扯着喉咙来两嗓子辰河高腔的，还有卖针头线脑各样百货的。人们夏天摇着蒲扇，冬天抱着火笼，各自为着生计，做着无论天晴落雨都十分精彩的努力。

河边的吊脚楼最具风致，高高低低，歪歪斜斜，参差有韵。推窗而望，可见群峰竞秀，积翠凝蓝，大小溪流萦回，种种细流款款。东城湾的木排，溪子口大码头的缆绳，任凭目光随意掇拾，浑身舒爽惬意得很。我那时，喜欢看那一街的花花绿绿，纷纷攘攘，时不时蹲下来，瞅得眼珠子差不多快掉下也不愿起身，直到母亲揪了耳朵，方才心不甘情不愿地踽踽而行。逢到口渴，会到尤家巷的龙头井掬上几捧凉水，沁甜沁甜的，既饱肚又解渴。电影院旁的小人书摊，花上五分钱，什么《西游记》《地道战》《鸡毛信》等连环画应有尽有，足可打发整整一个下午的时光。每逢这时，母亲就可以放心大胆地去买些家里所需的油盐酱醋，纳鞋垫的布壳、丝线、顶针，回头再到书摊前找我回家。每次上街回来，都会兴奋得好几天睡不着觉。

后来长大一些，我读到沈从文先生写沅陵的诸多文字："就中最令人感动处，是小船半渡，游目四瞩，俨然四周是山，山外重山，一切如画。水深流速，弄船女子，腰腿劲健，胆大心平，危立船头，视若无事。同一渡船，大多数都是妇人，划船的是妇女，过渡的也是妇女较多……"每看到此时，不知不觉地，泪水涌了出来。我想起了母亲，也想到了乡亲。母亲何尝不是这样的水边弄船女子，用一生的心思渡着我们的家园，渡着我们的幸福，也承载着我们童年的忧伤。我们至今还没有完全长大，而母亲，却一天天无可置疑地老去。母亲脸上布满时光研磨的皱褶，缕缕白发在风中飘散，当她坐在太阳底下，戴着老花镜纳鞋垫，要我帮她穿针的时候，我的泪，忍不住又来了。

20 世纪 90 年代，因为沅水流域五强溪大型水电站的修建，沅陵老城大部分街巷沉入水底，只有高处的龙兴讲寺、虎溪书院、胜利公园、马路巷宗教一条街等处得以幸存，成为古城记忆复苏的原点。"高峡出平湖"，这座千年古郡，将一座城池的荣耀与尊崇悄然隐于水底，让所有曾经看见过他或是再也没有机会看见他的人，在回想中痴念，在未知中浮想。

正午的阳光，灿烂温和。卡尔维诺《看不见的城市》道出了一组城市的编码：城市与记忆，城市与符号，城市与名字，城市与眼睛。其中有这么一句话："记忆中的形象一旦被词语固定，就被抹掉了。"我在想，如果记忆不能被词语表述，记忆又会存在于哪里呢？也许，相对于回忆，更多的目光，需要触及无限的远方和未来，而与时光流逝密切相关的种种，需要某一段时空的覆盖、掩埋和沉淀，如年轮深藏在树木的纹理中。看不见的城市，看不见的空间，或许更适合一些无法想象的流淌，无可相遇的回溯。

一滴水，落在春天，可以姹紫嫣红；一滴水，落在江湖，可以拍岸惊涛；一滴水，落进命运，可以惊鸿四起。一条水的命运，一座城的命运，如此紧密，息息相关。

静静地凝望远方，一座千年的故城，在水底，仿佛没有离去，似乎也不会归来。

透过水边的蒹葭苍苍，聆听静水流深的回响，默默地获取某种庄严、平静、欢喜和力量，这样，也许会给每一个栖身于这座小城的人，以宽博，以气度，以温暖，以希望。

窗外的河流

当初，从繁华的都市回到这座面容清丽的小城，与窗外这一脉沅水不无关系。

很多次，我在城市的夜空下醒来，意乱心烦地坐在梳妆台前，窗外的灯火与人流，欲语还休。家与家，户与户，人与人，始终隔着一扇永远不会打开的窗户。我没有时间浪费微笑，也没有闲情总是悲伤，路上所有的人生，除了匆忙，还是匆忙。

人到中年的自己，常常想，我应该要有一个自己喜欢的模样——于淡淡清风中，笑语嫣然，可以在一河清浅的溪水里旁若无人般伸出脚丫，可以在春天的百合花中无所顾忌地将喜爱绽放，可以撑着雨伞在青石板小巷轻吟浅唱，也可以在一簇雪花里刻骨蚀心地等待一个温润的远方。

当窗外的这条河流兀自缓缓流过，我渐渐发现，自己已经很久很久没有这样耐心而平静地注视生活，以及生活中那些时光雕琢的细碎，细碎中透出的敦厚温柔。静静地看着这条沅水河，畅想这条河的前世今生与人的命运。席慕蓉说过："生命是一条奔流不息的河，我们都是过河的人。"

我总是渴望回到我的小城，回到我最初的河流，那是隐匿在心灵深处的归来与希望，为生命的河流，或者说是为自我的内心，找到渡口。

小时候，我在蓝溪河畔长大，小小的蓝溪，在一个叫蓝溪口的地方，风姿绰约地注入这千里沅江。蓝溪口的对面，是被历史烟云湮没的楚时黔中郡遗址。沅水娉娉婷婷地环着群山，拐了一个大弯，然后，又将流经数百里与之汇合的酉水温柔以待。蓝溪口东岸有座并不高的山，叫兴龙山。登山而眺，临流意远，可以越过秦汉的战火硝烟，在某一个瞬间捕捉到屈子路漫漫求索问天的叹息。酉水拖蓝的虎溪云树中，有座特别古旧的寺院，叫龙兴讲寺，内有王阳明先生曾讲授心学的虎溪书院。龙兴讲寺敕建于大唐李世民时期，如今繁华落去，偏安于时间的逻辑之外，随便飘零的一片落叶，都可以梦回大唐，将一处梵音天籁缥缈成暮鼓晨钟。

早些年，我窗外的文昌码头处，是沅水流域一个重要的集散中心。周边十里八乡的农民将自己生产的桐油、菜油等农副产品从山里担来，驳船靠岸，到这里倒卖，换回一些银两或布匹、食盐等物品。特别是清晨，那些挑担的土家汉子，穿着对襟布衫，包着青布头帕，脚穿自制的草鞋，从弯弯山道上挥汗如雨而来。微胖的妇人，梳着耙耙髻，背着大背篓，弯腰蹒跚而来，背篓里面装着板栗、花椒、木耳、黄豆、花生等各种山货。他们打着手势，说着土语，彼此交换着各自的生活所需与小小的欢乐。

水岸码头边，人车繁忙，众语喧哗：乡下情侣打情骂俏的，妇抚儿乳啼笑晏晏的，老母长唤儿孙归家的，挑箩掮筐大呼借道的，自然还有篾篓里的猪崽哼哼唧唧的，背篓里稻草拴翅缠脚的鸡鸭突然打鸣的，好不热闹。小商小贩们，成群结队，为挣几个零用钱，推着货架，挽着提篮，卖茶叶蛋、槟榔、山果、烤红薯、瓜子、香烟什么的，叫卖声此起彼伏，不绝于耳。此番景象，全然一幅现代版《清明上河图》，一时呼啦啦地在渡口码头的水面铺陈开来，又随一行白鹭点出的涟漪漾出很远很远。

乡亲们起早贪黑地在水边忙活着简单的日子，任劳任怨、不急不缓、从容踏实，既丰富着自己单调的生活，也丰富着沅水的民情风俗，成为沅水流域独特的一景。

河对岸的凤鸣塔，一袭白袍，飞檐翘角，在青素凤凰山的朝霞里伫立眺望，眼里有我一眼看不透的哀伤。再远一点，是河涨洲上的龙吟塔，鹿溪口常安山顶的鹿鸣塔，三塔呈一线分布，两两相对，恋恋不舍，颇有来历。

清晨时光伴着忙碌，黄昏追赶着落日，晚霞洇染着天边，有人走在回家的路上，有人牧着梦中的白云。云水往事不会留影，风花雪月自然有情。我开始不止一遍地想，想着远古的水岸人家，是用一双双怎样灵巧的手，把贫瘠的山坡变成大地的诗行，那些富于音韵的盘木车水号子，又如何交织幻化成最初的洪荒。三垴九洞十八滩的沅水，又如何流出众多的城市与村庄、意义与方向。我似乎看见，茫茫山野中，祖辈漆黑的脊梁上滚动着无数颗太阳，《背山谣》里的妇女们，衣襟上别着命运的徽章，把对生活的祈盼固守成辰州府里荣耀的城墙。溪子口，通河桥，中南门，下南门，临河而建的吊脚楼，鳞次栉比，宛如一群栖岸而息的鹭鸶。

老城，老街，老屋，一色的灰砖青瓦，马头墙，云钩檐，雕梁画栋。一块块青石板从岸上一直铺到河边，沿着宽阔的台阶逐级而下，河里的货运船、渔舟、竹筏，川流不断，河边的棒槌声、涛声、桨声，声声动听。

"浔阳江头夜送客，枫叶荻花秋瑟瑟。"这是白居易的渡口。"春潮带雨晚来急，野渡无人舟自横。"这是韦应物的渡口。"执手相看泪眼，竟无语凝噎。"这是柳三变的渡口。"渡口旁找不到一朵可以相送的花，就把祝福别在襟上吧。"这是席慕蓉的渡口……沅水的渡口码头，远没有这么诗情画意，我读出的全是烟火人间，浩荡之气。

懒散的阳光落在我的窗台上，窗棂间的树影彼此喁喁私语。一袭乌黑的长发披拂胸前，一杯碣滩清茶透着幽香，德彪西的"月光"洒在书桌上，追忆过去，都已成往事。风吹着风，水依旧流着水。一条河流，从远古起始，在如此凉薄的世界，依然深情地流着，欢快地活着。我还有什么理由，不让心灵裂缝中某些遗落的美丽，氤氲出一片清澈的云水与禅心？

黄昏时分，绮霞漫天。轻晃慢漾的河水，波光粼粼。几只渔船闲散地泊在河中。渔人用长长的竹篙把一群鸬鹚"扑哧"一声赶下河，鸬鹚们争先恐后地跃入水中，上下翻飞。宽大而尖尖的喙，从水里叼起活蹦乱跳的鱼儿，生动一河的景致。

若是涨了麻浑水，河中除了放排的，岸边少不了也有人支着罾，徐徐将网收起，又缓缓放入水中，一收一放，宛如一幅图画悬挂眼前。网起网落，五彩斑斓的霞光尽收网底，十分动人。这样的场景，如今，只能是梦里依稀可见。

在缥碧的沅水、悠悠的纤绳、摇动的桨橹中，多少个平常的日子被一页页翻过，又被一页页刷新，滋养和见证了祖祖辈辈多少生命的蓬勃和智慧文明的诞生，又收藏了多少荣耀的历史与骄傲的往事！沧桑之后，水依然会流走，岸依然还在，褪去古老的裙衣，换上时代的霓裳。那些水灵灵、鲜嫩嫩的日子，正从沅水码头的船上一筐筐、一篮篮地呈上来，带着泥土的芬芳……枕河而居的人家，天天都有"山的味道，海的味道"。风雨黄昏后，红泥小火炉烧着熊熊炭火，铁锅里煮着鲫鱼、鳜鱼、鲇鱼等，除了放些姜蒜，不加任何佐料，随着炭火的炖煮，浓稠的鱼汤呼之欲出，其汁，浓若豆花，香如芫荽，轻轻一啜，唇齿留香，即在梦中，依然荡气回肠。入夜，一江河水，静静地流淌着这家与那家的温度。

窗外的这条河流，时时映在眼里，淌在心头。有人在人生的河边作注，有人在心灵的"边城"出生。生活就像流水，淙淙地从你身边淌过，一生中的幸或不幸的时刻，早已蕴含在一条河的此消彼长与岸边水草的荣枯里。

秀峰沉默，木石相依，凝望一条河流，更多的时候是在凝望自己，阅读生命本身。一场秋雨悄悄地缝合着大地万物，滋生着老墙古巷里的生机。我，渐渐觉得，自己更像一位归来的隐者，守候着失而复得的欢娱，哪怕凋零了小小的等待。

夜深了，我伫立的小窗，似乎成了蜿蜒河流生动的坐标。我想，真正回归的人，即使一无所有，窗外这条永远孕育生命的沅水，也会毫不犹豫地接纳一个游子的归来。无论是城市还是乡村，无论是长亭还是月光，拥有一条窗外的河流，相拥一方温暖的山水，找到自己生命的渡口，简直，一定是美的。

龙兴讲寺的月光

一个人走在回家的路上，月光如水，明亮如镜。

想着苏轼《记承天夜游》中的月光："庭下如积水空明，水中藻荇交横，盖竹柏影也。"感叹月光的皎洁与超然物外，慕羡苏轼与张怀民这样的挚友，庭院赏月，流水知音。于是也想着做一个闲人，举着一头蒙蒙月光，沿着施家小巷独自前行，没有雅趣盎然的欣喜，我只是想去看一看，龙兴讲寺的月光，朗照在高阁、碧瓦、飞甍上的月光，在今晚，是一种怎样令人心痛的感觉。

沿着小巷，顺着红墙往下，小心翼翼地行走。一溜的黑瓦、白檐、红墙在眼前晃，瓦楞上几茎不知名的草抖擞着细小的轮廓，隐约看见墙内高大的建筑，重重叠叠，依山随势，庄严而又肃穆。月光疏朗，清亮如水，倾泻在那些飞檐斗拱的暗红建筑物上，既安静又慈和，仿佛笼罩了一层佛光。我心里连连惊喜，白天的感觉和晚上全然不一样。墙内和墙外的感觉，也全然不同。

其实，近在家门口的风景，白天有一大把的时间去看。况且，龙兴讲寺晚上是不开放的，一把铁锁拉开了现实与想象的距离。其实很多时候，我们都曾被生活拒绝过，也只能是生活的门外客，想出，出不来，想进，也进不去。

我徘徊在广场的月色里，毫无纤尘的江天一色，空中，一轮皎皎孤月朗照。看一河苍茫的沅水，从我眼前不知疲惫地流去。至于它最终流去何处，我并不在意，也左右不了，但我在意眼前的月光，在意当下的心情。在此之前，我来过，在此之后，我依然还会来，当下与未来，时光仿佛没有走远，人生代代无穷已，江月年年望相似。

白日里，我和女儿来河边散步，坐在广场的码头边，看水、看山、看云，这里有一片开阔的水域，是沅江和酉水合流后的开阔与雄浑。对岸是南岸的李子园、老瓦溪，再远一点，就是窑头村、楚秦黔中郡遗址。水边有大型的沙石场，机器轰鸣，繁忙喧闹，沙石堆积如山。越过一条马路，龙兴讲寺安静在自己的世界里，一闹一静，鲜明地对峙着。女儿对沙石特别感兴趣，她在这些沙堆里匍匐、翻滚、滑沙、打漂漂岩（打水漂），消磨着一个又一个周末的午后。秋风里，女儿如一只快乐的丁丁雀儿，在落满银杏叶的龙兴广场上，翩然起舞。玩得累了，她就坐在草坡上，睁着大大的眼睛，看着神秘而肃穆的龙兴讲寺的牌楼，然后悄悄问我："妈妈，那扇红色的门里面都有些什么呢？"

那扇古朴的红色木门后面都有什么呢？关于龙兴讲寺的历史渊源，我该对女儿讲述怎样的故事呢？女儿还小，她并不知道，眼前的龙兴讲寺，早在唐朝的时候就修建了；她更不会知道，这座地处偏远湘西的小城，脚下这片厚地高天的土地，一些曾经的辉煌和一些波澜壮阔的历史，是需要

我们惊讶、叹服，并默默铭记的。

在我写沅水的一些文字里，多次提到龙兴讲寺，提到红墙边的小巷，但却没细写有关龙兴讲寺的文字。龙兴讲寺太重了，太沉了，历史太久了，我单薄而纤弱的一支笔，描绘不了他深厚的历史，他苍凉的背影，背影的沉默，沉默的叹息。但，他又是沅水流域绕不过去的一个文化制高点。

我所在的小城沅陵，古称辰州，秦时为黔中郡郡治，两千多年来，一直是州府所在地。沅陵处在五座古名山的山麓，有"一城压五山"之说，这五座山分别是：虎溪山、梧桐山、鹤鸣山、天宁山、飞霞山。历代以来，各山都一直分别有其用途：鹤鸣山为县学、府学所在地，用今天的话来说就是"大学城"或"教育中心"；天宁山为比武练兵的校场所在地，用今天的话说就是"体育城"或"体育中心"；飞霞山为府县衙门所在地，用今天的话来说就是"政治中心"；虎溪山和梧桐山自然就是"宗教中心"和"文化中心"。虎溪山与梧桐山默默相望，梧桐山是历代名人雅士聚会吟唱的风景胜地，现在是纪念湘西剿匪的胜利公园。

龙兴讲寺，位于沅陵县城西北的虎溪山麓上，是唐太宗李世民在即位称帝第二年下旨修建的，是一座专门用于传授佛学的千年寺院。讲寺之所以用"龙兴"为名，寓帝王之业的兴起。《尚书序》载："汉室龙兴，开设学校，九五飞龙在天，犹圣人在天子之位，故谓之龙兴也。"由此可见，唐太宗敕建江南讲寺并赐名龙兴，是有其深刻政治含义的，是希望借此通过佛法传播，感化"叛服无常"的西南，实现教化一方、稳定一方的目的。

我真正理解并走近龙兴讲寺，是多年前的一个夏天，那时的龙兴讲寺，曲径通幽处，禅房花木深。鸣蝉在高大的古树上放声叫着，本来幽静的寺院，越发空寂。我的一位老师，从岳麓书院出发，沿途奔波三百多千米，专程慕名来访龙兴讲寺。我这个本地外行人，成了理所当然的导游。

进了大门，由头山门到过殿，漫长的台阶，三十八级台阶，又过二十八级，终于到了二山门，走过"幡盖云丛"，走过古老的牌坊，走过雕花的彩绘木门，大雄宝殿在眼前了。大雄宝殿是龙兴讲寺最主要的建筑物，大殿正面高照一块大匾，上书"眼前佛国"四字，为明礼部尚书董其昌的字迹。据传，这是董其昌往滇巡视路过沅陵时，患了眼疾，得寺内僧人施治，很快痊愈，于是为讲寺写下了这块匾额相赠。大雄宝殿雄伟壮观，为重檐歇山式屋顶，高阔的大殿居然无一钉一铆，全木结构，大殿八根楠木内柱，直径八十多厘米，石础为覆莲状，系唐代建筑遗存。大雄宝殿正中间的镂空石刻讲经莲花座，玲珑剔透，甚是精美，相传为明代所制，为国内罕见之物。

过了大雄宝殿，后面是一个四合院式建筑。左右分别是弥陀阁、旃檀阁，正前方坐北朝南是观音阁，这些建筑都是明清时期的风格。绕过观音阁左边的石门，往上便是笔直的石阶，抬头可见"青云直上"牌楼高耸云天。过了"青云直上"，站在高处，俯瞰这一宏大的建筑群，一脉玉带一样的沅水，安静、从容地自门前流过。

有必要说一说虎溪书院。一代心学宗师王阳明自龙场谪归经过沅陵，特地接受辰州学子之邀，在龙兴讲寺内讲授心学。虎溪书院是明朝的建筑，先是王阳明讲学的地方，后由其学生筑虎溪精舍，后又改为虎溪书院。王阳明造访龙兴讲寺时结识了龙兴讲寺以前的住持惠休大师。后途经辰州再次来到龙兴讲寺，遗憾的是惠休大师已经仙逝。访友不着，失落之余怅然留下一首诗："杖藜一过虎溪头，何处僧房是惠休？云起峰间沉阁影，林疏地底见江流。烟花日暖犹含雨，鸥鹭春闲自满洲。好景同游不同赏，诗篇还为故人留。"

老师兴奋地说，没想到龙兴讲寺比岳麓书院早建三百四十五年，三百四十五年呢！那可是一个朝代的轮回，足以影响一个时代的文脉。虎溪书院比龙兴讲寺晚了三个朝代，比岳麓书院晚了两个朝代，虎溪书院在规模和学术影响上虽无法和"道南正脉"的岳麓书院相提并论，但绝不可忽视，不能被历史淹没曾经的光芒。世人都知道明代大儒王阳明的格竹寻理、龙场悟道，却不知道"龙场悟道"后的"虎溪布道"所在地，就是如今的虎溪书院，虎溪山，因此成为王阳明传授"心学"的首站。修缮一新的书院，恢宏壮阔，古色古香，也有了新的时代内涵。

云淡风轻的日子，甚是晴朗，甚是惬意。鸟雀在林间上下飞蹿，朱红的油漆，散发淡淡的味道，间夹着从历史深处飘来的气息，院子里并没有其他游人，出奇地安静。老师背着单反相机，他在拍了一些古刹大殿的镜头之后，连连称叹。台阶上、园子里、廊桥上、古戏台、亭子边，红漆的大柱，雕花的门窗，圆形的拱门，有古寺牌坊、飞檐斗拱做背景，怎么拍都是一幅景，流露出古朴的艺术气息。在龙兴讲寺里，同时观赏到唐、明、清几个时期的建筑和装饰雕花风格，可谓不虚此行。

老师沉浸在对照片的构图、光感、画面的细节处理里。我对摄影技巧没什么心得体会，只是站在一旁，对着那些高大而寂然的建筑群，默默地发呆。面对大唐千年的前世与今生，我除了悄悄地来，安静地走，实在是热闹不起来。出了这扇厚厚的木门，我得返回在红尘里世俗而微小的生活现场，戴着面具，烟火人生的日子，容不下矫情的抒怀。

老师亦喜爱书法，对"眼前佛国"四字颇为赞赏。殊不知，留下墨宝的明朝礼部尚书董其昌不仅是朝廷重要官员，也是当时的书法大家，他的墨迹保留至今，令许多游人，特别是书法爱好者流连忘返。虎溪书院牌楼上"青云直上"四个遒劲有力的字，是沅陵本土已故书法大师娄千里的墨宝。

如今，大雄宝殿以及寺内的建筑已经修缮一新，龙兴讲寺也免费对市民开放了。女儿渐渐长大，对家乡的山水风物有了自己的热爱，我该带着她来看看家乡，和她讲讲龙兴讲寺了。尽管贞观之治的那场雪一直下到了现在，尽管龙兴讲寺的故事讲也讲不完，我还得从"眼前佛国"说起，大唐历史这本线装书，凝固在大雄宝殿那个镂空石刻讲经莲花座上，这是个千年的什物，被时光搁在了此地，这是供人追源溯流、谈古说今的历史见证。每一个彩绘木门窗棂格里，都浸渗了大儒王阳明的心学精髓；每一根红漆大柱上，都沾染了朝圣者虔诚的气息。一千三百多年前的钟声，敲醒了蛮夷之地，唐太宗亲自诏书"敕建龙兴讲寺"的石牌坊如今仍屹立在山门上。大唐贞观之治恩威布施，以"仁治"代替"武治"，羌笛何须怨杨柳，春风也度玉门关。

今晚的广场，月光格外地皎洁，也似乎格外凄冷，浑圆，清辉如水。徘徊在广场的我，久久不愿离去。一个人安静在码头边，渡口，一只渔船泊在洒满月光的水途。月光还是千年前的那一剪月光，只是洗了白露的霜，于水岸蒹葭苍茫处，慢慢地隐了光芒。

这样的月光，妙空长老看见过，董其昌看见过，惠休大师看见过，王阳明也看见过，唐太宗李世民似乎也远远地看过……"江畔何人初见月？江月何年初照人？人生代代无穷已，江月年年望相似。不知江月待何人，但见长江送流水。"耳畔，隐隐地，有流水深处的些微声响，又仿佛听到了龙兴讲寺消失已久的钟磬音。

酉水拖蓝

我伫立的地方，亦是酉水的终点。

酉水奇谲诡幻，令人神往。酉水，又称更始河，白河。《汉书·地理志》载："酉源山，酉水所出，南至沅陵入沅，行千二百里。"蜿蜒曲折的酉水，历经崇山峻岭，最终尘埃落定，在沅陵溪子口汇入沅江。溪子口江面，沅、酉二水合流处，有水自酉洞出，性沉而劲，每到春夏水涨，两江黄浊，独其中一线蓝色，直拖江面，登城遥望，仿若翠带，这就是古城沅陵极负盛名的"酉水拖蓝"。

沅、酉两水合流处，南为虎溪山麓，旧有古树十余株，大数十围，高撑云汉，枝干轮困，烟云盘郁，蔚然深秀，影落江潭，史称"虎溪云树"；北为太常良野平畴，下有一滩涂，名烟包洲，洲形似梭，沅、酉二水汇合于梭尖，如飘带，若绢匹，恰似"美女穿梭"；其上三五里，名白田，四山环峙，酉水前绕，中间一带烟村，冬日雪霁后，山头积素，与酉水银波碧浪上下辉映，形成"白田映雪"，蔚为奇观。

"酉水拖蓝、虎溪云树、美女穿梭、白田映雪"，这些旧时美景，想一想，听一听，就美妙极了。如果有幸得见，我想一定不会辜负。

"千寻百货上边地，万担桐油下洞庭"，早在夏商时期，酉水即有漕船在河中摆渡和进行短途运输，到了秦汉，航道已臻完善。沿河码头商贾云集、店铺林立，串起了大溪、后溪、石堤、里耶、洪安、茶峒、洗车、王村、老司城等一系列有名的集镇，成为上游重庆酉阳和湘西龙山、中游

保靖、下游永顺和古丈等地沿岸百姓通往外界的主要通道。

沈从文先生曾如此描绘道："那条河水便是历史上知名的酉水，新名字叫作白河。白河下游到辰州（沅陵县旧称）与沅水汇流后，便略显浑浊，有出山泉水的意思。若溯流而上，则三丈五丈的深潭可清澈见底。深潭中为白日所映照，河底小小白石子，有花纹的玛瑙石子，全看得明明白白。水中游鱼来去，全如浮在空气里，两岸多高山，山中多可以造纸的细竹，长年作深翠颜色，逼人眼目。近水人家多在桃杏花里，春天时只需注意，凡有桃花处必有人家，凡有人家处必可沽酒。夏天则晒晾在日光下耀目的紫花布衣裤，可以作为人家所在的旗帜……正因为处处若有奇迹可以发现，人的劳动的成果，自然的大胆处与精巧处，无一地无一时不使人神往倾心。"

一条从溪子口横跨酉水直抵太常的大桥，千年的守望很快变成偎依，几代人的梦想将变为现实。桥通了，过水路的机会自然就少了。喜欢怀旧的我，一直想去看看酉水，看看将要消失的渡口。从溪子口小巷的青石板路徐行而下，左有一溶洞，先前是水中讨生活的人们聚居之地，古城未淹时，有个很大的码头直通河边；右有一山，一侧壁立如仞，直入水中，山顶有飞来阁放生寺，供水上往来的人们烧香、许愿。从飞来阁放生寺的磬声香火中凝望沅江、酉水，烟波浩渺，视野阔大。河埠码头水声呢喃，往来舟帆桨声悠远。远方青山逶迤连绵，近处碧水漪旋清澄。

我驻足在岸边，静静地看着这条酉水河，然而我并没有看到"酉水拖蓝"，看到更多的是水岸的烟火人生。

母亲曾住在水岸边，熟悉这些逐水而居的水岸人家。诸多的码头、河埠、街市、店铺被炊烟包裹着，颤巍巍耸立的吊脚楼，幽远深邃的曲街老巷，层层叠叠的青石板路，爬满常青藤的马头墙，活脱脱一幅斑驳的油画。吊脚楼里，多半居住着土生土长的渔民、排工，还有乡下来的妇人，男人多粗犷豪放，女人勤劳温柔。放排打鱼的汉子，总爱聚在河边，或闲谈，或娱乐，或欣赏那一行行鸬鹚映在河中的倒影。他们多半浪里来浪里去，见过世面，受过磨难，个性粗犷骁勇。他们肯定会充一充船过清浪滩的狠气，也会扯一扯顺水滩上的悠然，然后端起大碗酒，"哦嗬"一声，会吼上几嗓号子：

> 水深不过龙泉山，水浅不过燕子滩。
>
> 杉木溪，放长缆，颗颗汗水摔八瓣。
>
> ……
>
> 姊妹修行姊妹山，敲经念佛明月庵。
>
> 兄弟相争麻叶湖，船儿拢了青浪滩。
>
> 撑着篙，拽着纤，一身精光一身胆。
>
> 我四十八站到云南，我又四十八站到长安。
>
> 冲急流、闯险滩，飙那要命的凤滩角茨滩啊。
>
> 我对天大叫三声"我的娘"！
>
> 摇一橹，荡一桨，一盘号子喊千年……

酉水，有时是高亢彪悍的，有时又是诗画铺陈的。春雨霏霏时，远山含黛，树影婆娑，舟楫往来，依山而建的村寨，临水而枕的码头，涵虚迷蒙，如同一幅宋人大写意的水墨丹青；夏荫匝地时，水声震天，激流飞溅，艄公水手神情肃穆，飙滩搏浪，一船的号子一河的船，吊脚楼下的浣衣女子则又搅起了一河的温柔一河的牵念；秋高气爽时，澄江如练，橘红橙黄，苇白天蓝，沿岸炊烟缭绕，红男绿女情歌绵绵，码头灯火温情脉脉，一幅"心远地自偏"的世外桃源景象；水瘦山寒时，一川萧瑟，满河清寂，远行归来的人们带足了过年的食物，家家户户开始杀年猪、打糍粑、祭神灵、舞龙灯，高腔、阳戏、小调，楚风阵阵，此起彼伏，野性而多情。

容不得我多想，"呜呜"几声汽笛，轮渡横过酉水，画了一弯弧线，到达太常码头。远远看见河边有一位船工在忙活。我绕过几只泊岸的小筏子，来到船工身边。老船工似乎没有发觉我的到来，只是一门心思地用桐油搅和着石灰，将那只心爱的木船一遍遍地打磨，再用油膏细细地涂抹，清缝，他好像补的不只是一艘小木船，而是他精雕细琢的整个生活与世界。

船工脸方颈长，平头短须，面色黝黑，几道皱褶横在额头与脸颊，如水岸裂石，眼神并不浑浊，每一次细抹细抠，若有粼粼的水光映射出来。

我问老人多大年纪，怎么还在补修这只小木船。半天，老人才回过神来，停下手中的活儿，说自己六十九了，舍不得这只船。又说自己是个船匠，干这活儿已是大半辈子，是这里最后的船匠了。只可惜手艺无法传承下去，年轻人都到城里去打工挣钱，没人肯学这玩意儿。现在水上禁渔，弄船的人就更少了。

老人说完端起陶瓷缸，猛喝了一口茶，凝视着眼前的酉水，又似乎看着远方，轻声哼唱起来："深潭起鱼引浪来，山伯引来祝英台。哥是大船漂四海，妹是小船紧紧挨。油菜开花一片金，桐子开花一片银。金子银子妹不爱，单爱情郎探花人。"歌声里，有隐隐的故事在流动。

多少个平常的日子，在缥碧的酉水上、悠悠的纤绳上、摇动的桨橹中，日子被一页页翻过，又一页页被刷新。老船工沧桑嘶哑的水上情歌，犹如沅江酉水合流中的那一丝绵延几千米的蓝带，让人怦然为之沉醉、动容。是怀念，是伤逝，还是期待？尽在一曲古老而恣肆的旋律之中。

一条能够奇迹般拖出蓝丝带般水路的酉水，滋养和见证了祖祖辈辈多少生命的蓬勃和智慧文明的诞生，又收藏了多少荣耀的历史与骄傲的往事！

这样想时，水岸人家的老院子，桂花恰到好处地开了，开得真是风生水起，整条街巷都弥散着馥郁的香气。那些水灵灵、鲜嫩嫩的日子，正从酉水码头的船上一筐筐、一篮篮地呈上来，带着泥土的芬芳。所有的日子，值得积翠堆蓝地期待着……

书通二酉

去二酉山，得坐船。沿着一河青郁郁的酉水，逆水而上。

其实，二酉山我并不陌生，小时就听生长在水边的母亲说过，这座山如何如何神奇，也听一些去过二酉山的小伙伴说过，这座山如何如何难以攀爬。神奇也好，陡峭也罢，总得自己去攀爬一回，才会体会深刻。

因为是逆酉水而行，船并不快，也不大，轻摇慢晃的。因为慢，许多事物才有味道。水是慢的，岸是慢的，山是慢的，吊脚小楼是慢的，歌声是慢的，鸬鹚鹭鸶的飞翔是慢的，摇桨而行的心情也是慢的。

二酉山，隐于酉水一隅，一派风致，一派静气。有些寂寞，或许，一座山是不需要很有名气的，有了名气，反而会为名所累，为名所伤。二酉山很会隐藏自己，一条酉水，一湾酉溪，从东、西、北三面环着，隔了世俗，隔了烟尘。山，并不高，也无参天古木。或许，以前肯定是有的，它得凭借它们隐了身世，隐了前程，也隐了时光。

下得船来，我并不急着登山，而是静静端详。仰望、憧憬、感叹，其实，除了风景，我更想看到一些东西，遇到一些东西，或者更确切地说，遇到尘世中的另一个自己。

许多事物，只要是想遇见，必然遇见是不可避免的。说来也真是奇怪，安之若素的二酉山，籍籍无名的二酉山，莫名其妙地，突然就与两千年前的一个朝廷、一个皇帝、一场烽火、一个书生发生了关联——荒野僻陋之所，竟然成了大秦帝国最大的"藏书馆"，既是有幸，也是不幸。

事情大致是这样的：相传，秦始皇三十四年（公元前213年），秦始皇采纳丞相李斯建议，焚烧《秦记》以外的列国史记，凡博士官以外所藏《诗》《书》《百家语》，均在焚烧之列。有敢谈论《诗》《书》者弃市，以古非今者灭族，官吏知情不举者同罪，令下三十日不烧者判黥刑。一时之间，帝国上下到处浓烟滚滚，秦前文化突然遭遇了灭顶之灾。此时，一个名叫伏胜的朝廷博士官，面对咸阳城内连天的烽火，泪流满面。可是，仅有眼泪又有何用？眼泪能浇灭"焚书坑儒"肆无忌惮的烟火吗？万万不可能。然而，伏胜不会甘心，所有的士子不会甘心。为保留文明薪火，拯救中华文化，伏胜领着家将伏安，冒着诛灭九族的危险，偷偷将千卷书简运出咸阳，择地而藏，车载船运，历尽千辛万苦，行至二酉山下，选中了二酉山半二酉洞作藏书之处。直到秦朝灭亡，才将全部藏书取出献汉。二酉山，亦因此而闻名天下（成语"学富五车""书通二酉"即典出于此）。

我一直在困惑，千年之前，万里之外，伏胜又是如何知晓，如何行至这座山、藏书这个洞的呢？我想，其实，伏胜偷运禁书出咸阳之时，他一定也不知道要将书藏于何处才会安全。也许是三闾大夫屈原的《涉江》所给的启示吧："……入溆浦余僮佪兮，迷不知吾所如。深林杳以冥冥兮，乃猿狖之所居……"既然要藏书，那么只有选择猿狖所居之处躲藏，才能逃过大秦帝国的掌心。于是伏胜趁着月黑风高，将沉重的书简从渭河的破船搬运到牛车，取道终南山后，入汉水南运而来。既为朝廷博士官，伏胜自然博古通今，肯定会想起《庄子》所讲的在荆楚的酉水河岸，有一个叫乌宿的地方，那是太阳休息的地方，金乌每日巡毕周天，就到那里安眠，所以叫乌宿。更有传说黄帝曾在此藏书，尧舜时期的善卷为了"避让王位"而西来二酉山中，专门守护黄帝在此藏的书，并传于当地百姓，教化蛮愚。这二酉山不正好是最佳的藏书之所吗？于是，伏胜主仆二人日夜兼程，不辞辛劳，终将千卷书简藏于二酉山二酉洞中。

二酉洞，位处二酉山半山腰绝壁，是二酉山的精华所在，又名妙华洞，意即收藏精妙绝伦中华文化的地方，为古藏书处。洞，其实很平凡，不高深，也不宽大，分内洞与外洞。洞厅里有两块岩石，一块矩形石台，是从洞顶撬落下来的，相传为古人读书所用，另一块岩石，原始浑朴，形如菩萨，人称菩萨岩，上面凹凸不平，像是若干小尊佛刻，因年代久远，已无法辨别是人为雕刻还是天然生成。洞的外形有如"酉"字天然生成。然而，就是这么一个平淡无奇的洞，不经意间，却完成了传承中华文化的使命，成为儒家文化和中华古文明的摇篮。

后来，汉高祖刘邦在获得伏胜所献大量秦前书简时大喜，将二酉藏书洞御封为"文化圣洞"，二酉山立为"天下名山"。从此后，二酉山作为天下胜迹，成为读书人毕生向往和追求的地方。以后历朝历代文人墨客，前往二酉拜谒更是络绎不绝，留下了大量的诗词文章。山上一度建院立阁，修堂造亭，香火旺盛。可惜的是，因年代久远，山上的亭堂院阁均遭毁坏，仅在山顶善卷堂遗址旁留有"二酉名山"残碑一块，在半山石洞下方，留有原京师大学堂（1912 年改名北京大学）总监督、湖南督学使者张亨嘉于清光绪庚寅年（公元 1890 年）二月所立的榜书碑刻"古藏书处"四字。所幸的是，已被毁坏的藏书飞阁、仰止亭、伏胜殿、书天门、黄妙天等如今已经得到恢复。

二酉山，藏于武陵雪峰之间，除"藏书"有大智外，尚有大德。据史料记载，善卷，枉渚人，帝尧时最有学问的人。帝尧南巡时，拜善卷为师，成为一代贤君。帝尧死后传位于舜，舜以为善卷是帝尧老师，比自己有能耐，欲让贤，请善卷当皇帝，善卷不受，先居武陵（常德），后居沅陵的二酉洞，八十而终，黎民感恩戴德，厚葬于山之巅。宋真宗时，辰州通判欧阳陟敬慕善卷，上奏朝廷："善卷有功于民，应予祠祀，以示崇德报功之意。"真宗诏许，下旨在二酉山巅立善卷堂，封善卷墓，建仰止亭。亭名"仰止"，源于"高山仰止，景行行止，虽不能至，然心向往之"一句。意即善卷的德行像高山一样，这是一座山文化内涵的另一至高境界。后又有明董汉策、王世隆在二酉山上创办"翠山""妙华"私人书院，正谊修德，明道润人，堪为佳话。

既有智慧，又有道德，这才是真正的"二有"（"二酉"）。难怪每至逢年过节或学生升学季节，山下方圆百里苗家、土家父母总要携儿带女爬二酉山，烧香以沾染二酉灵气，过发蒙节，以求孩子灵慧开达。一辈又一辈的乌宿儿女争相崇学求学，在这种风气的带动下，二酉山下的乌宿村也就成为一个出知识出人才的地方。特别是近几十年，这里走出去了六十七名在全国甚至世界都有影响的教授、专家，成为闻名遐迩的"教授村"，实在是一方奇景，一个奇迹。

立于二酉山前，我突然有些羞愧难当，甚至自卑起来。这么一座普普通通的山，一个平平常常的洞，竟然承载起如此重要的使命与担当，隐藏着如此不平凡的奇崛与响亮，这是我从来没有想到过，也从来不曾想象过的。一个手无寸铁的文弱书生，用一双脚、一只船、几辆牛车赢过了一场烽火，一位皇帝，一个王朝。也许，他这一辈子，只赢过这一天，但却胜过千年万年。他设计了自己的将来，也继承了自己的过去，一派斯文，一派静气，胜过所有的孔武暴戾，这或许就是文化与文明的力量。

而我，生于斯，长于斯，却不曾懂，长久以来，多半沉湎于自己那些微小而确切的幸与不幸之中，竟然不曾好好地端详隐于世外的这座山、这个洞，实在是不应该。

余霞铺洒在酉溪上，几只渔船正在橙黄橘红的粼粼水波上悠然摇橹而行。乌宿村边隐约传来老妇呼唤孙儿孙女回家吃晚饭的声音。我该下山了，回头望望这座山，又低头看看自己，并不高的山，缓缓地高起来，而我自己，慢慢地矮了下去。

青素凤凰山

过一条河，就是凤凰山了。

两岸山影，水墨般绵延而来，又郁郁而去。一河大水，清而婉，宏而博，将其分成南北两岸，凤凰山，端坐于沅水的南岸。曾有诗云："晴峰缥缈出云端，野径迂回绕曲栏。人向绿杨荫处去，隔江指点画中看。"不管我愿意不愿意，冬日暖阳下的凤凰山，依然是小城里最美的地方，是人们休闲散步的好去处。

没有凤凰山的沅陵小城，会不会是寂寞的？这个问题我似乎从来没有想过，也从来没有觉得现在的凤凰山，是如此的亲近，尽管她距我一河之隔。我素来喜欢户外活动，访山问水，在别人的村庄寄托散淡的闲暇时光，却往往忽略一些近处的风景。我来与不来，她依然青素着，静静地，看夜色喧嚣渐起的小城，看世间一点一点地旧貌换新颜。

季节交换更替，而山水始终是不老的，成熟的是我们风一样的年龄。记得上次来是一个秋日，依然是甜甜的阳光，我喜欢走后山的小路，迂回曲折，复而往上，落叶松针铺满了柔软的山路，木樨花落满了竹篱笆，鸣虫在树林的某个角落歇斯底里。

凤凰山的制高点，望江楼，如翼的飞檐，凌空展翅，楼高两层，面水而立，远远望去，像一只浮游在沅江水岸待航的船，故望江楼又名"船亭"。清代诗人马捷的上联"望江楼，望江流，望江楼上望江流，江流千古，江楼千古。"至今无人对出完美的下联。

站在望江楼上，远眺河涨洲，龙吟塔依稀可见。青山如黛，延绵而去，大河向东，奔流不息。望江楼占尽山势，是凤凰山必去的地方，还因为楼上留有张学良将军的诗作《自感遗憾》："万里碧空孤影远，故人行程路漫漫。少年渐渐鬓发老，惟有春风今又还。"当年张学良将军被困凤凰山，登楼而抒怀，英雄无用武之地，蹉跎岁月的感伤油然而生。望江楼的背后，竹影森深之处，就是少帅纪念馆，竹林依旧翠色逼人，没有冬日的萧瑟，高大的古黄连木和大叶女贞树环绕着凤凰寺。寺门有一联"千古英雄存日月，四时胜景绘辰州"。副联："碧水青山皆胜景，清心寡欲即如来"。屈将室在大雄宝殿右边，里面陈列当时张学良囚居时的办公桌和卧室。大雄宝殿两侧陈列有将军当年的英雄事迹和西安事变始末。寺内有大佛殿、天王殿、韦驮殿、观音殿等建筑，古朴素雅，雄伟壮观。凤凰寺院墙突兀高耸，朱红油漆，碧瓦森森。几只小虫，沿着铺上青石板的台阶而上，仿佛爬过了一段烽烟多舛的历史，让人忘记了现实与理想的距离。

叫凤凰山的地方很多，而沅水河畔的凤凰山，古时因栖息过凤凰而得名。凤凰山上的凤凰寺，当年也是香火旺盛之处。有人说，因为张学良，成就了凤凰山，凤凰山算不上名山，却因爱国将领张学良一度被幽禁于此，而名扬天下。凤凰山的半山腰，树木遮蔽中，有一防空洞，三面用岩石砌成，一面石壁上，凿有"雪仇"两个楷体字，是跟随张学良在凤凰山的副官刘长清刻写的。"雪仇"二字，并不是张学良要雪蒋介石的仇，而是要对日本侵略者报民族恨、国家仇，这是民族大义，绝非个人私仇。可叹当年张学良正是人生奋发有为之时，只能在远离战火的幽深古刹中，大鹏有翅愁难展，徒叹鬓发徐白。

下山的石板路，是当年少帅张学良下河垂钓的通道，是陪伴赵一荻漫步的路径，也是排解忧烦的散心之处。这条小路，依山就势，临江而建，全长九百多米，皆是石板铺就，青石岩板被打磨得光滑平整，踩过历史的风雨，依然从容自如地向远方伸展。走过少帅石板路的人们，没有了当年的国恨家仇，却能把小城的怡人风景，温柔地读了个遍，感叹其"夜半钟声难入定，家仇国恨几时偿"，"鞘里宝刀空自啸，苏仙无语对秋风"。

阳光斜在地上，泥土沁着落叶的馨香。沅水的汽鸣，午后的鸟声，适

作者简介

张雪云，女，苗族，系中国作家协会会员，中国民间文艺家协会会员，湖南省报告文学学会副会长，湖南省散文学会理事，湖南省诗歌学会会员，鲁迅文学院第36期少数民族作家班学员，供职于湖南省作协毛泽东文学院。出版散文集《蓝渡》，长篇报告文学《桃李春风》，拟出版散文集《青寨》等。

当其时地响起。满目絮草飘黄，枫榆叶落，铺满小径。我突然有点迷茫，人生的方向和意义要去何处去寻？我无意回顾历史，对近代那段叱咤风云、成王败寇的历史悲剧，也没有过多的兴趣，我只是想来此处，和其他母亲一样，带着女儿，轻松闲适地散散步，缓解劳累一周的疲劳，面对山水，也许是最好的释怀。除此之外，畅想一些天马行空的心思，写一些散淡的文字，遗忘一些美丽之后的忧伤。

遥想当年，出身名门的大家闺秀赵一荻，不顾家人的强烈反对，毅然决然跟随少帅张学良，成为一时爱情佳话。赵一荻的传奇一生，可谓多姿多彩。人人都喜欢风流少帅，却很少能无名无分地陪伴一个失意男人几十载岁月，寂寞幽禁，矢志不渝，相濡以沫。除凤凰山外，张学良一生的囚禁地共计十五处，赵一荻陪伴他的七十二年间，失去自由的日子竟长达五十余春秋。1964年7月4日，一场迟到了三十五年的婚礼，从青丝到白发，自花开到花落，从朝霞初露到绮霞满天，终于等到一个女子最想要的归宿，不得不让人拭泪感叹。当年，他们在小城凤凰山的白山黑水间互许一个未来，这个未来在何方？她不知道，他也不知道。但她义无反顾，无怨无悔。也许，有些爱情，只要是对的，只要坚持了，就会成为不朽的奇迹。

走过蜿蜒的石板路，依然青素的凤凰山，余霞成绮，岁月绵远。

知道你在等，所以我来

李高艳

　　看一座城，是因读到那里的故事让人心动；写一座城，是因那里的故事在心里烙下了印记。

　　盛夏，雨天，沏一杯茶，惬意地躺在沙发上，眼前掠过这样一幅画面：沿江的石板街散发着淡淡的鱼腥味，两侧的吊脚楼撑起一番异域风情，辰州的山间小道藏满了赶尸与巫蛊的神秘传说；清澈见底的倒淌溪，狃子花黄白交替间，是狃子客完成一生使命的庄严时节；随着溪头狃花女一声叹息，两行清泪，她这一生，终将面临一次次骨肉分离。沅江两岸的茶园郁郁苍苍，唐王与王妃的缠绵爱情，早已成为过往烟云，碣滩茶却在他们的故事中沉淀升华，渐渐厚重。"滇黔门户、黔楚咽喉"的沅水极为凶险，那群无所不能的妇女，是骁勇善战的湘军们的底气，老骥伏枥的常胜将军马援，一语成谶，在这片山高林密的异乡，以马革裹尸的悲壮，草草结束了他的一生。

　　这样的沅陵城，的确要去看看。

　　机缘巧合，接到去沅陵参加学习交流的通知。飞机从三秦大地掠过，一路向南，抵达沅陵已是黄昏，匆匆扒两口饭，来不及梳洗，迫不及待呼朋引伴，沿着沅江河堤去看别样的云烟，别样的人间。

　　河流是万物生存的根源，是人类赖以生存的基础。有了水，山才有了灵气，有了水，人类才可以创造出繁华文明。沅江从云雾山鸡冠岭出发，还是一条小溪的它在险峻的群山里东奔西突，行行复行行，至黔阳黔城镇，与潕水汇合后有了江的气势后称沅江。此后宛若挣脱的虬龙，纳溆水，汇巫水、辰水、武水、酉水，吞五溪，气如长虹，一路向东，直至洞庭湖。

所过之处，一座座城池依它而生。凤凰才子沈从文先生在他的《常德的船》中这样写道："水面各处都是船只，可是却不很容易发现一只渔船。长河两岸浮泊的大小船只，对待外人一眼看去，只觉得大同小异。一蹙眉，就在放眼一望间，一幅富庶祥和画面跃然而出。"

"万里梯航通六诏，五溪烟水下三湘"，"四十八站上云南，四十八站到长安"，沅江，连通中原内陆与大西南的枢纽，名扬四海的"黄金水道"。古时商人从川东到酉水，再溯沅水，将桐油、棉麻、茶叶等货物转运到贵州，由马帮走辰龙关，运往东南亚。沅江这道"南方水上丝绸之路"，它不只是一条商贸之江，更是一脉文化之河。作为通往西南的咽喉要道，便捷的水运，衍生出无数码头，水陆转换得轻松自然，成就了沅陵的繁荣富庶，吸引一批批文人墨客和淘金者。多民族交融汇聚，各种思想碰撞交流，形成独特的湘西文化。怀着无法逃脱的宿命，沈从文先生只消一眼，便喜欢上了这座千年古城。后来他出资让哥哥在此修建了"芸庐"，在这梦中的故居，他用优雅感伤的笔触，刻画出沅陵的美，并把它展现给世界。

暮色渐浓，芸庐披一身灯火，静静站在沅江边上，明明灭灭的光洒到墙上，染亮了照片里林徽因那双眼睛，她笑语晏晏，仿佛对着隔壁的龙兴讲寺，仿佛对着沅陵山水，仿佛回应着那句"我明白你会来，所以我等"。知道你在等，所以我来。茶香袅袅，不知不觉夜色已深。光影凝聚的瞬间，自带怀旧，此刻眼前的房子是不是沈家旧宅并不重要，追故事的人，在意的只是故事本身。传承就是这样，只要在意的点在，只要追随的精神在，它以怎样的形式出现并不重要。

晨起，船从武陵山与雪峰山夹缝里的沅江穿过。此时的山水恍若一幅行走的水墨画，平静的水面复制出和两岸一模一样的群山，它们随着光影的变化跳跃着，岸上的山和水中的山交融一体，有一刻让人分不清江里的山是虚的，还是岸上的山是假的。"这水好清！"惊讶于水的清透，我们站在甲板上欢呼雀跃。向导指着江里三三两两的扁舟，舟上戴斗笠的人正在忙碌着，他说："看，那就是我们的'河小青'。"河湖长制推行后仅凭有限的几个工作人员，远远不够。后来，这群志愿者自发用行动守护河流、传播绿色、修复生态。前几年江里网箱密集，砂船遍布。高密度的养殖超出了江水的自净能力，无底线的挖沙割伤了沅江，造成河堤严重受损，水土大量流失，当时的沅江满目疮痍，惨不忍睹。十年禁渔与全面禁砂的执行，才使沅江生态逐渐恢复，江面垃圾及时被清除，江水以肉眼可见速度变清变亮，前后水质的明显变化使人们意识到生态环保的重要性，越来越多的人加入"河小青"的队伍，沅江的水质也越来越好。正是有了这样的好山好水，才会吸引人们来看美丽的沅陵。

船靠岸，随着向导来到一个叫作陈家滩的地方，江上的小村多以渔业为生，禁渔后他们转行打理茶园果园。开始时的艰辛不言而喻，随着时间推移，勤劳质朴的陈家滩人很快就适应了从渔到农的转变，坚持数载，长寿之乡的有机种植模式很快得到认可，生态庄园的收益足以维持小康生活。一行人叽叽喳喳讨论着皇妃与碣滩茶的八卦，质疑路边生态茶园的茶叶到底是不是有机产品，此时茶农正在除草，有人跑进茶园，揪两把杂草藤蔓细细研究，确认无除草剂后又接着聊唐睿宗与碣滩茶的关系。茶园通往生态庄园的路旁，恰逢一群"河小青"顶着烈日沿溪流捡垃圾，正午的阳光落在清潺潺的溪水里，焦灼刺目，亮晶晶的汗珠滚入溪中瞬间分不清彼此。

夕阳西斜，导游提起明天的行程，她先讲了一段《沅陵的人》。这种人并不因为终日劳作就忘记自己是个妇女，女子爱美的天性依然还好好保存。胸口前的扣花装饰，裤脚边的扣花装饰，是劳动得闲在茶油灯光下做成的。这种妇女日常工作虽不轻松，衣衫却整齐清洁。有的年纪已过了四十岁，还与同伴竞争兜揽生意。两角钱就为客人把行李背到河边渡船上，跟随过渡到彼岸，再为其背到落脚处。外来人到河码头渡船边时，不免十分惊讶，好一片水！好一座小小山城！尤其是那一排渡船，船上的水手，一眼看去几乎又全是女子。过了河，进得城门，向长街走走，就可见到卖菜的，卖米的，开铺子的，做银匠的，无一不是女子。再没有另一个地方女子对忙碌于各种事业、各种生计，显得那么平常那么自然了。看到这种

情形时，不免令人产生疑问：一切事几乎都由女子来办，真如《镜花缘》一书上的女儿国？本地的男子，是出去打仗，还是在家纳福看孩子？

听到此，忽然生出了敬畏，若是生到和平年代，谁会把全部家庭重担压在女人身上！湘军骁勇善战，从传承下来的"湘东遗恨""老当益壮""马革裹尸"这些成语，便可想象这座城在战火纷飞年月的悲壮。一方水土养一方人，生在二酉山下，自小受"学富五车，书通二酉"的丰厚文化底蕴熏陶的湘人，家国情怀早已刻在骨子里。他们明白什么可为，什么不可为。这片赤色的热土，为华夏哺育出一代代文可安邦武可定国的悍将。

晨起铅灰色的天空飘过几缕雨丝，对于长期生活在旱塬的北方人，在湿热的南方出行遇到这样的天气，的确是一种福气。庄严肃穆的祭河仪式，嘹亮的山歌，绵长悲壮的酉水号子撼动了山水流年，向世间展示出辰州原生态的古朴纯真。仰望二酉山，中华书山的背后，是华夏民族厚重的文脉传承，是中华民族血性之根，是家国情怀的凝结。循着文脉在山脚兜兜转转，直到同伴喊该返回了，才依依不舍告别二酉山。山路摇得人昏昏欲睡，隐约听见巫蛊与赶尸的字眼，顿时眼前一亮，作为武侠小说里神秘湘西的标志，这个八卦话题瞬间驱散了睡意。向导并未如愿讲出一番惊悚恐怖的故事，她笑着说，巫蛊鬼神或许真有，但我身边没有听到谁被下过蛊，也没有哪个熟人客死他乡后被赶回来，这些道听途说的传闻，大家听到的版本都差不多，大多以讹传讹，就不说了。与其纠结这些辽远神秘的传说，不如讲一些湘西旧事，比如明天要去的借母溪，那里狙子花开黄白交替时节的狙子客、狙花女才是真正令人心痛的故事。

沉浸在向导讲述的悲凉中，入夜睡得并不安稳。沿窄窄的山路来到借母溪，植被茂盛的林间，倒淌溪潺潺流过，几只鸭悠闲地戏着水，形态各异的鹅卵石让人感受到地老天荒的宁静，此情此景，很难让人联想到此处曾经的不堪。《狙子花开》的剧照，宛如一阵风哗啦啦翻开沉重的史册，贫穷闭塞的山里，女人如同家里的一件家具，想租就租，想扔就扔。男权盛行时代，为了传宗接代所衍生的租妻行业，很快得到大众认可。贫穷闭塞使男人的欲望简单粗暴，使女人卑微如尘埃。狃子花开花落，又一次经历着骨肉分离的狃花女，木然走出倒淌溪，如同一个美丽而苍凉的手势。时代车轮碾过，最后一个狃子客的离去，意味着那段不堪岁月尘封为史。如今的借母溪已是国家级自然保护区，千年的古藤老树、神奇的沟谷流水，成为湖南"天然标本"最集中、最齐全的动植物荟萃之地。随着资讯通畅，交通的便捷，物质的充裕，山里山外其实并不像曾经以为的两个世界，夕阳下的晚风吹散了借母溪的最后一缕忧伤。

行走在山路上，往事早已随风，过往的故事在时间里发酵，使它成为一座遗址，凄凉的故事、风轻云淡的山水所创造出的风景，美得令人心痛。八月底的江风吹过，潮气重了一点，热气淡了一点。船沿沅江继续向前，清凌凌的江水拍打着江岸，浪紧了，几只贴着江面的鹭鸟倏地一下逃向远方。兴致盎然打量着两岸，这里的山水任性得紧，五水三山两分田的窘境，有些贪心的人们想从山水的夹缝间要一片小岛、一片平地。初时，拥有宽阔水面的沅江是不在意的，后来人们的动作越来越大，影响了河的气势，它借着一个汛期攻城略池，让人们许久的辛苦成为一场空。山更是恣意，大约一个姿势站久了，对着江面的倒影有些厌倦，借着一场大雨，在植被稀疏的地方悄悄变个模样。暴雨冲刷，赤色的土山挤作一团，让依山而建的房子失去庇护，让房子的主人一夜间流离失所，它才恢复了平静。后来，茶树悄悄在山上成了片，这些低矮的灌木丛悄无声息驯化了桀骜不驯的群山，用它发达的根系缚紧肆意流走的山体，让它们在林木滋养下，一天天温润秀美起来。

向导指着一片如画的山水说，那就是让沈从文怎么也看不够的柳林汊。此地曾是湘西的古丝绸之路，垂柳妖娆地摆动着身姿，水天一色的江上，云里雾里，依江而建的吊脚楼群青砖白墙忽隐忽现，木排与客船商船渔船穿梭不止，"三垴九洞十八滩"的天险挡不住淘金者的脚步，沅陵古城一片繁华。千年时光悠悠而过，回首，长满吊脚楼的古城早已沉没于江底，凤滩水电站与五强溪水电站创造出了另一种大气磅礴的现代的美，令人震撼。

突然想起沈先生说的，沅陵是一座美得让人心痛的城。

一个时代有一个时代的记忆，一个时代有一个时代的烙印。新旧交替总要有一些东西被替代，谁不是一边舍弃，一边怀旧！看着青山碧水蓝天白云，美到极致的湘西边城，我想，不管它明天变成什么样子，人们会循着沈先生笔下的那句"我明白你会来，所以我等！"

来沅陵，是因为我知道这里的山水故事在等我，所以，我来看，看那些令人心痛的美。

作者简介

李高艳，陕西省渭南市东雷抽黄工程管理中心职工，中国水利作协理事，著有散文集《散落的珠子》，文章散见报纸杂志。

沅陵导游罗琴

阿　宁

列车到怀化是傍晚六点，吃过晚饭，登上开往沅陵的大巴。汽车刚启动，路边景色尚清晰，远处山色青黛，近处树木葱郁，一律往车后移动。半小时后，墨韵渐渐散开，山体沉入朦胧，树木在墨色中倏忽而过，一条大江不知何时已经出现，沿着我们行驶的道路一直往前，江与路平行，江上的船与路上的车仿佛结伴，边聊边行。

暮霭已沉，从车窗上看旁边的沅江，已经成了一条墨带，偶尔看到的船闪过一星灯火。车里很安静，江上也很安静。

当地朋友介绍怀化与沅陵，以及维系它们的沅江，声音也好像很远。好些人已经睡着了。

我看着车窗外，想象沅江日间的喧闹，把一份人间的热切寄托在江里。不知不觉间我们已经到了沅陵。

带着对第二天行程的期待早早醒来，心里涌上感伤，主办方的项目启动仪式轰轰烈烈，心却跳到远方。给鱼放生是其中一个环节，我做得笨手笨脚，看着大鱼在人工铺就的滑道上跌跌撞撞，一头栽进水里，头颈、肩膀跟着疼痛起来。沈从文说，这里美得令人心痛。我想，痛有各自的不同。每个人有每个人的痛，我们并不了解。人都是通过自己来了解世界的，这个世界很美，对我却很陌生。

第三天认识了罗琴，一切才有了改变。

罗琴是导游，在她之前的导游是一个活泼的女孩子，擅唱民歌，也擅讲各种段子。车上人昏昏欲睡时，她的歌声让人振作。

罗琴跟她不同，很少唱歌。每经过一处景点，她便给我们讲述流传的故事。古人留下的传说经了她的讲述，就活在了现实里。沅江岸边，深藏在树林间的村落便渐渐跟着生动起来，雾霭之上升起了灵动。

她偶尔也唱，是在她的故事需要的时候。她不只讲民间传说，也讲红军事迹，语气深沉。听得出来她对先辈的敬仰，对新时代的感慨是发自内心的。这是一个经过了岁月洗礼，成熟的人的讲述，有她对生活的理解。

她最打动我的，是讲述沈从文，谈沈从文对九妹的感情，九妹坎坷的命运。她的声音饱含感情，让我想到，她在讲述这些故事时，同时也在想她自己，想她的家人、邻居朋友等等。她的讲述融入了自己的理解。或许九妹的故事里，有她自己的影子吧？

她一上车，我就注意到了。跟前一个导游比，年龄明显大了不少。她是一个母亲，最大的孩子已经上中学，第二个孩子刚刚四岁。她的脸上仍然洋溢着青春，行动仍然快捷活泼。然而她又是细心的，周到的，一丝不苟的。体现出一个成年人的心智。

第四天，她带着我们进入借母溪自然保护区。传说这里人因为在大山深处讨不到媳妇，便从外面花钱借媳妇，生下孩子后把媳妇送走，留下孩子繁衍家族。这就是借母溪的由来。

现在，大山意味着环境优美，生活富足，不可能娶不上媳妇，反而是年轻人自己不想结婚，不想生育了。

这里美得令人流连忘返，移步换景，行走处皆是画意。年轻游客很快进入密林深处，我因为腿疼，在山里走了一段路便停下来休息。主办方一位领导郑重地对罗琴说：把崔老师交给你了，你要照顾好。我休息时她便也休息了。我跳到山间的溪水旁，跟几个年轻人一起翻捡河卵石，她坐在岸上，这时她脸上才显出了疲惫。她的目光看向远处，一丝落寞浮现在脸上。

我远远地看着她，她跟我们小区一个女子很像，那是小区超市的老板。在疫情时，老板既要进货又要卖货，有时她在高烧，还戴着口罩为大家服务。超市给了我们温暖，给了我们难忘的记忆。我们都感谢她。

她的前夫整天打牌喝酒，超市全靠她。后来超市关了门，老板离了婚。她一个人带着孩子，已经没有精力，也没有心情经营超市了。我们眼睁睁看着超市关了，又转给了另一个老板，却没有她经营得好。

罗琴跟那个老板长得几乎一样，乍一看分辨不出来。然而她是幸运的，有体贴的丈夫、温馨的家庭，内心应该是安宁的。我从她的目光中仍然看出了感伤。

仔细再看，又看出了两个人的不同。一个是北方人的隐忍，一个是南方人的坚定。她在休息时，脸上是放松的，也是安静的。她的脑门很宽大，很圆润，眼睛细长，脸上有长期做导游，风吹日晒出的粗糙和刚毅，生活中的种种艰辛，一个导游是不便随意说出来的吧？

不过，我能从沅江游船上船工的号子声中听出来，也能从大巴车司机和导游的对话中听出来。

现在的船工，已不再是传统意义上的船工，船是机动的，不需要船工在岸上拉纤，拉纤喊号子变成了表演，不过他们仍然喊出了艰辛，唱出了悲壮。这些船工都是七十岁左右的老人。他们年轻时也拉过纤，现在已经年过七十，唱一遍这些号子，已经是汗水淋漓，气喘吁吁。

号子唱的是什么？我们听不懂，罗琴应该能听懂，所有劳动者都能听懂。她看着船工们，眼睛里满是慈悲。这时她不再解说，只是和我们一起欣赏，一起感动。

在大巴车上，她接到了父亲的来电，沅陵乡语我不能完全听懂。大意是她父亲好几个月没领到退休金，需要催问一下社保部门。她当下给有关人员打电话，对方告诉她，退休人员每年要做一次认证，今年已经过了五个月，她父亲的认证材料还没有报上来。放下电话罗琴重重地叹了口气，里面有无奈，也有沮丧。她给父亲打电话，埋怨怎么把这么重要的事忘了，又约好周末带着老爸一起办理。

听着她一声声叫着爸爸，我想起了自己的孩子，已经很久很久没有听到她叫我的声音了。

几天下来，我们跟罗琴已经熟了，熟悉到可以开玩笑，可以问对方的家庭。罗琴说她一生很顺，几乎没有经历坎坷，有的只是普通人家的勤劳与节俭，她已经不做导游，成了公司里的管理人员。这次临时抽调出来，是因为业务繁忙。

在我们眼里，她是个优秀导游。她的介绍不是照本宣科，而是倾诉，是吟诵。就像艺术家是天生的一样，导游也是天生的，老天给了她一份这样的工作，是对她的垂爱，对她的体贴。

旅行结束前一天，我们想购买纪念品和地方特产，同行的靳主任问罗琴能不能带我们逛市场，这是导游分外的工作，罗琴答应了。她有些不好意思地问：去我舅妈的店里行吗？

靳主任说：当然可以。

沅陵碣滩茶是贡茶，唐代以来得到皇家垂青。到沅陵的游客，回去不带一点茶好像缺了什么。茶店很多，价格高低不一，自然需要导游帮忙。

罗琴的舅妈比罗琴大不了几岁，却美得让人心惊。白净细腻的肌肤，明亮的眼睛，细细扬起的眉毛，说话声音低微、温柔，娴静的气质跟碣滩茶的香气恰巧吻合。更可贵的是，她对自己的美浑然不觉，只专注于茶艺。我们赞叹她气质不凡，她毫不在意。她的店价格公道，因为有罗琴介绍，打折的力度甚至更大。她给大家包装茶叶时，罗琴介绍了舅妈和舅舅的爱情，原来是年轻时一起在外地打工认识的，又都爱茶，自然走到了一起。这就是普通人的爱情。

罗琴很为她的舅妈自豪，一路跟我们说舅舅一家创业的不易。

他们有自己的茶园，还有两个上学的孩子。无论多么忙多么累，都要把茶做好。在沅陵众多茶店经营者中，是普通的一员。

买过了茶，罗琴又把我们带到其他几家店，每人提着几大包土特产回来，让我们开心不已。一个下午，来来回回都是罗琴的爱人接送我们，我们高兴，他便也跟着高兴。小伙子一脸敦厚、朴实，是个聪明人，也是老实人，罗琴肯定是幸福的。

人对幸福的理解各不相同，大人物有大人物的幸福，罗琴有罗琴的幸福。普通人的幸福容易被忽略，却实实在在地存在着，你从他们的善良和勤劳中能够触摸到。

作者简介

崔靖，笔名阿宁，现为河北省作家协会创作室专业作家。中国作家协会会员，河北省书法家协会会员。出版有中短篇小说集、长篇小说《狼如羊》《坚硬的柔软》等十余部。在《收获》《当代》《花城》《上海文学》等刊物发表作品六百余万字，中短篇小说多次被《新华文摘》《小说选刊》《小说月报》《长篇小说选刊》《中华文学选刊》等选载。曾获《十月》文学奖，《人民文学》优秀中短篇小说奖，《小说月报》优秀中短篇小说百花奖、《中篇小说选刊》优秀中篇小说奖。《北京文学》中篇小说奖，《中国作家》短篇小说佳作奖。河北省第七、第八、第十一届文艺振兴奖，河北省第六届"五个一工程"奖，河北省第二届孙犁文学奖等。长篇小说《狼如羊》入围茅盾文学奖。并有小说被翻译为英文。

沅陵：中国县域社会人文发展史的缩影

陈 宇

全国重点产茶县、全国十大生态茶县、中国生态有机茶乡、中国传统龙舟之乡、全国卫生县城、全国文明县城、革命老根据地、全国绿化模范县、中华民族文化生态旅游名县、中国最具特色魅力旅游百强名县。身临其境亲身体验，令人留下深刻的甚至是震撼的印象。这里就是湖南省怀化市沅陵县。

食为天

沅陵包括汉、苗、土家、回、白等 25 个民族，是湖南省唯一少数民族人口过半的县。一乡一族。每个民族的生活习俗又自行传承沿袭。从一个乡到另一个乡，从一个村到另一个村，咫尺之间，他们的劳动方式、语言交流、生活习俗等方面的大相径庭，常给人一种出乡或出村就是出国的错觉。沅陵的县名是从出土的秦简中发现的，一直沿用至今。作为鱼米之乡，袁隆平在这里潜心研究出杂交水稻，解决了我们这个人口大国食不果腹的粮食问题。

二十世纪七十年代实行农业联产承包责任制，终于不饿肚皮了。可吃新米饭还是很讲究。母亲将新米淘洗后倒入大铁锅里烧开，稍为膨胀，在不过心的半生熟时，用筲箕沥出来。有时还用冷水淋一下。炒好菜后，将筲箕沥好的米饭倒回锅里，用筷子插几下，再将插孔封住，盖上锅盖烧熟。谓之孔饭。新米饭上桌时，母亲早早提醒我们不要动筷子。她将新米饭供天地菩萨，又让狗先吃。接着母亲自己先挑点吃一口后，才允许我们吃。也是从那时起，知道母亲平时对我们无边无际的爱，还是有尺度的，尤其是在敬畏大自然的规矩面前。

让狗先吃新米饭的做法源于一个传说。就像红苕一样，中国并不产红苕。是中国人到海外当劳工，无意中发现这个从叶到根茎都好吃而且还高产的植物后，想尽一切办法躲过当地关口的严加管控，最后还是截取一段藤蔓混在绳子上才带回来的。很久很久以前，我们长江以南不出产稻谷。有人在北岸吃到稻米饭后，被香喷喷的稻米饭勾了魂，觉得那是人间美味。总想让自己家乡有朝一日也能吃上稻米饭。但是北岸的人看得紧，无法弄来稻种。最后被通人性的狗知道了，就在北岸人收获稻谷的季节，泅水过去，在晒谷场滚圈，满身粘上稻谷，再从江面游了回来。将游过来时高高举起的尾巴上没有被江水冲掉的稻谷交给主人。主人以此稻谷做种，终于让南岸的人也吃上了稻米饭。

这次在巡沅水看沅陵采风活动又了解到：狗神是传说中的盘瓠，也称盘王，是瑶族、苗族和畲族人共同的始祖，跟汉文化中开天辟地的盘古同属一人。以此，人们在吃新米饭时，先喂狗吃也不足为奇了。忽然省悟过来，曾经一心想将狗先于人类吃新米饭的事情仔细深入研究清楚的想法，真是落入俗套的窠臼中去了。

文化的力量

一个长期坚持阅读者，自会体味阅读中的乐趣。也会将文章中的故事向身边人津津乐道地分享。

曾经在书上看到"学富五车，书通二酉"的字样，学富五车还好理解。但对"二酉"却是费解。二酉是人？是地名？还是别有寓意呢？不得而知。2023年8月20日，沅陵县委书记刘向阳亲自带队，和来自全国各地的六十余名文学艺术工作者一道，在酉水隔河仰眺二酉山。相传秦始皇焚书坑儒时，博士官伏胜（也说叫伏生），冒着生命危险将一千多卷书籍藏在二酉山中的洞穴中，直到汉朝时才捐献出来，为中华文化起到了一脉相承的作用。于是有了用书通二酉来形容饱学之士的典故。近朱者赤近墨者黑。在耳濡目染言、传身教下，二酉山的二酉村，新中国成立以来走出了多位教授。如今，二酉山被称为"中华书山"。

沅陵县城的龙兴讲寺，是全国所有寺庙中唯一没有神像的寺庙。它是唐朝统治者为僧道建造的一座学院型寺庙。用以向全国各地的僧道流派传道、授业、解惑。目的是要跳出三界外不在五行中的僧道也遵纪守法，服从国家机器的管理，不能凌驾于国家法律之上。被称为中国历史上"两个半完人"之一的王阳明，在这里向世人讲授了一个多月的"致良知"。流传甚广，影响深远。听罢工作人员兼导游小妹罗琴的讲解后，深以为然。于是立即拨通电话，与上大学二年级的孩子分享：人的一生要立志、勤学、改过、责善。不立志，人生就没有方向和目标，犹如一盘散沙；不勤学，就是所立的志向还不坚定，目标还不明确；改过，就是面对人生立志勤学过程中发生的错误，要及时进行纠正，始终朝着自己的目标方向奋力前行；责善是对待朋友之道，当朋友犯了错误时，要给他提出来。当然向朋友指出错误又要讲究方式方法。如果不讲方式方法，就有可能得罪了他。到时候朋友都也许做不成了。

乘船巡沅水时，一位美女在船的后端看沅水在两岸青山之间浩浩荡荡着。她用手招呼我过去。美女名叫张雪云，是毛泽东文学院的专业作家。我走过去在她身边的空位上坐下。她告诉说，沅水是曾两次获得诺贝尔文学奖提名的著名作家沈从文散文集《湘西散记》中写到的主要地方。五强溪电站库区蓄水形成五溪湖水库，让原来狭窄的河面宽阔浩渺起来。沈从文笔下的三垴九洞十八滩没有了。得知张雪云是沅陵本地的，还是苗族人。我对"下蛊"等传说又来了兴趣。她解释说，下蛊不过是旧社会的女人迫不得已时对负心汉采取的一种手段。至于"赶尸"和"辰州符"，更是走进历史的册页、湮没到传说中去了。

数日后到凤凰古城，拜谒沈从文故居。晚上住宿的酒店是网上订的。通过搜索，发现酒店旁边就是故居。七点左右醒来，简单洗漱后，下楼，穿街过巷，两三分钟就来到故居门前。莫道君行早，更有早行人。前来参观拜访的人已络绎不绝了。有带了导游的，有团队出行的，有家庭出行的，有独自一人的。人群如潮水一波波地来，又一波波地去。故居不大，十来间房的四合院。

跨出先生故居的大门，来到只有两米宽的巷道上。一巷之隔的对面是一座大门紧锁的提督府。

继往开来

官庄镇有一处峡谷，长达十几千米。峡谷口离地面几十上百米高的光滑崖壁上，有康熙御笔题写的"天下辰龙第一关"。北有山海关，南有辰龙关。辰龙关是自古以来从京都通往西南的川、滇、黔等各地的咽喉要道。而今，这个冷兵器时代的兵家必争之地，结束了纷争，继承和发扬着昔日贡茶——碣滩茶的种植。碣滩茶采自明前的晨露中。泡茶时，将碣滩茶叶放入器皿，泡出来的茶水色香味俱全。与众不同的是，碣滩茶用冷水能泡出开水泡的效果。泡好后茶叶竖起来，有三分之一还是浮在水面上的。周总理接见日本田中角荣首相时，田中角荣谈到了碣滩茶。总理会后还专门了解了碣滩茶的相关情况。

在沅陵的热土上，人们追求光明、向往自由的精神由来已久。这里的夸父山，就是夸父死后留在人间的遗迹。传说夸父追日来到沅陵，找了三块石头垒灶做饭。饭做好后，发现太阳已经走远了。赶紧起身时不小心踢翻了锅。于是流质的食物化作了酉水，踢翻的石头化作了山脉。东汉的伏波将军马援以六十二岁高龄出征湖南，在沅陵的壶头山病死军中。后人于是用"马革裹尸"的成语来纪念他。

辰龙关是大败吴三桂的地方。而现位于沅陵县城的凤凰山凤凰寺，曾经囚禁过成功发起兵谏的东北少帅张学良。张学良在这里度过了苦闷无奈而又仍心怀期待的一年多时间。1936 年，日寇的铁蹄肆意践踏在中国的土地上，也践踏在每一个中国人的心上。张学良为了国家，以"兵谏"的非常手段请求抗日。促使全国人民团结起来，同仇敌忾。经过全国人民持久不懈的艰苦努力，最终取得了抗战的胜利。兵谏成功后张学良被囚。颠沛流离地来到凤凰寺时，夫人于凤至也离他而去美国治病。"辗转难成眠，枕上泪不干"就是他当时境况的真实写照。忆往昔峥嵘岁月，张学良虽然失去了挥斥方遒、气吞万里如虎的快意人生，却殊途同归，用另一种方式，成长为了中华民族历史长河中的民族英雄。

王家大院，是红军二、六军团在中央红军长征期间的指挥部驻地。王家大院主人王德万，是沅陵县当时的首富，世称"王百万"。红军进驻王家大院，客不欺主，不住主房，住两边的厢房。红二、六军团的指战员，为了缓解敌人对中央红军围追堵截的压力，发起了攻打沅陵县城等多次军事行动，有力地策应了中央红军的长征。

红二、六军团主要领导贺龙元帅，是湖南桑植县人。1969 年 6 月 9 日过世后安葬在八宝山。在元帅夫人薛明和家乡的努力下，元帅的遗骸于 2009 年从八宝山迁回桑梓，安葬在张家界森林公园的天子山上。元帅两把菜刀闹革命，凭借卓越的军事领导才能和振臂一呼应者云集的影响力坚定不移进行革命斗争。他在八一南昌起义时，任总指挥，带去沅陵、桑植等地湘西子弟兵一万三千多人，占起义人数一半以上。加上后来投奔的，一共从湘西带出去两万多人。最大的六十五岁，最小的只有十二岁。

还看今朝

靠山吃山，靠水吃水。沅陵人值得骄傲的，就是拥有山和水的得天独厚的优势。

沅陵县所辖面积 5850 平方千米，是中南六省中面积最大的县。九万多座山峰，鬼斧神工，造型各异。走进沅陵，就是走进山中。山中流水淙淙，植被覆盖率大，水质好，借母溪森林公园里，还有对生存环境条件要求极高的大鲵出没。地下有金、锑等各种矿产三十多种。2022 年，沅陵县出产黄金三十多吨，居全国第五。钨矿贮藏量更是全国第一。采矿已经成为沅陵主要的支柱产业之一。

有山好开矿，有水好发电。沅陵县是全国十大水电基地之一。拥有沅水和酉水两条水系 911 条河流，117 座水库，蕴藏水能发电量 400 万千瓦。其中五强溪水电站装机 120 万千瓦。二十世纪八九十年代开始建设。电站集雨面积 8.4 万平方千米，几乎包括了整个沅水的集雨面积。

张家界看山，沅陵县看水。弃船。上岸。远眺。烟雨朦胧里的五溪湖水天一色，山在湖中，湖在山中。众多千奇百怪、千娇百媚的岛屿点缀在一平如镜的湖面上，令人目不暇接。又有飞鸟不时破空而去，或落在水面。如画的风景瞬间灵动起来。好个"秋水共长天一色"。

凤滩电站以由苏联援建开始，后来苏联撤走专家，连图纸也没有了。还是依靠中国人自力更生，用肩挑背扛修成发电的。考虑到国防因素，将发电厂房设计在坝底。没承想无心插柳，竟建成了全世界第一大的空腹坝。一期四台机组，每台机组装机 10 万千瓦，共装机 40 万千瓦。二期扩容机组两台，每台装机 20 万千瓦。扩容后总装机 80 万千瓦。

五强溪等电站建成投产，有力地促进了湖南和湘西的经济发展。为有牺牲多壮志。勇于担当的沅陵人为此付出了别人难以想象的牺牲。一是搬迁县城。二是移民。沅陵老县城历史悠久，依山势而建的吊脚楼独具民族特色。修建五强溪电站水位上涨一百多米，淹没县城一半以上。老县城搬迁后，其引人注目的旅游优势不复有矣。与之同时，随着蓄水位不断上涨，人们离开了他们祖祖辈辈赖以生存的土地和居所。

虽然离开故地困难重重，但沅陵人不等不靠不要。他们从原来的发展水上网箱养鱼，到响应绿水青山就是金山银山的环保号召，和全国各地一样，高标准严要求，坚决让网箱上岸；成立"河小青"志愿服务队，在水面、岸边、沟渠等处清理垃圾和漂浮物，为蓝天碧水贡献自己义不容辞的力量；投资三亿多元兴建大型污水处理厂，确保工业和生活废水的循环利用……

要离开陈家滩了，一个大姐满怀期待地说："政府正在组织开发旅游，我们准备开办民宿和农家乐。请你们到时候又来耍哈！"

作者简介

陈宇，笔名蜀东泊客。《诗刊》社 1991 年函授班学员。中国水利文协理事，中国水利作协理事，四川省作协会员，广安市诗歌学会副会长，《远方诗刊》副主编。曾在《中国水利报》《人民长江报》《大江文艺》《散文选刊》《诗刊》等 100 多家报刊发表文学作品 1000 余件次。

水上沅陵

林　平

　　"幸福河湖·中国文学艺术家巡沅水看沅陵"活动期间，恰巧赶上了几个特殊的日子。先是出伏，继而是七夕，然后是处暑，沅陵的气候便也由酷热的盛夏转入稍稍清爽的初秋，偶尔还伴随一场淅淅沥沥的小雨，一幅烟雨朦胧的水上沅陵的悠悠长卷便展陈于眼前，美得不可方物。

　　那几日，徜徉于沅陵的青山绿水间，我时常有着片刻的恍惚，仿佛我身处的不是实实在在的湘西大地，而是置身虚无缥缈的世外桃源，让人流连忘返，思绪全无。恍惚之后，我仔细地搜寻着产生这种感觉的源头，却无所得，直到离开沅陵的那一刻，不经意地回头，看了沅水最后一眼，我心中蓦然一动，惊呼道："我找到了——是因为水！"

　　确实，沅陵是个被水托举的地方，用水上沅陵来形容沅陵，当十分贴切。随行的沅陵县委书记刘向阳告诉我，沅水在沅陵县共有九百一十一条溪水，大的支流有六条，沅陵与水，不可分割。这也是我们此行的缘由。

一

　　对于水上沅陵来说，酉水是个不可或缺的存在，不可不巡。

　　巡游酉水是在一个上午。那天刚刚出伏，天空中云层密布，前些日子还火辣辣的太阳，悄然隐去了炙热的锋芒，温和了许多。车在群山里转悠，一河碧水总是傍于身边，初来乍到的我，根本分不清东南西北。只知车随路转，路随水转，恍如一叶扁舟飘荡在悠长的水面上，没有尽头。正望着窗外的碧水发呆，车忽然停了下来，大家便都下车。这是一处观景台，如影随形的那条碧水已完全袒露眼前。

河水碧绿，跟两岸青山一样绿，甚至比青山还绿，看一眼就让人产生一种跳下去的冲动，渴望沉溺其中，不愿上岸。后来我隐隐意识到，绿不是河水的本色，河水本来洁净无色，是青山倒映其中，染绿了河水，河水才周身翠绿，绿得醉人。

目光凌空越过河面，投向对岸的山上。绿峰嵯峨，山势险峻，山腰间的崖壁之上，"中华书山"四个红色大字刚劲有力，分外醒目。崖壁上下各自搭建了脚手架，可见一个个小黑点儿附着其上，小小的麻雀一般，似乎正在紧张地忙碌着。

随行的沅陵县委书记刘向阳介绍说，这里属于沅陵县城西北十五千米处的二酉苗族乡乌宿村，这一江碧水就是酉水。酉水是沅水最大的一条支流，发源于湖北，流经重庆一角，辗转进入湘西，在武陵山中左冲右突，一路奔流，从沅陵县的西北部蜿蜒南下县城西北，投入沅水的怀抱，继而入湖奔江，才算完成了使命。

"酉水的水质长期保持在二类及以上，几乎可以直接饮用。"刘向阳说，"对面的山为二酉山，为大酉山和小酉山的合称，两山均有山洞，以小酉山山洞为佳，是'鸟飞不渡''兽不敢临'之地，绝壁上的'中华书山'四个字为黄永玉所题。"

刘向阳还说，今年九月下旬，怀化市第二届旅游发展大会将在沅陵县举行，二酉山正在建设的是二酉文化体验馆、秦人藏书处、二酉书堂等文化旅游设施，届时，二酉中华书山将会成为一个耀眼的亮点，给旅发大会增色添彩。

说到中华书山和秦人藏书洞，沅陵民间还流传着一个古老的传说。

相传上古时期，黄帝曾于二酉山洞藏书，有一个名叫善卷的武陵人因避舜帝禅让，隐居此山，守护黄帝藏书，并以之教化当地百姓。时至周朝，周穆王又在此山中收藏异书，此山在读书人心中的地位愈来愈高。秦始皇统一六国后焚书坑儒，一个名叫伏胜的博士官冒死偷运了五车禁书计两千余卷，出咸阳，陆车水舟，日夜南奔，过长江，到洞庭，乘小船行沅水，沿酉水逆流而上，到达二酉山，把五车书简藏于洞中。秦灭汉兴，伏胜遂将洞中藏书献于汉高祖刘邦，使得春秋战国诸子百家学说典籍得以保存下来，延续了中华五千年文明。后世所说的"学富五车、书通二酉"典故，即源于此。

因了这个故事，今天的沅陵人自豪地说："识得二酉书山路，能解天下无字书。"十五年前，二酉山藏书洞被列入湖南省第二批非物质文化遗产名录。

听了刘向阳的讲解，我有过片刻的愣神。我想象不出，两千多年前，一介书生伏胜如何携带五车书简翻越千山万水，辗转两千多里路，从咸阳一路来到二酉山的。愣神间，又上车行了一段路，在江边一座码头前停下。我们要弃车登船，畅巡酉水。

码头边停泊着两条游船。游船不大，每条可容纳三十多人，船体与座椅均为木质结构，棚顶四周装饰，古色古香，让人联想到过去拉船的纤夫，身躯与崎岖的山路呈六十度夹角，纤绳深深地勒进他们的肉里。我上了其中的一条游船，游船一路上溯，恍如行于碧翠的玻璃之上，船只犁过，玻璃自动地漾起道道波浪，恍如玻璃起的皱褶。待船驶过，那皱褶便渐渐地平复，如熨过一般。放眼两岸，座座青山相对而出，绵延不绝，它们高低不同，或远或近，或疏或密，站定了不动，显得毫无章法，仿佛远道匆匆赶来，欣赏这画廊一般的美景，还没来得及排好队似的。

沅陵多水，水能蕴藏量居湖南省首位，为全国十大水电基地之一，仅在沅陵县域的酉水河段，就建设了两座水电站，一座是高滩水电站，一座是凤滩水电站，让这源源不断的洁净之水造福于民。

在沅陵的几日，我参观过凤滩水电站，为它的"第一"颇为震撼了一回。凤滩水电站建于二十世纪七十年代，是"三线建设"重点工程，电站大坝为我国第一座混凝土空腹重力拱坝，也是当时世界上最大的混凝土空腹重力拱坝。这个"第一"，就刻在凤滩水电站入口处的石头上，分外醒目。经由山洞进入电站内部，两次乘坐电梯下行至大坝的空腹之中，顿时就感觉到了自己的渺小。大坝的空腹高达四十米，十三层楼那么高，长达二百五十六米，超过半里路，人在其中，可不就如蚂蚁般渺小吗？在这巨大的空腹之中，装载了四台十万千瓦的发电机组，容量共计四十万千瓦。难以想象，在二十世纪七十年代那么艰难的境况下，能够建起这座宏伟的空腹重力坝，心中对建设者肃然起敬。据说，这里是凤滩老电站，因为溢流严重，二十多年前沅陵人又建了凤滩新电站，安装了两台二十万千瓦机组。由此算来，凤滩水电站总装机容量已达八十万千瓦。

心里想着水能，目光则贪婪地巡着绿水与青山，忽然有歌声传入耳朵。循声望向船头，可见身穿艳丽民族服饰的土家男女在唱山歌小调，或独唱，或对唱，音色高亢嘹亮，丝丝缕缕飘出船舱，在水面上缭绕片刻，便珍珠般落入水里，清脆作响。他们唱《五更调》，也唱别的小曲，都是当地流传甚广的山歌小调，我听不太清歌词，只感受那种热烈繁闹的氛围。唱罢山歌小调，又表演纤夫号子，群情激昂，我的情绪也被调动起来，腾腾腾几步跨上船头，抓住一把长桨，客串起了摇桨人。那桨是根木头，七八米长，一头圆，一头扁，圆头手摇，扁头划水，随着土家阿哥号子喊起，我跟他们一起有节奏地嘿呦嘿呦地摇动起来，须臾便浑身是汗，酣畅淋漓。

坐回船舱，仍意犹未尽，刘向阳又说起了沅陵人酷爱的一项运动——赛龙舟。

赛龙舟是沅陵县一项影响广泛的群众性活动，历经千年而不衰，且有发扬光大之势。每到赛龙舟之时，沅陵县城都万人空巷，都跑到沅水两岸观阵，给赛手们呐喊助威。沅陵因此而被命名为中国传统龙舟之乡。我到沅陵时值夏秋之交，没能看到端午节前后赛龙舟的沸腾场面，却是真切地感受到了那种凝固的沸腾。

沸腾凝固在一座赛龙舟雕塑上。雕塑立于沅水北岸的河长制文化主题公园前，龙舟的龙头昂扬向上，似在嘶鸣，十六位队员手臂肌肉饱满，分列龙舟两侧，奋力划桨，步调一致；龙舟中线上站立四人，前面一人摇旗呐喊，第二人擂鼓助威，第三人敲锣鼓劲，舟尾一人手持长桨校正方向。整座雕塑看起来刚劲十足，伫立其前，似闻喧哗雷动、激越奋进之声。

在沅陵逗留期间，我对沅陵的龙舟文化也颇感兴趣。刘向阳介绍，沅陵县的传统龙舟比赛已形成"偷料""关头""赏红""抢红""砸船""两大观点""三大流派"等一部厚重的"沅陵龙舟经",构成了博大精深的湘西传统龙舟文化。单就"偷料"与"砸船"的传统,就很有意思。据说,做龙舟的木料必须是偷来的,这样打造的龙舟才跑得快,能够独占鳌头。之所以要偷木料做龙舟,是因为偷者要急着逃跑,不让木料主人追上,这正契合了赛龙舟的赛的含义。若是在龙舟比赛中输了,赛手们就会把龙舟砸烂,重新打造新的龙舟,以利来年再战。

迄今为止,沅陵县已成功承办过三届全国传统龙舟赛和五届湖南省传统龙舟赛,成为湖南最大的传统龙舟竞赛基地。

由此看来,传统龙舟当是沅陵的一张亮丽的名片。刘向阳还告诉我,沅陵还有另一张名片,就是龙兴讲寺,原因是龙兴讲寺拥有世上现存最古老的书院。他认真地说:"到沅陵不看龙兴讲寺,等于没到过沅陵。"

自然,我是要"到过沅陵"的,与这座最古老的书院来一次亲密的交流。

这日处暑刚过,天上薄云覆盖,阳光似有若无,树叶纹丝不动,沤热难耐。车到沅陵县城西北郊的虎溪山下,这里正是酉水与沅水的交汇处,依山傍水,景色优美,是传授佛学的好去处。果然,眼前现出一座寺院,寺门上书"龙兴讲寺"四个大字,许是风吹日晒雨淋的缘故,字迹斑驳,色彩黯淡,若不留意,竟是看不出字来。

史料记载,龙兴讲寺是唐太宗李世民即位第二年下旨修建的寺院,专门用于传授佛学。讲寺以龙兴为名,喻为帝王之业的兴起。寺院群体建筑装饰艺术丰富多彩,特别是大雄宝殿中的镂空石刻讲经莲花座,玲珑剔透,甚是精美,建筑年代在宋清之间,为国内罕见之物。

单单一座寺院,并无多少奇特之处,奇就奇在寺院连接着一座古老的书院。书院名为虎溪书院,又称阳明书院,后者大有来历。相传,明朝学者王阳明自龙场谪归,途经辰州沅陵,住龙兴讲寺月余,在虎溪书院讲授"致良知",轰动一时,龙兴讲寺与虎溪书院声名远播。由此,人们便把虎溪书院称为阳明书院,流传至今。

我去时,寺院和书院内部正在大规模修缮,为九月下旬在沅陵召开的怀化市第二节旅发大会做准备。毫无疑问,这里将是旅发大会的一个打卡之地。

天气溽热，人的心情也跟着浮躁起来，加上还要赶着去别的地方，时光匆匆，我没能在寺院和书院盘桓太久，对于很多事物都是走马观花，有的甚至连走马观花都谈不上，在我离开沅陵之后，回想那时的场景，才倍觉遗憾。我便安慰自己，待以后时间宽裕了，再来虎溪山，看它个反反复复。潜意识里我还觉得，沅陵是水上的仙地，我到沅陵主要是赴一场碧水之约，因水之缘，与水相知，便是此行之幸。

于是，我脑海中便时常浮现出满江的绿水碧流，船行水上，欸乃声声，恍如行于碧翠的玻璃之上。玻璃缓缓地漾起涟漪，恍如江水在诵读倒映的诗行，反反复复，一遍又一遍。

这是令人珍藏的记忆。同时珍藏的，还有对一江大水的巡游与了解。

二

那一江大水就是沅水。

沅陵与沅水水乳交融，密不可分。

从地形图上看，沅陵地处湖南省西北部，怀化市北端，沅水中游，武陵山东南麓与雪峰山东北尾在此交会。走进沅陵之前，我曾收集过沅陵的资料，了解到一些数据，诸如沅陵是湖南省版图面积最大的县，沅陵的地形略似一片西南东北走向的巨型叶子，斜卧在云贵高原与江南丘陵间的接壤处，水流为经脉，山陵为叶肉，沅水主干从西南向东北贯穿沅陵县境，九百多条溪流向沅水汇聚，蔚为壮观。沅水干流遒劲雄浑，支流散布左右两岸，支流之上又生出更小的支流，形成树叶上层层级级各条脉络，建构起一片匀称优美的叶子外形，令人赏心悦目。

沅水发源于贵州山区，全长一千零三十三千米，湖南境内流长五百六十八千米，怀化地区流长四百六十五千米，而在沅陵县境流长则为一百四十二千米。千百年来，沅水哺育了沅陵大地，今天的沅陵人又把沅水装扮得分外美丽，用河畅、水清、岸绿、景美、人和来形容，毫不为过。

在沅陵逗留的几日，每天晨昏，我都会漫步到距离下榻酒店不远处的沅水大桥，看沅水。早晨天刚蒙蒙亮，沅水大桥就从睡梦中醒过来，比鸟儿醒得早，确切地说，是来来往往的行人和来来往往的车辆比鸟儿醒得早，他们或从城南到城北，或从城北到城南，将沅水大桥装扮成一副匆忙繁闹的景象。行人有男有女，神情各异，有赶路的，也有像我一样看晨江的。有人背着双肩背篓，背篓由竹篾编制而成，色泽陈旧，看不清里面的东西。我有一忽儿还想，今人常用的双肩包，或许就是从背篓那儿受到启发而制作的吧。傍晚时分，我也会趋步至沅水大桥，看往来的行人车辆，更看沅水。夜幕四合，桥上路灯瞬间亮起，连同灯杆上鲜红的中国结，把大桥装扮得分外璀璨，宛如一条流光溢彩的灯光长廊。

有一个黄昏，我伫立沅水大桥上，凭栏眺望一江静水。暮色渐浓，江面青色愈重，雾气氤氲。朦胧的江面上，一豆灯影渐近。那是一艘小船，从下游缓缓驶来。南岸青山如黛，树木葱郁，葱郁的树木间，闪烁着点点灯火，恍如天幕上的颗颗星星，迢迢地辉映天空，俯瞰江水，让人想到遥远的渔火。确实，夜幕中，江面与青山渐渐地融为一体，分不清哪儿是江面，哪儿是群峦，山中的灯火可不就像渔火了？

我分明知道，那些灯火是凤凰山森林公园透出的光亮，不可能是渔火。早在几年前，沅水上的渔火便已成了历史，不会再现。这与农业农村部发布的长江十年禁渔计划有关。长江十年禁渔计划是，长江干流和重要支流，除水生生物自然保护区和水产种质资源保护区以外的天然水域，最迟自二〇二一年一月一日零时起，实行暂定为期十年的常年禁捕，期间禁止天然渔业资源的生产性捕捞。沅水是长江八大支流之一，自然也在十年禁渔计划之列。

我之所以知道长江十年禁渔计划，还知道禁渔的艰难曲折的过程，皆因一个名叫胡金华的人。沅水怀化段的禁渔是在胡金华的亲自操作下完成的，而且比农业农村部的计划提前了三年。

这些细节，是在巡游沅水的船上，胡金华亲口说的。

到沅陵不游沅水，也等于没到过沅陵。我也必须是"到过沅陵"的。

巡游沅水是在七夕的前一天。

一大早，小雨就淅淅沥沥的，给炎热的酷夏披上一件清爽的外衣。我们乘坐的沅陵森警船从沅陵县城江岸码头出发，顺流而下，好不欢畅。船尾插一面鲜红的国旗，风雨中猎猎招展。沅水水面开阔，两岸青山笼罩在朦胧的烟雨中，若隐若现，水墨丹青一般。一座座民居散布在岸上的树林间，恍如上天撒落的玩具小匣子，与周边山林十分协调，浑然天成。

我身穿鲜红的救生衣，从船舱里上到船尾甲板上，沐浴细雨，吹拂江风，真是有种身在天上人间之感。也有跟我一样不畏风雨的人，在甲板上或立或坐，贪婪地眺望远处的江面和两岸的群山，恨不得把一江碧水和两岸青山都装入眼底，据为己有，不再放出。我知道这是做不到的，可我真的这么想过。这么想时，我的心便悠悠地颤，竟至沉醉，甚至有些酸涩。这江，这岸，这山水，直是要把人的心都拽了去，让人有种魂不附体之感。

在船上，我遇到了来自成都的一个画家兼摄影家，他用手机拍摄了不少沅江两岸的青山民居，烟雨蒙蒙，画面的层次感竟然十分清晰，堪比专业相机所摄。那不是拍照，那是艺术。还有人坐在甲板两侧的凳子上，相互交谈，耳畔马达轰鸣，我听不清他们的话语，但我从他们飞扬的神情上，能够读出他们放飞了的心。

"这景色可真美，怪不得沈从文说它'美得让人心痛'！"望着这幅美丽的长卷，我由衷感慨道。

话音落下，一个湘味浓重的声音就飘入了我的耳膜："几年前可不是这样，当初这江面上布满了网箱，为了清理他们，我们付出了巨大的努力！"

说这话的人就是胡金华，曾经的怀化市水利局局长，如今的怀化市二级巡视员，是个性格爽直、敢作敢为、风趣幽默的湖南汉子。

胡金华说，沅陵曾是国家级贫困县，水资源异常丰富。沅水是湖南湘资沅澧四条河流中水量最大的河流，多年平均径流量为三百九十多亿立方米，落差一千四百六十多米，河口多年平均流量每秒两千一百多立方米，洪峰时段超过四万立方米。这是些惊人的数字，令人惊诧。巡游沅水之前，我一直以为沅水水浅面窄，是一条不起眼的小河，眼前浩瀚的江水，彻底颠覆了我对沅水最初的认知。

因了沅水水量巨大，二十世纪九十年代，当地修建了五强溪水电站，装机容量一百二十万千瓦，为湖南省装机容量最大的水电站。水电站大坝建成蓄水，形成了一座巨大的人工湖，能够控制沅水流域面积的百分之九十三，有效地起到了防洪、灌溉和发电的作用。与此同时，严峻的问题也随之而来：沅水水位上涨很多，淹没了两岸大片土地，失地的农民该怎么办？

"养鱼是一个办法！"胡金华说，地方政府大力倡导和鼓励在沅水流域搞水产养殖，正所谓靠山吃山、靠水吃水。于是，几乎是在一夜之间，沅水的江面上便冒出了一只只网箱，密密麻麻，蔚为壮观，数量不下千万只。驰名湖南的五强溪鱼的品牌就是在那种情况下打响的。

地方经济发展了，失地农民的收入增加了，随之而来的却是环境污染，特别是水污染。因为水产养殖，先前的一江碧水逐渐变成了一江污水，别说饮用，即便下水游泳都变得不可能。作为时任怀化市水利局局长，胡金华忧心忡忡。

事情的转机发生在二〇一八年。

那时，河长制在全国推行开来，湖南省便把幸福河湖建设提上了议事日程，在全省推行沅水十年禁渔，尽快清理沅水流域的水产养殖网箱，还人民群众一江碧水。

胡金华拿到了"尚方宝剑"，顿时来了精神。他知道，沅水流域网箱大头在沅陵，清理的最大阻力自然也来自沅陵。于是，他带领市水利局的一班人，三天两头往沅陵跑，有时干脆常驻沅陵，不解决网箱问题，誓不收兵。

"我在沅陵住了三年，终于完成了网箱清理工作。"如今说起几年前的经历，胡金华异常感慨，"三年内，沅陵县共取缔网箱一百零四万平方米、养殖棚两万九千七百立方米，全市退捕渔民两千二百四十三人，其中沅陵县就有六百六十三人。"

"那些渔民退捕上岸之后，靠什么生活呢？"我疑惑道。

"有一部分人外出务工，留下的人由政府扶持他们栽种果树或者碣滩茶，再就是给他们安排公益性岗位，如巡水员、护河员等等。"胡金华说，时至今日，所有人的生计问题都得以解决，无一贫困户。

清理了网箱，并非万事大吉，治理河砂滥采滥挖也迫在眉睫。只有加强河湖日常管理，形成治本之策，才能有效在水安全、水资源、水环境、水生态以及水文化五个维度上，建设河湖生态文明。为此，他们从上到下建立了五级河长体系，系统修复河湖生态，短短几年时间便实现了河湖从"多头管"到"统一管"、从"管不住"到"管得好"的历史性转变。

河长制于我是个新生事物。我知道的是，沅陵县有县级河长，县委书记刘向阳即是县级总河长；乡里还有总河长、乡级河长和村级河长。在二酉苗族乡的河长办，我看到了一幅该乡河长制体系图，图上列有总河长一人、乡级河长十一人、村级河长六十人。这些大大小小的河长，就如叶脉一样，渗入大大小小的河溪，像呵护眼睛一样呵护着一方碧水，使之洁如甘露，纤尘不染。

如今的沅水，成了沅陵人的饮水源，沅陵全县也转变了经济发展方式，以发展文旅产业为主，不再建设工矿企业，让绿水青山真正变成金山银山。所以，沅陵乃至怀化水利人都把二〇一八年看作幸福河湖建设的分水岭。

说话间，船至陈家滩乡的千岛湖水域，水面上荡漾着五六条小船，船上的人身着统一服装，都在打捞水面上漂浮的垃圾杂物。他们是河道保洁员，长年累月工作于各自负责的水面。此情此景，似乎在印证胡金华刚才的话。

我们在不远处的简易码头上岸。胡金华说，陈家滩乡共有两千九百余户村民，共一万多人，其中六千八百多人为移民人口，属于典型的五强溪库区移民乡镇。当初清理河湖网箱，陈家滩乡的任务最重，这一个乡就清理网箱五十四万平方米，拆除养殖棚一万多平方米，占沅陵全县清理面积的一半还多。

码头附近的村民告诉我，这里属于陈家滩乡大庄坪村，可钓鱼，不可捕鱼，前来钓鱼的人远近皆有，有长沙的，也有广州深圳那边的。

河长制工作开展以来，沅水流域水生态环境持续改善，怀化段水越来越清冽，水质达到二类及以上，怀化还连续两年上榜全国水质最好的三十座地级及以上城市，沅陵县作为沅水流域河长制工作的主战场，功不可没。

如今，昔日的凶险之河已破茧成蝶，成为沅陵县乃至湖南省的安澜之河、富民之河、宜居之河、生态之河和文化之河，幸福河湖建设目标初步实现，实乃沅水流域人民之幸。

了解的细节越多，我心中越是感慨，无以言表，遂将目光投注于这一片静默的水面。眼前的沅水，虽不见波光潋滟的晴丽之态，却显出一副烟雨蒙蒙的柔美之情，宛如一卷悠长的水墨画，美得让人心醉，甚至心痛。

那天下午，当我转身离去，朝无尽的沅水挥一挥手，假装洒脱。我分明感觉到，不知何时，我的灵魂已丢在了沅水的心窝。

三

我一直认为，湖南是个别样的地方，不说别的，单说对河流的称谓就别出心裁——要么称溪，要么叫水。譬如沅江，湖南人一直都习惯性地称之为沅水。沅水在怀化境内有六条较大的支流，即巫水、渠水、酉水、潕水、辰水，它们都有一个乳名，就是溪，分别为雄溪、满溪、酉溪、潕溪、辰溪，古称武陵五溪，所以历史上怀化又有五溪之地之别称，至今依然。

从宏阔的湘西大地聚焦至沅陵，还有一个称溪的地方很不一般，那就是借母溪。

借母溪位于沅陵县北部，既是一条溪水的名字，也是一个乡的名字。资料上显示，借母溪是沅陵县最年轻的乡，十八年前由军大坪、筒车坪、枫香坪三个乡合并而成。之所以起名借母溪，应该与名为借母溪的溪水所蕴含的历史文化更易让人产生遐想分不开。借母溪在沅陵甚至怀化乃至整个湖南都是独一无二的存在，历史上的狃花文化即产生于此。

那是怎样的一种文化呢？

随行的老罗介绍说，狃花一词来源于湘西的一种树，此树开花五颜六色，花色淡时不结果，花色变艳才结果，湘西人把这种花旺结果、花淡不结果的现象称为狃花。沅陵地处大湘西，古称辰州，山重水复，交通不便，人们大多生活贫困，娶不上老婆的成年男子不在少数。为了生儿育女传宗接代，当地逐渐形成了一种花钱租老婆、借妻生子的现象，生下孩子后再将女人送回，孩子留下，母子从此永不相见。那些被租借生子的女人叫狃花女，介绍人为狃子客。借母溪之名由此而来。

老罗名叫罗宏旺，土家族，是沅陵县原畜牧水产局退休职工。他身穿河长制文化衫，背后竖印两行深蓝色楷体字"建设幸福河湖，守护一江碧水"。这正契合了我们此次活动的主题。老罗性格温和，说话轻声慢语，对沅陵的历史里的文化习俗颇多涉猎，而且会唱山歌小调，说他是沅陵的民间代言人，似不为过。

老罗说，借母溪至今仍保有一些与狃花文化相关的遗存，如狃花桥、狃花垭、狃花神树、娘娘岗等，最后一位狃子客依然在世，还保存着最后一部"狃花经"。

狃花，狃花，狃花。我们听得怦然心动，很想亲眼一睹。借母溪自然成了我们此行的必达之地。

巧合的是，去借母溪那天正值七夕，冥冥之中似乎预兆着跟狃花文化会发生某种千丝万缕的联系。

那天上午，太阳躲在云层里，我们躲在车里，车躲在武陵山里，左拐右转，一路往更深处驶去，让人分不清东西南北。刚转过一座山，眼看就要碰触前面一座山，似乎无路可去，不料车头一转，眼前又现出另一片山境。山路未尽，只是躲在山的那边。待行至前面一座山前，似乎路又将尽，车头一转，再次柳暗花明。如此峰回路转循环往复，我便想象着让灵魂抽离身躯，升至高空，俯瞰下界。这新修的柏油路恍如一条绵长的黑色丝带，在群山众峰之间缠缠绕绕，连缀起一处处村落，不知起点，也不见尽头。我们的车辆恍如爬行这条黑丝带上的一只甲壳虫，最后缓缓泊于黑丝带上的一个节点，不动了。这个节点就是借母溪。

这里峰峦叠嶂，山高路险，十分闭塞，即便今日，外人也难以进入，更别说新中国成立前乃至更久远的年代了。

此刻，太阳从云层里钻了出来，火辣辣地照射着群山，炙热烤人。眼前流淌着一条明净的溪水，水质清冽，一尾尾小鱼徜徉游弋。小的小似细针，大的则如手指，或独游，或三五为伴，摇头摆尾，悠闲自在。它们的身体一律的黛青色，晶莹剔透，几乎跟溪水和水底卵石的颜色一致，似乎掬在手心就会化作水，让人不忍触碰。它们都很敏感，稍微有点动静，它们就会头尾一摆，快速远去，只一瞬间，就隐匿了它们纤细的身影。我不知道它们的家在哪儿，要往哪里去，或许就在浅浅的溪水里终其一生吧。几只蝴蝶往复翩飞，先后停驻于溪水中凸出的几块石头上，其中一只竟然停驻于水面，随溪水漂流而下，一动不动，煞是神奇。

望着溪水里的小鱼和随水而去的蝴蝶，我的脑海中又浮现出了狃花的形象，便要去寻觅是否有相关遗迹。我的心理十分矛盾，既想看到狃花文化的遗存，又为过去的狃花女感到悲哀，希望这些故事永存书页，不要重现。

老罗说，狃花文化已成历史，那些与狃花沾边的地名遗存也并无特别之处，最后一位狃子客和最后一部"狃花经"更是难觅，要看，就看今天的借母溪吧。如今的借母溪已脱胎换骨，不再是那个外人几乎无法进入的封闭世界，它不仅有纤尘不染的溪水，还是国家级自然保护区，区内有保存完好的沟谷原始次森林，负氧离子含量极高，很值得一去。

我虽然有点失望，还是接受了老罗的建议——就去保护区，做一次人生的深呼吸吧。

走进借母溪的沟谷原始次森林，是在中午。烈日当空，热汗滋生。却是不料，一走进保护区，烈日便被遮蔽不见，仿佛走进一条幽深的浓荫隧道，褪去喧哗的外衣，一条溪水左右跌宕，石阶错落。沿途树木参天，粗大的树干上斑迹点点，倒塌的枯树也随处可见，有些枯树已经腐烂，上面生出了各种蘑菇，仿佛多年寂无人息。

一边往深山里走，老罗一边介绍着保护区的自然环境。他说，保护区地处云贵高原向江南丘陵过渡的第二级阶地，沅水与澧水分水岭南侧，是武陵山脉南支向东南伸展的中低山分支。独特的地理位置分布形成了借母溪独特的自然风光，区内的沟谷原始次森林带是华东、华南、华西南地区动植物荟萃之地，也是湖南"天然标本"最集中、最齐全的动植物园，三十多种国家一级二级重点保护野生动物生活其间，十分惬意。蛇也是常见的，其中有一种蛇名五步蛇，毒性很强。路上若遇小蛇，可把它挑到远处，不伤害它，不然可能会被咬伤。当地有赤脚医生专治蛇伤，采来草药，和唾液混合，涂敷在伤口上，人就没事了，正所谓一物降一物是也。

这些信息听得惊心动魄，脚步明显放慢，注意脚下。这一注意不当紧，我骤然收住了脚步，惊异地叫了一声："蛇！"那是一条青黑色的蛇，长两三尺，在我脚前两米多的草叶间，逶迤着顺滑的身条，哧溜地往上面的树林里蹿，一点声响都没有，转瞬就不见了踪影。

惊魂之余，又闻咕咕咕的鸟鸣。我稍稍平复下心情，分辨出鸟鸣来自野鸡，这声还没落下，嘎嘎的鸣叫又传了过来，来自乌鸦。借母溪是人类的家园，也是它们的家园。

我知道的是，新中国成立前这里的树木比今天更加茂密高大，当地很多老百姓都是靠伐木和贩卖木材为生，但运输是个大问题。借母溪距离沅水五十多千米，山重水复，不通车辆，要想把山中的木材运出去，只能靠水。眼前的溪流水浅流细，时不时地还会遇到山石挡道，跌跌撞撞，非常不畅，别说漂流木材，即便是漂流树叶，也会重重遇阻，以前的人们是怎么把木材漂流出去的呢？

面对我的这个疑问，老罗给出了答案："只能等到下大雨，沟溪涨水时，才能把木料放进水里，漂流而出。"

如此说来，历史上的借母溪放排，也只是在丰水季节才能做到。每年的丰水时间都很短暂，若是遇到干旱，可能一年也放不了一次排。

退一步说，即便木材从借母溪漂流到了沅水，亦非从此一帆风顺了。五强溪水电站大坝修建之前，沅水是一条十分险恶的水道，水面逼仄、河床浅显、水流湍急之处常见，沅水因此而有了一个"凶名"——三坳九洞十八滩，沅江处处鬼门关。由此可以想见，昔日的放排人都是拿命在赌，在沅水遇难者并不鲜见。随着五强溪水电站的修建，沅水水面上涨，三坳九洞十八滩均已淹没在历史的记忆中，如今的沅水是高峡出平湖，上百座岛屿散布其间，绿色的珍珠一般，分外美丽。这是沅陵人之福，也是沅水人之幸。

我们一路聊着历史，聊着今天，不知不觉抵达一座廊桥，名风雨桥。廊柱和橡檩皆为木料，看上去已有些年代，是过去供进山之人避风挡雨和休憩之地。我微微气喘，并不觉得累，下到桥侧捧起沁凉的溪水洗了脸，顿觉神清气爽，如沐春风。

风雨桥离我们进山的地方约六里路，稍事休息，便转身下山。虽是下午四点多钟，四野光线竟然暗淡了许多，似乎黄昏降临。透过树林的缝隙，分明可见阳光照在侧面或前方的山腰上，分外灿烂。

出了山谷，离开保护区很久，天色渐晚。夕阳隐入了山的那边，遗落了几条纱巾般的云霞，染红了溪水。

此时，借母溪游客服务中心广场中央的一堆篝火已经点燃，灯光大亮，音乐响起，广场东西北三面已围满了人，目光纷纷投向南面的舞台。经打听得知，这里即将举办一场沅陵地方传统文化展演，演员有汉族，有苗族，也有土家族，他们身穿民族服装，看上去华丽庄重，赏心悦目。我也兴致盎然，挤在人群中，驻足观望。

演员们载歌载舞，山歌小调号子轮番登场，歌声悠扬，舞姿优美，让人陶醉其中。看着他们歌之舞之，我的脑海里幻化出了无数个画面，它们交织着，重叠着，竟是让人心中泛出一丝淡淡的酸涩来。

借母溪的今昔变化太大，让人几乎不敢相信先前的狃花女的真实性。狃花文化的存在既是时代的悲剧，也跟借母溪的封闭贫穷不无关系。随着时代的发展，借母溪乃至沅陵人民的幸福指数越来越高，这种现象只能藏迹于历史的书页中，供人唏嘘感怀。

我悄悄地走出会场，漫步星空下的溪水边，若有所思。广场上的歌声缥缥缈缈，给人斑驳久远的感觉——

　　　　喊起号子哟嗬，搬起艄来嘿哈，
　　　　一声低来哟嗬，一声高来嘿哈。
　　　　撑篙好像哟嗬，猴上树哟嘿哈，

纤夫如同哟嗬，虾弓腰呀哟嗬。

标滩好似哟嗬，龙显圣呀哟嗬，

下水也唱哟嗬，水上谣啰哟嗬。

大浪打来哟嗬，摆摆头啊哟嗬，

摔个跟头哈哟嗬，碾个抛啰嘿哈。

号子一喊哟嗬，浪低头啊哟嗬，

打个喷嚏哟嗬，山也摇噢嘿哈。

裤包头呀哟嗬，衣包腰啊哟嗬，

摇起大橹哟嗬，水上漂啰哟嗬。

啊啦啦啦噢，啊啦啦啦噢……

听着缥缈的沅水号子，和着身边潺潺的溪水声，我忽然意识到，今夜是七夕，那些拼命拉纤的沅水纤夫，早该回了家门，去见倚门翘望的妻子。

今天的沅陵人，借用粗犷苍凉的沅水号子，喊出酣畅淋漓的快乐心情。

作者简介

林平，中国作家协会会员。在《人民日报》《光明日报》《中国作家》《解放军文艺》《诗刊》《中国校园文学》《鸭绿江》《西部》《北京文学》《山东文学》《四川文学》《青海湖》等刊物发表文学作品。出版长篇小说《立地成塔》《红房子》，长篇纪实文学《挺进深蓝》，报告文学集《东达山上》及诗集和散文集多部。获首届中国工业文学作品大赛奖、第六届广西网络文学大赛长篇小说一等奖、《解放军报》长征文艺奖、《解放军文艺》双年奖、中央企业"五个一工程"奖等文学奖项。作品入选中国作家协会重点项目、"十四五"时期国家重点图书出版专项规划、2023年度国家出版基金资助项目。

文脉沅水

朱白丹

一

上善若水，水利万物而不争，人与水结缘是幸运的，更是幸福的。

我去过全国所有省份，游览过许多名山大川和河流湖泊，若不是参加"幸福河湖·中国文学艺术家巡沅水看沅陵"活动，这辈子恐怕不会涉足沅陵。庆幸的是，生命中注定有这样一个机缘，让我亲近沅水，触碰文脉。最早与她产生关联，要追溯到四十多年前。

1979 年 12 月，高中毕业的我招工到长江西陵峡畔沙坪水电站工作。上班较为清闲，有充分的时间可以自由支配，便萌发了文学创作的念头。与大多数初学者不同，我最初创作是改编电影文学剧本。印象中是《小说选刊》上的一部中篇，小说情节忘了，作者也忘了，但故事发生地湖南沅陵沅江却始终没忘。当时特别富有激情，经常不分白天黑夜、不知疲倦地写作，可稿子投出去要么石沉大海，要么收到"不拟采用"的退稿信。一部电影文学剧本三四万字，全靠手工誊写，别说创作，抄写一遍就十分困难。在我万分沮丧时，站领导鼓励我说："不要贪大，先从小东西写起。"我听从他的建议，转向小小说、散文创作，不几年便在报刊上发表了一批小小说和散文，并结集出版。

这个站领导，便是湖南平江女婿冼世能；为散文集作序的，便是从湖南溆浦沅水边走出的著名散文家李华章。李老师鼓励我："扎根三峡，勤于挖掘，终会开采出更多闪闪发光的宝石！"正是在他们的激励下，我在文学创作的路途上不断前行。

二

2300 多年前，伟大的爱国诗人，我的老乡屈原就与湘西沅水有了交集。

战国时期，齐、楚、燕、韩、赵、魏、秦七国中，秦国实力最强，六国中的任何一国都不是它的对手，唯有抱团取暖、共同抗秦才是上策。左徒屈原向楚怀王建议组成六国联盟，共同抗秦，意见获准后，他到其他诸侯国广泛游说，阐明其政治主张，得到一致赞成。因利益立场不同，楚国一些人总在背后使绊子，其中就有怀王的儿子子兰和老婆郑袖。作为楚国贵族，不可能不知道人多力量大、团结就是力量的道理。但联盟主张是屈原倡议的，子兰和郑袖就要反对。二人联合一些人跑到怀王面前搬弄是非，添油加醋，怀王就将信将疑了。秦国知道，要拿下楚国，必先拿下屈原。屈原的治国能力，秦国大臣是知道的。

堡垒都是从内部攻破的。秦国获悉有人排斥屈原后，便派使臣张仪与子兰、郑袖接上了头，三人密谋一番，诬陷屈原向秦国使臣索贿。奸计密谋后，秦国使臣张仪向楚怀王提出建立秦楚联盟，条件是秦国拨出六百里地给楚国。怀王头脑简单，不知道六百里地是空头支票，当即同意了。张仪大喜过望，担心遭屈原反对，又心生一计，慢吞吞地说："不过……"

怀王问："不过什么？"

张仪说："只怕左徒屈原不同意啊。"

怀王一听颇为不悦。当晚，怀王跟郑袖说起秦楚联盟的事，郑袖乘机煽风点火，说："大臣们都说怀王决定事情要看左徒的脸色呢，我还听说左徒向张仪索要一双白璧。"

怀王听了郑袖的话，火冒三丈。第二天朝堂议事，屈原慷慨陈词，历数楚秦联盟的危害，阐明与秦联盟无异于与虎谋皮，六国必被秦国一个个吃掉。怀王此刻听来格外刺耳，认为屈原的话纯粹是危言耸听，是跟自己对着干，当即将屈原撤职，降为三闾大夫。从此，六国联盟分崩离析，秦国承诺给楚国的六百里土地寸土未给。因六国联盟解散，楚国岌岌可危。此时，怀王才想起屈原的好来，因碍于面子，仍未重用屈原。

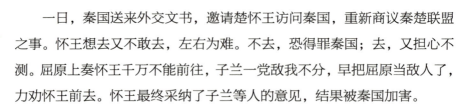

一日，秦国送来外交文书，邀请楚怀王访问秦国，重新商议秦楚联盟之事。怀王想去又不敢去，左右为难。不去，恐得罪秦国；去，又担心不测。屈原上奏怀王千万不能前往，子兰一党敌我不分，早把屈原当敌人了，力劝怀王前去。怀王最终采纳了子兰等人的意见，结果被秦国加害。

国不能一日无君。太子上位，是为顷襄王。楚国大权依然掌握在子兰、郑袖等人手里，依然不采纳屈原六国联盟、联齐抗秦的主张，还把屈原"三闾大夫"虚职给拿掉了，将屈原流放外地。

屈原流放之地，就有沅陵。

沅陵，以北枕沅水，南傍土阜而得名。汉高祖五年（公元前202年），县治窑头，辖区包括今沅陵、泸溪、吉首全部及龙山、花垣、永顺、古丈、麻阳、辰溪、溆浦、永定、慈利、桃源大部或少部。沅陵名字蕴含山水，果真境内奇峰巍巍，武陵苍苍，溪河纵横。屈原踽踽独行在沅陵山水间，无心赏景，望着落日余晖、夕阳西下，心头滚动着无边忧伤，禁不住吟诗一首，题为《涉江》，自然是沅江：

> 入溆浦余僮佪兮，
> 迷不知吾所如。
> 深林杳以冥冥兮，
> 乃猿狖之所居。
> 山峻高而蔽日兮，
> 下幽晦以多雨。
> 霰雪纷其无垠兮，
> 云霏霏而承宇。

诗歌大意是：进入溆浦之后，我徘徊犹豫，不知该去哪儿。树林幽深而阴暗是猴子居住的地方。山岭高大遮住了太阳啊，山下阴沉沉的并且多雨。雪花纷纷飘落一望无际啊，浓云密布铺满整个天宇。之后，屈原又相继创作了《离骚》《九歌》等不朽诗篇。

湘西民风淳朴，屈原虽深爱这个地方，却无时无刻不想返回都城，在国家危难之时助一臂之力。朝政由昏庸的顷襄王和子兰、郑袖把持，他知道回去也是徒劳。一日，听说秦将白起率领秦军攻占楚国，都城失守，顷襄王不知所踪。国破家亡，屈原悲从中来，万念俱灰。五月初五这天，天空乌云密布，沉闷压抑的天气让屈原极度悲愤和绝望，纵身跳进汨罗江，与水融为一体。

三

屈原在湘西播下的爱国和文学种子，影响了一批又一批后来人。他们无不与沅陵、沅江、沅水有关，书写了各自辉煌人生。

第一个代表人物是明朝文学家、教育家王阳明。明正德五年（1510年），受贬贵州龙场的王阳明赴任江西庐陵知县途中，乘船沿沅水东下，经溆浦、辰溪，到达沅陵，受到当地文人墨客的热情接待。沅陵的山山水水、风土人情，加上此地有唐太宗李世民敕建的皇家寺院龙兴讲寺，使得王阳明决定在沅陵小住一段，潜心讲授"心即理，知行合一，致良知"的哲学思想。沅水边的龙兴讲寺，成为他传授"心学"的处女地。王阳明写下《与辰中诸生》一文，愉悦之情跃然纸上：

> 谪居（贵州龙场）两年，无可与语者，归来乃得诸友，悔昔在贵阳举知行合一之教，纷纷异同，罔知所入。兹来乃与诸生静坐僧寺，使自悟性体，顾恍恍若有即者。何幸何幸！方以为喜，又遽尔别去，极快快也。

沅陵是王阳明的福地，这里有他的知音，有他的学生。如果不是皇命在身，王阳明选择在沅陵定居终老也未可知。

第二个代表人物是清朝文学家、民族英雄林则徐。清道光十七年（1837年）正月，福建侯官人林则徐被朝廷任命为湖广总督。此前，他曾来过一次沅陵，只是"不在其位，不谋其政"，是去云南履职主考官时路过，以游客身份到访的。林则徐经过官庄辰龙关，眼见乾隆皇帝敕封"天下辰龙第一关"古木参天、隐天蔽日、曲径通幽，不觉诗情萌发，遂赋诗一首《辰龙冈》：

> 重重入翠微，
>
> 六月已棉衣。
>
> 曲磴远垂线，
>
> 连冈深掩扉。
>
> 路穿石罅出，
>
> 云绕马蹄飞。
>
> 栖鸟不敢下，
>
> 岂徒行客稀。

当时，身为湖广总督的林则徐巡沅水、看沅陵，"阅视营伍，办理军政"，依律查处了永顺县知县冯茂勋、永顺府教授李象溥、桑植县训导谭国懋等科考舞弊案，湖南学政蔡锦泉在永顺府科考舞弊渎职案和一批贪腐案。反腐力度之大，深受民众称赞。

道光十九年（1839 年）6 月，已离任湖广总督的钦差大臣林则徐，依仗沅陵白酒垫底，豪气冲天，在广东东莞虎门镇海滩当众销毁外国列强的鸦片 19187 箱，总计 2300 多万斤。林则徐的一把火，展示了中国人民禁烟的坚定决心和反抗精神，鼓舞了中国人民的士气！

道光二十九年（1849 年）六月，已转任云贵总督的林则徐，因病请假调治，得到皇帝批准卸任回乡。途经沅陵时，沅陵人民用碣滩茶、沅陵大曲、腊蹄子等土特产款待了这位民族英雄。县令张时庵带着笔墨纸砚，敬请林则徐题词留念。抱恙在身的林则徐没法推辞，也不能推辞，沉思片刻，即奋笔疾书：

> 一县好山留客住，
>
> 五溪秋水为君清。

林则徐深爱沅陵这方水土，其山水蕴含在题词中。

第三个代表人物是爱国将领张学良。1938 年 3 月，旨在停止内战、一致抗日、兵谏蒋介石的"西安事变"主角之一张学良，被国民党宪兵转移到沅陵凤凰山凤凰寺软禁，在这里度过了一年零四个月时光。

国民政府为了"保护"他，不惜血本，专门在沅陵设立办事处，组建了一支200多人的宪兵队，构筑了3座碉堡、1个炮台等军事设施。沅水边的凤凰山风景如画，钓鱼、游泳、散步，读书、打球、骑马，成为张学良夫妇的日常生活常态。可这样的生活放在战争年代，放在一个将军的身上，其心何安？国仇家恨，民族英雄张学良从没忘记，他也无时不感到生活的郁闷。

1938年9月，张学良对前来看望自己的湖南省主席张治中说："抗战一年多了，全国军民都踊跃参加。我身为军人，反而旁观坐视，实在憋不住了！对我来说，这是国难家仇，我怎能忘得了皇姑屯事件！怎能忘得了九一八！我的部属望着我，全国人民望着我。他们怎能不问：张某人到哪里去了？"他恳请张治中带信蒋介石，要求抗日杀敌。蒋介石不予理睬，带口信让张学良好好读书。

"读书，读书，可叹偌大个国家，除了这凤凰山，哪里还放得下一张安稳的书桌！"张学良郁闷之极，赋诗一首：

> 万里碧空孤影远，
> 故人行程路漫漫。
> 少年鬓发渐渐老，
> 唯有春风今又还。

在沅陵期间，日本战机时不时对县城狂轰滥炸，张学良目睹人员死伤、房屋损毁的惨状，心在滴血。副官刘长清理解张学良心情，在防空洞石壁上刻下"雪仇"二字。

第四个代表人物是著名作家沈从文。湖南凤凰人沈岳焕，1917年参加湘西靖国联军第二军游击第一支队，驻防辰州（沅陵），次年随当地土著部队流徙于湘、川、黔边境与沅水流域一带。后投身文学创作，他的中篇小说《边城》描述了少女翠翠的爱情故事，展现出人性的善良美好，在中国现代文学史上极具重要地位，以至人们忘却了行伍的沈岳焕，记住了作家沈从文。

沅陵是沈从文的第二故乡，从老家凤凰到辰州，大多是坐船巡沅水、看沅陵，沿途的山水风光、风土人情，让沈从文久久难忘，创作了《从文自传》《湘行散记》和《湘西》散文集多部。他的老家凤凰，风光旖旎，也是游人如织。可他却把赞美之词留给了沅陵——"美得令人心痛"！如今，沅陵成了中国最具特色魅力旅游百强名县。

沅水的历史是厚重的。沅江、沅水、沅陵，无沅不聚。沅者，缘者。巡沅水看沅陵，绝不是观景，而是畅通了文脉，在盛世安康的今天，播下了新的璀璨的种子。

作者简介

朱白丹，男，中国作家协会会员、中国作协第十次全国代表大会代表。作品散见于《文艺报》《北京文学》《中华文学》《电影文学》《长江丛刊》《芳草》《短篇小说》《当代小说》《青海湖》等报刊，多篇被《微型小说选刊》选载。出版小说集、散文集、电影文学剧本13部近300万字。曾获中国作协征文优秀作品奖、中国作协"深入生活，扎根人民"主题实践先进个人荣誉称号。

沅水、沅陵与沅陵人

冷 莹

沅 水

眼前的沅水辽阔宁静，两岸峰峦连绵深幽。游船在山的护卫中轻行，盛绿中偶尔掠过山脚脉络整齐倾斜的灰色风化岩，枫杨和竹子临水的低枝迎风在江面轻颤，与水轻语着微澜。自然的造化美得让人忘却言语。在游船激起的白色浪花里，渔人出身的土家族导游清越的棹歌声逐风远扬。

如果你了解沅水，那么，站在沅水前，你的胸腔定然会不能自禁地流淌着感慨。因为你知道，这是一条从历史辰光中迤逦而来的长河，你知道这一曲长河曾流经多少辉煌、战火、文明与情思。二酉山洞在秦焚书坑儒时藏下的书简千卷为中华文明保存了秦前文化火种，屈原忧愁的舲船从这里驶过，刘禹锡的诗意与情歌在这里遗珠，岸畔龙兴讲寺的晨钟漾开清晨江面的薄雾，王阳明在虎溪书院讲学的身影被流水不倦诉说，寡妇链扣住了妇人一生的悲壮眷恋……

沅水的故事，岸边的山民在代代相传的闲话间也熟稔于心。坐在江边一户村民家门口歇脚，随意聊侃，那对老夫妻脑海中的沅水故事多如星辰，从秦始皇焚书坑儒到王阳明，都略知其故。说到寡妇链，夫妇脸上更有了厚重相通的民间悲喜。

千里沅水多险滩，而险滩最为聚集的地方便在沅陵境内。尤其清浪滩一带，滩险流急，江边悬崖峭壁，旧时纤夫在此处常因过滩失足失了性命。一位张姓寡妇，其公公、丈夫、儿子皆因险滩拉纤而亡。悲痛之中，她以乞讨卖唱为生，集数十年风雨艰辛为银，聘石匠在江岸绝壁上开凿石路、镶嵌铁链，给过往的纤夫一条生命链。人们感念她，将此链称为"寡妇链"。一位痛失爱人与家人的沅水畔寻常妇人，未悲痛沉息于命运的残忍，而是用她的半世艰辛，庇护了这沅水岸众多乡邻家中的父与儿。她领受过的痛苦，她不肯让命运再肆虐加诸他人。她伸出的瘦弱手臂，在噩运从嘲弄到目瞪口呆的目光中有力地挡住了它暴虐的步伐。沅水啊，就是养育出了这样恩深义重的子民，哪怕她只是一个乡野间走出来的妇人。

身边同伴聊及刚才船上土家导游所唱的棹歌，老大爷朗声笑着说那是劳动号子。

历史上，沅江是大湘西连接大千世界的主要通道，山货远销，食盐布匹等物资进来，都靠行船拉纤。沅江湍急滩险，礁石林立，汉子们用号子激励斗志，也用号子排遣水上漂泊的寂寞。号子声声，在漫长的时光里宛若沅江上绽放的渔火。今天，劳动号子已作为文化符号，留在故旧的时光里，只偶尔成为一些老人的遣怀。

今天再没有险滩上生离死别的故事了。以发电为主，兼有防洪、航运等综合功能的国家八五重点工程——五强溪水利枢纽巍然矗立于沅水之上，将奔流的沅江水梳理得平阔井然。五强溪大坝抬高了沅江水位，整个库区水面深广，浮光跃金、潮平岸阔，从五强溪码头顺水而下，北岸经明月山、顺母桥、象鼻岩、夸父山、寡妇链、十里画廊、海螺山，到达打卦岩，南岸经大伏角、瓜瓢湾、柳林汉……一路都是人间桃花源。五强溪和凤滩、高滩一江碧水三梯次的有序开发利用，共同奠定了沅陵"全国十大水电基地"的稳固地位。

吃一牙老大妈热情递上的当地清甜西瓜，暑意立消。之前在江畔果园尝到当地的葡萄和黄桃，也是甜过别处。大妈说，这是沅水浇灌出来的，这一处水土才能种出来这个味，这果瓜种到了别处，总得不出这味儿。大妈的眼神里是掩不住的骄傲。沅水，已是这一方人亲入骨血的乡魂。

大妈说，这些年里，沅江比以前更清了，山水比以前更好看了。除却沅水，"酉水拖蓝"等诸多沅陵特色水景都在今天显示出比以往更美的景貌。绿水青山，就是金山银山，这是走近沅陵近城远山中都时常可见的标语，也是沅陵人看在眼里的画面。很多普通居民并不全然详知沅陵在十年全面禁渔上的铮铮铁腕，在河长制全面落实上做出的昼夜努力，但他们看到了母亲河沅江和沅陵境内其他910条河溪年胜一年水清岸畅，美如画卷。他们看到了很多政府工作人员和穿红马甲的护河队伍时常走在水边，"他们很辛苦"，大妈感慨地说。

不远处，沅水面上正成群飞掠而过的白鹭，如同风颁给这带绿水青山的勋章。风中那一串不知从哪重山间传来的隐约号子声，将沅水江面的时光拉得悠长。

这是沅水。护佑着代代沅陵人，也被今天的沅陵人用更多行动与作为深沉爱着的沅陵之水。

沅　陵

沅陵很静，静得像一场故梦。

我是入夜时分到达沅陵的。在怀化出芷江机场，三四个小时车程，大巴车一路轻轻摇晃着，将白昼渐摇入夜色的星光。进了沅陵县城，棵棵香樟树站在路灯底下投下温柔树影，一江穿城，江风湿润，桥底下大片的紫茉莉在夜色中绽放熟悉的芬芳，所有细节都唤起我的乡愁。这景象与我在江西的故乡小城何其相似。与我的小城不同的是，沅陵的城中有山，山廓抱城。山水间的沅陵，塔寺丛立，自有别处不可复制的山水之美与厚重人文韵味。

一千里沅水从容，两千年沅陵人文。

于汉高祖五年立县的沅陵，拥有源远流长的历史文化。距县城20千米的窑头村古墓群遗址，先是商周时的濮国都城，后为秦黔中郡址。城中虎溪山古墓出土的"吴阳"印章，佐证了沅陵是西汉的王侯封地。

沅陵著名的二酉山在中华文脉的传承历史中举足轻重。秦扫六合，天下归一。为去六国之杂音，灭六国之异心，始皇帝推出"焚书坑儒"之举。时有儒生伏胜，偷运书简藏于二酉山洞，保留下诸多先秦的珍贵史料。二酉山也由此成为"学富五车、书通二酉"的典出之处。这里的文脉传承担当激励着沅陵的后人们。二酉山所在的二酉村，在新中国成立后先后走出了 67 位教授，被称为"中国教授村"。二酉山不只是沅陵人的骄傲，也是很多中华学者心中的朝圣地。被欧美学者称作是中国古代最重要的文学史家之一的胡应麟，就将自己的藏书楼命名为二酉山房；清代著名学者张澍将自己的书房取名二酉堂，并将花费自己一生心血整理编辑出的甘肃古代地理辑轶类书籍二十多种，定名为"二酉堂丛书"。二酉山，是中国学者气度与根骨的一截脊梁。

在沅陵县城中，至今屹立着唐王朝为大西南设立的高等学府——龙兴讲寺。自贞观二年（628 年）李世民敕建，距今已有 1300 多年。明正德六年（1511 年），王阳明途经沅陵，在龙兴讲寺讲授"致良知"，开沅陵一代学风，立国学一门新学，更成为沅陵不朽的荣光。后人在他讲学的地方建阳明学院（今虎溪书院）以示纪念。今天，在沅陵县城徐步而往，学院深学雅静之氛围犹然可感。

沅陵是东汉伏波将军马援"伐蛮"兵败、"马革裹尸"的地方。是乾隆亲题"天下辰龙第一关"的要塞辰龙关所在处。也是贺龙等老一辈革命家长征过沅陵、湘西剿匪的烽火岁月印证处。红色文化，曾在此如同喧天焰火，照亮了沅陵的山水与人心。

羁押过张学良的凤凰山上，则铭记了这位爱国少帅的无奈与哀愁。以囚徒之身，对壮志难酬。一腔报国心，空对烛影佛光。木鱼声中但望江水东流，报国不能，有家难归。命运的洪流裹挟之处，又有谁能轻言英雄豪迈。

屈原、王昌龄、刘禹锡、王阳明、薛瑄、杨慎、林则徐、沈从文、林徽因等先贤名流，都与沅陵有着深刻的缘分，留下了与之有关的故事与篇章。

提到沅陵，就不得不想起沈从文。沈从文先生所写作的三部散文长卷：《从文自传》《湘行散记》和《湘西》，其中的大量篇幅，都直接或间接地写到了沅陵。他一生，都视沅陵为第二故乡。

沅陵民间的传承更为纷呈。古曰辰州的沅陵，自古是一个苗、土夹居、"巫傩文化"盛行的"神秘王国"。沅陵巫傩文化流传几千年，蛊术、辰州符、做道场、唱土地、还傩愿、打醮等法事及上刀山、下火海、滚油锅等诡异绝技，至今在民间可寻。如今，沅陵辰州傩已列入国家级非物质文化遗产。

同样被列为国家非物质文化遗产的还有沅陵赛龙舟。"中国传统龙舟之乡"沅陵，为赛龙舟起源地。此处龙舟赛事源于远古，早在屈原之前就已存在，相传是为纪念五溪各族的始祖盘瓠。盘瓠后，其子孙按照当地巫祭习俗，划龙舟游弋沅水为其招魂。沅陵传统龙舟赛历经上下几千年，已形成博大精深的湘西沅陵传统龙舟文化。

联合国教科文组织曾前来进行全程录像的辰河高腔、以歌定情的情侬山歌，24个少数民族的各异民风民俗：苗家的蜡染、土家的花帕、吊脚楼、拦门酒等，无不共同构建起沅陵这个民族高交融区县独特的风情。

但这些，并不足以概括今天的沅陵。在沅陵的这些沉雅与循古之外，你会不得不留意到，那些正从沅陵各个细节角落溢逸而出的蓬勃时代锐气。从环水保举措的细致、生态全面治理层级分明有序的落实、"红色引擎"对乡村振兴的强劲驱动力、城市更新的温度细节在街头巷尾的藏影、当地在各类自然与人文资源强力保护基础上的积极整合开发、绿色能源及科技创新等新兴产业链在县城的安家落户与风生水起……这一切让人对这个目前尚称为"县城"的沅陵完全不敢小觑。这是一座新与旧奇异融合的小城。这是一座，让人展望之城。

沅陵人

沅陵人的故事，其实已经全然书写在了沅陵的山水和今天的沅陵城里。

沅陵的山水与地域历史风云铸就了沅陵人，沅陵人又以他们的脾性与热血书写着今天的沅陵。

沅陵人好客直爽。到沅陵街头小馆吃粉，店里年轻的老板娘擦着额上汗，将我一碗米粉的浇头堆到冒尖，还指着旁边自助小料的台面催促我："看看喜欢什么小料，自己加啊，我们的酸腌菜刚加出来的哈。"在果园刚夸句黄桃甜，两个圆滚滚的黄桃便立刻被不容推辞地塞进了手里。

沅陵人口味重，和脾性来得一样爽利。尚辣，满桌红椒里，松枝熏出的柴火腊味、劲道的晒烂肉、野劲十足的蕨菜干配上当地的沅陵大曲，菜和当地人一样底气十足，掏心直肺。沅陵的朋友笑道，走到哪里，这味道都是他们的乡愁。

沅陵历来为汉蛮交界之地，征战屯兵重地，很多沅陵后人骨血里就流淌着悍勇秉直。行走在沅陵，你会发现这里的人身上鲜明的楚风让人感动，慷慨侠义，壮勇豁达。

高亢的辰河高腔，冲出喉嗓，便天高云阔地游走。原本只在山中唱的山歌，随着下山城居的沅陵山民入了城，江畔的公园树下，三五成群地对唱接腔里，散荡着自由愉快的落拓地方风情。

沅陵人以自己的乡土为荣。沅陵街巷，人们茶碗里的绿茶时常都是那一碗当地的名茶碣滩茶。"一枕暗香听橹声，寻梦无痕到碣滩"。碣滩茶出自险滩碣滩，常年云雾缭绕，唐时曾为贡茶，由官府每年派人监制。若得知你来自外地，热情的沅陵人便要向你推介他们的碣滩茶：这是世界名茶，获过米兰世博会中国名茶金奖。又常有人要给你泡上一杯，满目期待等你的赞许，仿佛是等你夸耀他珍爱的儿女。

翻开下榻酒店赠送的当地报纸，见到某某人携资返乡支援家乡建设的报道，便想到一位沅陵导游闲聊时所言的：沅陵人总是思乡的，在外面混好了大多都要回来的，把外面的新点子新路子新机会带回来成就他们的沅陵。

走访沅陵时，接触过几位当地的政府人员，大都是温和中可见锐气的类型。他们的对话中，对文化元素敏感，对新政策和文化理论敏锐，时刻在探索着沅陵更好的前路。这增添了我在沅陵那几日对这座城的好奇与细致观察。

沅陵一程，触动颇多。但触及我内心最深的，还是沅江边一位素不相识与之连一句对话也未曾有的大姐。

那日晚饭后在江畔广场散步的时候，见到一位大姐与熟人打招呼，精神爽朗的样子，完全不似病人。对方问："医生说还有多久？"大姐大咧咧地伸出一根手指："一年多吧，大概不到两年。"听了数句，才得知她原来患了癌，所剩时日并不长久。大姐那坦然无畏的言语里，似乎死亡只是一趟返乡的旅程。那一晚的沿江路，我天马行空地想了很多。我想起了诸多文学和影视作品里这带人们在面对敌军和湘西悍匪时不余退路的激烈抗争，也想起了在沅陵山间走访的时候，发现村民们供在家中的亲友遗像总是彩色的而不像其他地域多是黑白的。我自然也难免想过了自己人生中一些无谓的悲喜。最后，我的思想长久地停留于一个想法：能轻快正视了死亡这关的人，他在这世间的生途上，一定是恣意而热烈的吧！这是我对于沅陵这处地域上的人们一个极深的印象，当然，它也许出自我部分偏执的认定。

此时，我坐在电脑前，想起沅陵的江畔和江岸青山的绵延轮廓，想起诗人车延高的一句诗：两岸青山越绿，人越怕白头。是的，美好，总是与羁绊相生。但我想，对沅陵的沅陵人，和沅陵人的沅陵来说，这羁绊，值得。

作者简介

冷莹，女，江西人，现定居陕西省西安市。中国作家协会会员，中国水利作协协会会员，中国报告文学学会会员。已发表散文、小说、水利纪实等作品逾百万字。出版有《请晚点再离开我》《所爱隔山海，山海亦可平》《遇见你之后，都是好时光》《心若向阳，无谓悲伤》等专著。

印象沅陵

秦建军

一

> 一县好山留客住，
>
> 五溪秋水为君清。

这副对联是林则徐赠给当时的沅陵知县的。这位有民族英雄之称的清朝一品大臣，看好早在楚秦时便被置黔中郡、汉高祖五年置县的沅陵好水、好山。

癸卯年八月某日午后（干支纪年当是七月），我坐车踏上沅陵县城的沅江大桥那一瞬间，远远映入眼帘的是一江蓝莹莹的水，照着浅秋的阳光波光粼粼地从高楼林立间缓缓流过，像一块巨大的柔软的翡翠镶嵌在县城中间；又像一位衣袂飘飘的蓝裙女子，风姿绰约地漫步在千年的时光里，以她的静美、安澜、雅致、古典迎接坐了一夜火车又近三个钟头汽车而疲惫得犹如离水之鱼一样的我。那一瞬间，我干涩的双眼湿润了，离水的鱼见到了水，见到了清澈如蓝的水！

在宾馆八楼的房间，拉开窗帘，竟然也看见不远的右前方那一江浅蓝静静地斜倚着县城密密麻麻的楼群边沿，波光粼粼，粼粼波光，使得干硬的楼丛水灵起来，有了灵动的气息。出酒店大门右看，竟然又看见不远处那一江清水的一角在幽幽地淌着浅蓝。微风送过来水的凉凉的气息，让人精神一振。我寻水而去，不几步，便面对面看到了那水，那巨大的软翡翠一样的水，含情脉脉地看着我，许我一身清凉，让我沦陷在她的眸里。两只小船泊在岸边，微风撩拨着水，轻轻地摇着船儿，船舷之间没有叶圣陶《巢米》中不洁的泡沫，却突地看见两只银白的细长身子的鱼儿不知从什么地方游过来，悠闲地扭动身子寻寻觅觅，俄而又游走开去，像轻舞的水中小仙子。我看得呆了，真想变成一条小鱼随水而去。

县城人居密集，戏水者应该不少。然而，沅陵县城段沅江水边却没有人垂钓，水里也没有人游泳。岸上只三五人在那里徜徉，定是跟我一样的看水人。眼前的水厚而不腻，清澈透亮，晃着蓝莹莹的水光，照着蓝天的影子，因了水的映照，觉着水中的蓝天比头顶的蓝天更美，像丹青高手屏声静气调制出来的水彩蓝画出的蓝天，美得水灵而恰到好处，多一点点太蓝而少了水润；少了一点点便又多了灰白。我站在水边，一会儿低头看水，一会儿抬头看天；一会儿抬头看天，一会儿低头看水……一时恍惚，分不清头顶上的蓝天是真的，还是水中的蓝天是真的。

我在心里说，真是一江好水，干净，安静。

神话中的追日夸父便是从沅陵开始追日的。他一路上追日渴了，便俯下身子豪饮沅江的好水。

流放时到过沅江的屈原也被这一江好水吸引，乘一叶小舟逐水而行，将自己置于水天一色中。船动水动，天也动，飞珠溅玉，溅玉飞珠，云卷云舒，天马行空。两岸青山更是随着船行走马灯似的换着美景。山脚下绿树掩映的村舍，山沟上横亘的小桥，连片生长的楠竹满坡满岭……寸步寸景，犹如一副徐徐展开的巨幅国画长卷。虽被排挤流放，然爱国爱民之心不死，眼前的美景让这位忠君爱国的楚国大夫感慨万千，于是有了千古吟唱的《涉江》之瑰丽华章。

这一江好水的沅江乃长江流域洞庭湖支流，为湖南省第二大河流，干流全长 1033 千米，流经贵州省、湖南省、湖北省和重庆市的 63 个县（市、区），水量充沛，年径流量 668 亿立方米，水能开发强劲，多年平均发电量为 181.37 亿千瓦时，点亮了三湘大地的山山水水、村村寨寨、户户家家。沅陵段河长达 142 千米，而其最大支流酉水流经沅陵也达 44.4 千米。大河过处，支流众多，故境内有大小溪河 911 条，纵横交错，潺潺不息，现已建成五强溪、凤滩、高滩 3 座大中型电站，使得沅陵人早在七十年代便亮起了电灯，桐油灯成了民俗馆里的展品，黑夜不再黑，苗族、土家族、白族等族的阿哥阿妹在璀璨明亮的电灯下，对歌，跳舞，喜乐融融。

尤其县城的夜，灯光灿若星空。沿江两岸的灯带如两串颀长的用夜明珠串成的珠链伸入水的远方，再连天际，使得沅江犹如天上银河。岸边高楼房屋上的灯与霓虹照在水面，变换着红、绿、黄、紫、白等彩光，如梦如幻，如幻如梦。若有摇桨的船儿游弋，便如朱自清笔下的《桨声灯影里的秦淮河》之影像了。是夜，我在沅陵县城段的沅江上却没有看见开动的任何船只，沅江像梦一样安静神秘。沅陵人为保护这条母亲河，不断推进河长制工作，许以沅江静养。

南岸的凤鸣塔雪白之塔身装了黄色彩灯，一到天黑黄灯齐亮，整座塔明黄透亮，金碧辉煌，光芒万丈，照亮一方夜色，照亮夜行人脚下的路，更照亮踽踽独行者内心柔软的角落，让其柔软得想流泪。

许是受沅江水的灵气之驱使，不懂对仗平仄的我，在心里胡诌了一联——

一江碧水穿县过，
两岸楼台依水活。

这真不能成联！对仗和平仄都有问题。

二

山居幽处境，
旧雨引心寒。
辗转眠不得，
枕上泪难干。

这首五言诗是发动西安事变的张学良被蒋介石幽禁在沅陵凤凰山山顶的凤凰寺时写成的，深山、古寺、夜雨淅沥、抱负难展、自由不得、蛟龙被困……跃然纸上。

这凤凰山位于沅陵县城东南沅水之畔，西北也临沅水，东南群山连绵，海拔虽仅200米，但山壁陡峭巍峨，山体雄浑奇峻，形似凤凰展翅，故名"凤凰山"。山中大树参天，疏密有致，四季葱茏，幽深神秘，颇具气象。明万历时建凤凰寺于山顶，与隔江而建的龙兴讲寺遥相呼应，喻含"龙凤呈祥"之意。

抱负难展、自由不得的少帅携爱人幽禁在这个喻含"龙凤呈祥"之意的地方，心情之五味杂陈可想而知，写那首诗时该是多么悲愤、压抑、困苦；而那蒋介石的肚肠肺腑也早已冰山露角于世人面前，被中外明理、有志之士数落至今。

那个时候，凤凰山上关卡重重，看管森严，他人不得登攀。

我登凤凰山，是初秋的一个早晨。清新的太阳刚出门不久，阳光清丽温和，照在脸上温润舒适，没有秋老虎的炎热。沿宽窄有度的盘山路而上，阳光透过各种树木的枝叶间撒下来，斑斑驳驳，驳驳斑斑，像一行行诗、一阕阕词。一路上，晨练的人上上下下，他们有耄耋的太爷太婆，有壮年的大哥大姐，有青春逼人的男孩女孩，还有垂髫小童。我还看见一个年轻的母亲将幼小的孩子放在婴儿车里推着上凤凰山，她一边慢慢地走，一边呢呢喃喃地逗着孩子说话。

凤凰山是沅陵县城人锻炼身体的必去之地，从早到晚，络绎不绝。

水旺山丰。沅陵山多，名山也多。除了凤凰山，还有二酉山、白岩界山、虎溪山等等。

二酉山，位于沅陵县城西北30里处乌宿对河，乃大酉山与小酉山的合称。当地人以此为酉水、酉溪二水合流处而故名。主峰海拔509.8米，挺立于酉水河北岸，山体高阔雄壮、敦厚磅礴，树高林密，郁郁葱葱。山肩处刻有"中华书山"四个繁体巨字，描着鲜红的漆，万绿丛中一抹红，醒目、艳丽，散发着浓浓的书香气息。据说，黄帝曾在二酉山藏书万卷，周穆王也在此收藏过异书。《荆州记》记载有"小酉山石穴有书千卷，相传秦人所藏"，相传秦始皇焚书坑儒，朝廷博士伏胜为拯救中华文化，冒着诛灭九族的危险，领一家将，偷偷将千卷书简运出咸阳，择地而藏，车载船运，历尽千辛万苦，船至二酉山下，选中了二酉山的二酉洞作藏书之处。故此，"学富五车、书通二酉"的典故便出在二酉山。

白岩界山，是红色的山、革命的山，是红二、六军团在沅陵期间的革命根据地。其海拔530余米，雄赳赳气昂昂地矗立在沅陵镇西北20里一隅，为武陵山最大支脉的中枢之地。之所以取名白岩界，是因这座山一到冬季便终日积雪，远远望去，山峰似一座冰海浮雕。故此，当地人便叫它白岩界。此山植被丰茂，大树参差，湖南盛产的楠竹更是满坡满岭，是极好的隐蔽之物。山风阵阵，竹林啸啸，竹浪滚滚，蔚为壮观。当时，红二、六军团指挥部便设在竹林深处的王家大院里。

指挥部旧址的王家大院现在是沅陵县爱国主义教育基地，在王家大院的屋后，我看见了我喜欢的竹子。我喜欢竹子，是受热爱竹子的父亲之影响。1935年出生的父亲生前有两大热爱，一是热爱共产党，再是竹子。父亲的口头禅是："是共产党送我读的大学，我是吃的共产党的一碗饭。"我是在父亲的这句口头禅的唠叨中长大的。父亲对竹子的热爱，是爱而不多索取。比如他爱吃竹笋，却不去山上挖笋。春天里，别人家的大人满山满坡去挖竹笋，父亲却不。他说：盘中一口菜，山间一方海。父亲对竹子最大的索取是用竹子做了一件竹衣。他将竹的外皮那一面片成薄片，磨光，用布带子编连在一起，组成两大块，盛夏的中午，披在前胸与后背，说是沁凉沁凉的，又清爽又沥汗，无与伦比。当时，父亲是将竹子那样贴肉穿在身上的第一人。因了肌肤的相亲、气息的浸淫，那件竹"衣"便褪了淡青的原色，成了淳厚的绛红，溜光水滑，泛着玉的润泽和气韵。稍触手便生凉意，那种凉是沁沁的、爽爽的、缓缓的、柔柔的，亲肤而贴心，绝不是那种尖锐的、严肃的、扎实的冰凉。80年代末的一个夏天，父亲在武汉大学的一个同学，出国多年后回来看他。一番人世沧桑之后，父亲便拿出了那件"竹衣"。父亲的同学直夸"竹衣"不一般，可成"文物"。

在王家大院的红二、六军团指挥部纪念馆的陈列室，我看到一首首老百姓拥护红军的山歌，其中一首山歌的歌词是这样写的——

天上白云连白云，

园中竹子根连根。

河里鱼儿不离水，

老百姓与红军心连心！

我一字一字念完，眼泪一下子夺眶而出……

三

沅陵，是一个美得令人心痛的地方。

这句话是大作家沈从文说的，成了沅陵的名片。我想沈老先生说的令人心痛的美一定也包括沅陵的那些传说，比如前面说的二酉山藏书的传说，比如借母溪的传说，比如凤鸣塔、龙吟塔、鹿鸣塔的传说等等。

话说解放前，一个本是人妻的女子却任人摆布，被另一个毫不相干的男子典去繁衍后代。十月怀胎，一朝分娩之后，母亲却不能安心哺育幼儿，于一月黑风高的夜晚，轻轻拔出含在幼儿嘴里的乳头，含悲离去——因为她完成了"典"的任务。她的离去，或是回到原夫家，或是再被典去与另一个毫不相干的男子延续香火。骨肉分离的痛只有当过母亲的人知道，那母亲思念骨肉，耳边一直萦绕着幼儿醒来不见母亲的撕心裂肺的哭声，便去看望。不想初去时那条溪水清澈、蒹葭苍苍的小溪被山洪冲毁，断了她的前路。那母亲大悲，哭死在溪边。她的眼泪变成了一颗颗玲珑剔透的鹅卵石，散落在溪边，玛瑙一般，或红、或白、或灰、或紫，成了溪边的一道美景。

因此传说，沅陵人便将这条小溪叫作借母溪。这个传说还在借母溪被拍成了电影，名《狃花女》。借母溪也成了沅陵的旅游胜地，去借母溪的人多会被溪边的鹅卵石吸引，要捡几个回家。我去借母溪时，一缕阳光透过溪边的一棵大柳树的枝叶落下，照在水边的鹅卵石上，熠熠生辉。我看见的竟然不是一颗颗小巧可人的鹅卵石，而是一位思儿心切的母亲的一颗颗带血的眼泪！

我的心儿猛地一颤，缩回了捡石头的手。

凤鸣塔、龙吟塔、鹿鸣塔并称沅陵三塔，塔高均为七层，白墙灰瓦，挺拔端庄，庄严肃穆，散发着一切塔的神韵气质。

凤鸣塔便是沅陵县城段沅江南岸那座塔，它立在江边的香炉山顶，既俯瞰着沅江，又与耸立于沅陵县城东郊十里外的河涨洲上的龙吟塔遥遥相对，脉脉传情。实际上，沅江北岸的一处山峰的峰巅还有一座塔，叫鹿鸣塔，与龙、凤二塔成三足鼎立，相互守望，传颂着一段美得令人心痛的传说。

传说，天帝的女儿思凡下界，爱上沅江的龙太子，在沅水河畔私订了终身。王母怒将其贬到凡间变成一只孤苦的凤凰，却未能使其屈服。王母狂怒，对沅江苍生施各种灾难以惩龙、凤，但都被人二人克服。王母更怒，对二人施虐，将龙拦江镇于江心，凤的双翅铆上天钉，锁在距龙不远的河南岸，迫使彼此看着对方受苦。二人脉脉相望，虽不能身体相聚，精魄却超越时空，缠绵缱绻，合二为一，随风飘到对面的鹿鸣山上，恰被一只通了灵性的小鹿附身。王母暴怒，又对沅江施毒，小鹿口含辟疫的野花，替被困的龙、凤助乡民度过劫难。王母气急败坏，将龙变成江心的小洲，将凤变成江南岸一带青翠绵延的山脉，小鹿则被变成一座小山峰，以毁掉他们的肉身作为最终的惩罚。三人不为所动，相互守望、精魄交融，继续解困沅江苍生。沅陵前人感念其功德，遂在三地建塔——即，凤鸣塔、龙吟塔、鹿鸣塔。

听沅陵的朋友说，看三塔最宜月朗星稀的秋天晴朗之夜，乘一摇桨小木船，于凤鸣塔下的江边起航，顺东而行。先是凤鸣塔送，再是龙吟塔迎，而鹿鸣塔则轻灵地站在沅江北岸的那座山峰的巅上，心领神会地看着这一幕，以记录。此时，如水的月光照在水面，与水光交融，让人分不清是月光如水，还是水光如月。风来，水面泛起银白的细纹，如亿万只银色的鱼儿齐游；风止，那圆月投影水面，玉盘一般，浑圆，玉润。银光闪闪，比天上真的月亮还要明亮诱人。

不过——朋友话锋一转，说，沅陵这些年为守护一江碧水，造福沅陵人民，推行河（湖）工作，限制水面行船，行船要提前报备……

我听了在心里说，难怪沅江水这么干净，安静

朋友接着说，放空身体的尘杂，竖起双耳聆听天籁，似乎听见龙、凤、鹿在倾心交谈呢。他们似乎在说，如今有河（湖）长管着，再也不怕王母发怒施毒了，我们沅江安静着、干净着呢……

我听着，被沅陵朋友的描述迷住了，蓦地想起水利作协副主席赵学儒先生的一首小诗来——

江抱一座城

城叫沅陵

城拥一条江

江叫沅江

沅江养育沅陵

沅陵养护沅江

世世代代

子子孙孙

作者简介

秦建军，笔名秦见君，秦华峥，中国水利作家协会会员，湖北省作家协会会员；小说、散文、诗歌俱涉足，著有散文集《一个女人的双手》。在《长江丛刊》《水与中国》《中国职工教育》《广东消防》《中国水利报》《大江文艺》《人民长江报》《襄阳日报》等省市级以上媒体发表作品300多篇、60多万字，作品先后三次获得水利部征文二等奖、三等奖，两次获湖北省楚天文艺奖，其中小小说《村长李得宝》获第八届楚天文艺奖，散文《水清老太和她的清凉河》获第九届楚天文艺奖，诗歌《老水利人的幸福生活》获水利部"纪念2011年中央1号文件"征文二等奖，散文《豆腐人生》获第27届中国地市报新闻奖（文艺副刊）二等奖，报告文学《流动的乡愁》以"非虚构"类总排名第二名获全国首届"河长湖长故事"征文二等奖。

沅陵气象

卢文戈

从北京出发，当天便到了湖南沅陵。

走进沅陵，便走进了一幅山水画卷。

几天的采风，看到"河长制"给这一脉山水带来的变化，以及这里的每个人，对文化的敬仰，对自然的敬畏，对祖先的膜拜，对现代文明的向往，对中华民族的认同和融合，让我感受到这里正在拔节的力量。

这里是沅陵。

这里的水，有浪，有灵，有韵。

这里的山，有根，有骨，有势，有气象。

我在想，究竟用怎样的语言，才配得上沅陵这一方山水。

一

匆忙入住酒店，冲罢澡，环视房间，摆放有序的几本书立刻吸引了我的注意力。

信手翻开《水韵沅陵》，浏览大致，让我对完全陌生的沅陵有了些许概念。又翻开《文韵沅陵》看了个大概，突然对这片古老又新生的地方，产生了浓厚的兴趣，滋生了用心走进沅陵的愿望。

《水韵沅陵》《文韵沅陵》《茶韵沅陵》《绿韵沅陵》《沅陵老城记忆》《二酉文化探幽》《市民文明手册》《湖南省沅陵县招商引资政策措施》《沅陵县中药材百亿产业发展招商联络手册》等等，我徜徉在沅陵文化的"书山"上，顿生仰慕之情。

我惊叹，一间普通客房，便可成为沅陵向世界延展渴望发展的末梢神经。

住进这个房间，我仿佛就走进了沅陵深处，感受到沅陵跳动的脉搏。

二

在古代，沅陵曾是大湘西政治、经济、文化、军事的中心，是土家族、苗族、白族等少数民族聚居地。勤劳智慧的劳动人民，在这里繁衍生息，创造了别具特色的文明。

沅陵古城便是其中最璀璨的星辰。古城依山而建，错落有致，灰木青瓦，苗寨风格，那是当年沈从文先生在芸庐抬眼可望的一幅画。

然而，上世纪 90 年代修建五强溪水电站，这里，上演了触动灵魂的 10 万移民大搬迁。10 万人背井离乡，举家搬离祖祖辈辈生活的家园，沅陵人，该背负着怎样的大义，该有多么的心疼和不舍，才做出如此悲壮的决定和义无反顾的牺牲？！

还有，推行河长制，禁养禁渔，把群众赖以生存的网箱，全部清出河道，那是他们生活的全部收入啊，沅陵人说，那是壮士断腕。

现在，沅陵已然获得了新生。

沿岸后靠的城区，于两岸山上，绽放出充满活力的新颜。一江碧水，穿城而过，沿斜坡而建的台阶，便成了一年一度中国传统龙舟竞赛时，沅陵人为参赛龙舟擂鼓呐喊的天然场所。

三

"两岸茂林修竹，掩映三两人家，间或有一叶小舟欸乃而过"。一条小路，掩映在翠竹林内，虽长满青苔，却蜿蜒朝天。

沅陵人，顺着这条小路，世代跋涉了上千年，一直寻找着心中那一缕阳光。

古老的吊脚楼，悬挂于沅水沿岸，不经意间，便可听到悠扬入心的山歌。

溪里水儿绿幽幽，

对对鱼儿水中游，

妹爱鱼儿把尾摆，

看哥怎么把妹求。

恋郎要恋胡子郎，

胡子上头有蜂糖，

去年六月亲个嘴，

今年六月还在香。

这生动的情歌，这幽静的环境，我担心，一个北方人，用北方化的语言，怎么也写不出沅陵这个南方古城的温婉、细腻、典雅和柔美。

四

到沅陵，风景再美，也绕不过文化的山脉。

走到二酉山下，顺着陡峭的台阶，躬身拾级而上，偶抬头，仰视"中华书山"藏书洞，心中便肃然起敬。

中华文脉，顺着沅水酉水被捋成了一条线，一路辗转颠簸，在二酉山上打了个结，留下延续文明的火种。

上山那天，我看到二酉山下，酉水岸边，一群护河的年轻志愿者，在捡拾河边的垃圾，他们每个人的脸上都写满了惬意。

守护一方山水，也在守护一脉文化。

"三垴九洞十八淇，七十二岩到石堤……二酉山，是仙山，仙山对看沓五滩。"

传唱千年的《酉水号子》，在当地苗族壮汉口中喊成了岁月沧桑，唱出了社会变迁，吼出了万丈豪情。从他们坚毅的眼神、粗犷的嘶喊、铿锵的脚步中，我读懂了沅陵人的地域性格。

五

穿行于山水之间，除了欣赏车窗外的景色，幸有当地一名向导陪同。

"好了，我又成功地把各位讲得睡着了。"她这句话一出，便有三五人同时嚷道："听着呢"，"没睡着，是听迷了"，"接着讲，接着讲"。

这几天，她讲林则徐、讲沈从文、讲龙兴讲寺、讲借母溪的"狃花女""狃子客"，讲沅陵的前世今生，娓娓道来，语调平缓，亲切深情。

有一次，她用很长时间，讲了一个小人物的故事。

她说，"知道沈从文为什么说沅陵是个美得让人心痛的地方吗？"

于是，她讲了沈从文妹妹九妹的凄美故事。

讲者用情，听者入心。

我环顾了一下车内，竟然有人似我，早已泪眼婆娑。

由此，不得不说，沅陵的文化基因，已经渗透到每个人心里，在人们心里扎了根。

六

行走在沅陵，恰逢湖南省怀化市第二次旅游发展大会将在沅陵举办。

沅陵，正在全力以赴筹备这场盛会。

沅陵是中国龙舟之乡，是龙舟竞赛的发源地，所以，旅发大会上，龙舟竞渡是不可缺席的盛大表演。几十条龙舟，上百条汉子，将在沅水之上，奋楫逐鹿，乘风破浪，张扬沅陵各族人民的精神风貌。

一条靖州龙舟引起了我的注意。

一打听才知道，靖州龙舟是沅陵那些搬迁人后代组建的团队，为助力故乡发展，回到了梦魂牵绕的沅陵，参加助力这次旅发大会。

"我多想回到家乡，再回到她的身旁，让她的温柔善良，来抚慰我的心伤"。几十条沅陵后人，在家乡温暖的怀抱中，唱响这首藏在他们心中的歌。

在辰州古街，有人挂起"欢迎回家"的横幅，古街上，不知谁循环播放起"因为我们是一家人"……

这里是，远走他乡沅陵人的精神朝向，是他们灵魂安放的天堂。

这是沅陵人割舍不断的信念。血浓于水，在这样的情境中，再次融合在一起。

七

短暂的行程，看不尽山清水秀，品不尽风情万种，咀嚼不够沅陵厚重醇香的味道。

但我却对沅陵有了更多的期待。刷抖音，加好友，是沅陵人，展现沅陵风貌的，一律点赞。

多条龙舟入水演练，沅水穿沅陵县城段夜色斑斓、灯火阑珊，龙兴讲寺、虎溪书院焕然一新，辰州古街人流如注，少男少女们穿着民族盛装在沅水江畔载歌载舞。

这个秋天，每个沅陵人脸上都绽放着笑容。

沅陵的故事正在发生，沅陵的发展还在继续。

领导连夜督导建设工地或者辰州古街、沅陵夜景的短视频，沅陵人纷纷留言，喜悦之情、爱家乡之情、对未来的期待不言而喻。

奋战在沅陵建设中的群生像，譬如沅水，是资源的聚合，是能量的脉动，是文化的传承与裂变。

他们像行走的纤夫，每一步都紧扣大地，落地有声，大行留印。

"青山不墨千秋画，流水无弦万古琴"。

沅水，汇万溪，纳百川，聚能量，吞吐之间，一念千里。

在这条生态河、发展河、幸福河畔的沅陵，正大步向前，走出山水风度，走出沅陵气象。

作者简介

卢文戈，男，中共党员，中国水利作家协会会员，现供职于河北省易县水利局。文学作品散见于《人民日报》《农民日报》《中国水利报》《河北日报》《河北经济日报》《荷花淀》《小说创作》等报刊。

"巡沅水看沅陵"活动随感

陈仲原

　　二〇二三年八月下旬，我有幸奉邀参加了由中国水利文协、《诗刊》社、中共怀化市委宣传部主办为期五天的"巡沅水看沅陵"活动。参与此活动的人员除了邀请的一批文学艺术家外，还有众多媒体的编辑、记者。这是一次难得的机缘，因我的祖籍就在湘中，并一直从事长江水利工作，能参加这次以故乡山水、人文为对象的巡访活动，其乐何极！

　　仁者乐山，智者乐水。沅陵，不仅有绵延的青山，还有碧绿的河水。有山的雄伟秀丽，还有水的宁静清幽，因沅陵具智、具仁，所以沈从文笔下才有了"沅陵，这个美得让人心痛的地方"这样的妙言绝响。

　　沅江发源于贵州贵定云雾山，经黔东南和湘西多县市境，于常德德山汇入洞庭，与湘江、资水、澧水即"四水"并入长江的洪流。

　　洞庭湖的形成远比长江、黄河要早得多，其地质史可以追溯到多少亿年前的"武陵运动"时期。古云梦泽就是洞庭"四水"入江处形成的沼泽，今日洞庭盆地构造兴起于距今一亿多年前的"燕山运动"，这场运动塑造了洞庭湖周边的山地。随着气候和水文的变化，湖区的沉降和长江荆江河段的发育，才形成了洞庭盆地的格局。

　　这次"巡沅水看沅陵"活动，我原计划利用摄影来记录沅陵的山水与人文，去发现河长制下沅陵的新变化、新发展。然而，组委会却将我分到"报告文学组",我便幸运的与中国知名的报告文学作家一起深入了解沅江水利建设与生态保护给沅陵城乡带来的新变化,并随着文学艺术的视角去审视、解读沅陵的山水风情。这样的机会非常难得,我衷心感谢组委会对我的安排。

满满五天的采风活动非常紧凑,不仅领略了沅陵、沅江的风光,更重要的是看到河长制下,以生态文明为主要内容的"美丽乡村"建设,给山区村民在生活、生产方面带来的良好势头。我们在沅江、酉水、酉溪、五强溪大坝各处及库区巡访,实地了解了河长制治理河道工作的机制,看到了河道治理方面的显著成效,河道两岸处处呈现着一片水清岸绿的秀丽景象。其实,长江委何尝不是长江的河长,中国最大的河长,只不过是它涉及的领域更宏大罢了。

在汉唐文化得以薪火相传的圣地二酉山,就被"学富五车,书通二酉"的浓烈文化氛围所感染。在沅陵,不仅有千年历史的大唐龙兴讲寺,还有隋文帝时代就被冠以黔中郡第一胜景的凤凰山和建于晚清的王家大院以及红二、六军团指挥部旧址。而"生态王国、天然氧吧"的借母溪,则是一个动植物种类极其丰富的原始生态圈,森林、山谷、溪水、野生珍稀动植物等自然景物,应有尽有,令人流连忘返。

"长江王"林一山的一则题词说得好:"古代文化,源于河流;现代文化,改造河流。"通过这次活动,深深体验到人与河流的亲密关系。在人居环境、人口聚集、经济发展和文化繁荣诸多方面的关联与影响。在沅陵五强溪库岸深处,时至今日依然能见到少部分的一种紧靠口岸、全木建结构的吊脚楼类临水民居。在现代河流治理开发和库岸建设中，应当尽量加以保护。

五强溪大坝蓄水形成库区后的移民原住区，具备当地民族特点的建筑已不多见。若能深入沅江干支流，利用不同季节，在新的环境下系统地拍摄采集沅陵的山川、湖泊及库周百姓生产、生活的新变化，或许会迸发更多深层次的创作灵感。热切盼望此行的诗人、作家和艺术家们，用你们的笔墨尽情地描绘沅江山水，歌颂沅陵人民。

作者简介

陈仲原，长江委宣传出版中心主任记者、大江文艺杂志美术编辑、中国水利摄影家协会常务理事、中国水利作家协会会员。多幅摄影作品在省部级以上摄影比赛或展览中获奖。摄影作品收入《中国长江三峡》《三峡工程》《三峡图志》《长江流域地图集》等图书与画册，并在《中国国家地理》《科技与经济画报》《中国水利》《湖北画报》《中国水利报》《人民长江报》《中国南水北调报》等报刊发表大量作品。

在沅河上行走

孟宪丛

（一）

沅水，这是一条水清如镜的河，这是一条承载千年历史文化的河，这是一条令我魂牵梦绕的河。

当我乘船在沅水上驰行的时候，我的内心就起了微澜，尽管两岸高山间的河水平静而开阔。

船在水上行，人在画中游。

眼前的景色不能简单地用美来形容，只能用震撼来描述。难怪沈从文留下了"美得让人心痛"的佳句。

当我来到沅陵的第一天起，就迫不及待地翻看了有关水的资料。911条大小溪河成就了117座上行水库，142千米的沅水、44.4千米的酉水彩练般飘过沅陵的境内，一个县域内纳下了这么多水及雨水有关的元素，让我刮目相看。

我生活在北方，因为干旱缺水，在内心深处，对水总是充满怜惜，充满期盼，甚至合十膜拜。从我出生起，见到的河流总是潺潺小溪，纤细的身躯，映着光滑的小小卵石，泛着金光，缓缓流淌。

一直以为，在身边能有两三条河、两三条有水的河就会幸福满满。而现在沅陵的上百条河，硬生生地颠覆了我多少年的认知。

沅河、酉水滋养着生生不息的沅陵人民。望着滔滔东流的沅河水，我努力联想着这条母亲河的伟大。

船窗外的河水平静地延伸至遥远的天际，我在脑海里竭力寻找一切与河水有关的故事，眼前便有了一些诗情画意。从杨慎的"滚滚长江东逝水，浪花淘尽英雄"里，体味到了大悟后的气度宏阔，从李白的"孤帆远影碧空尽，唯见长江天际流"里，感觉到了依依惜别的深情，从米芾的"三峡江声流笔底，六朝帆影落樽前"里，在天地间闪耀着人生豪迈。

也许，正因为这山，这水，勾勒出一幅山水灵魂，使原本无生命的大地被赋予了生命的本质。

天空飘起小雨，山间云雾缭绕，蒙蒙的，朦朦的，一份清爽，一份醉意，这是大自然无私的馈赠。绵细如丝，悄然飘落，犹如一曲优雅的乐章，这雨值得欣赏，值得留恋。透过雨的帘幕，看苍天远山如水墨风景长卷。

我坐在船窗前，凝思屏息，看小雨坦然地顺着玻璃滑落在温馨的江水里。推开船头窗口，任凭丝丝小雨飘湿我的全身，舍不得错过眼前这美妙的景致。

当我走出船舱的时候，仿佛听到河水拔节的声音。伸出手，感触一下小雨那具有灵性的润泽，似乎听见了小雨的心跳。雨滴从我手心轻轻滑落，漫延在被大自然斟满秋韵醇香的酒盏内，微醉了烟雨流年。

小雨的世界，充实而潇洒，静谧而爽快。我努力抛开一切烦忧，忘情地呼吸清新的空气，用空灵的思想和无掩的肌肤，柔柔地感觉这小雨的意蕴。

我轻轻拾起思绪，小雨便在周身慢慢弥散开来，仿佛看见那些各级河长们，在穿越一路坚持。

远山如黛，群峰叠翠。快艇后面泛起千万涟漪，左岸上一座白色塔映入眼帘，像一根定海神针立于河涨洲上。尽管视线不清，但仍能望见塔檐筒瓦。这就是"龙吟塔"，八方七层，堪称辰州第一高建筑。七层，七级浮屠，千年留下的信仰，将一份河湖治理的坚定留在这里，与沅水亘古为伴，坚守着这方天地人间。

我在努力地思考，让人心动的沅河、酉水为何有如此清澈的魅力？

（二）

2017 年，一个响亮的河长职务，在沅陵大地上叫响。每一条河流都竖起了河长公示牌，每一条河流都有了呵护它的主人。

之后，18 名县级河长、197 名乡级河长、645 名村级河长走马上任，还有民间河长、河道警长、河道检察长（官）、女性河长，如串串珍珠参与其中，开展了巡河、护河、治河的日出日落、冬去春来。

驻足在河长议事厅下，仰望亭子灵动轻盈的飞檐，壮观气势凌空旁出，古朴建筑融入了飞动轻快的韵味，一种古典与现代、浪漫与唯美在空间融合，决定了这个场所的重要，也决定了所议事情的重要，亮出来的是措施，也是决心，更是责任。

多少次挑灯研究，基层调研，推出的一河一策、一河一档，差异化管理，网格化管理，档案化管理，让河道换了新颜，十多万次的巡河，夯实了河畅、水清、岸绿、景美、人和的基础。

二酉苗族乡的 28 名民间河长，将酉水、酉溪河打理得干干净净，"河小青"自愿服务活动更是锦上添花，让酉水和酉溪交汇处的中华文化圣山二酉山更具魅力。

时近正午，清新的空气扑面而来，细腻得像婴儿的手臂。酉水河道蜿蜒，流水潺潺。遍布的卵石在水中童话般泛起金色的波纹，河岸边树木枝繁叶茂，郁郁葱葱。

一群红马甲在河道内移动，他们低头捡拾垃圾的神情，成为河道里一道最美的风景，被汗水湿透贴在背上的红马甲，分明就是一团团火焰在飞扬。一泓对大自然的信仰、敬重，给河水留下了永久的纪念。

一棵新生的树在风中摇晃，一片清澈的梦在河里展翅，一群群"河小青"就是让一条条河流健康的小天使。

官庄镇域内有 69 条河流，在乡村两级 31 名河长的努力下，河道乱建、乱占、乱堆、乱采得到治理，水环境面貌焕然一新。沅水三级支流金州溪成为全县落实河长制的样板。金州溪流经辽弯溪村、界亭驿村，这富有诗意的村名，不免让人浮想联翩。

界亭驿村会仙桥，风格典雅，韵味古朴。我缓步行走在亭廊里，欣赏依溪而建白墙黛顶的小楼，满眼绿树成荫，桥下流水潺潺，水上小舟漫游。这靓丽的风景，美丽的河流，让我的神思渐渐有些恍惚，似乎看到了唐朝土家女贵妃回乡省亲宫女簇拥华盖云从的情景，从清军击败吴三桂余部的"千功宴"中感觉到了一位投机者的消亡。正如楼亭前廊柱上的对联"楼乎桥乎，长廊百尺流烟阁；凡也仙也，五溪一脉种茶人"，道出了古往今来的人间沧桑。

河流有了笑容，到处弥漫着甜蜜的味道。"南天锁钥"的辰龙关，打造褐滩茶休闲养生庄园，成就了万亩茶叶种植，使盛行唐代、供奉清廷的褐滩、界亭毛尖迎来了梅开二度的好时光。

一位又一位行走在河畔的河长，感知了河流的呼吸与心跳，被岁月与责任清洗的河流，寂寞与孤独、痛苦与伤痕已经烟消云散。静听江水流淌，拾起一片落叶，在脉络深处把美丽的河湖梦深深种下。

人生，又何尝不是一条拖着记忆尾巴的长河呢。

（三）

水，可以解救受困在沙漠中的人；水，也可以发电造福人类。对水的掌控和利用促进了人类文明的崛起。

清风，柔情翩然，我，初识水电。

沅西水系在沅陵县境内建有五强溪、凤滩、高滩三座大中型水电站，一江碧水三个梯次开发利用。

其中，凤滩水电站是湖南最大的水电站，大坝是我国第一座大型空腹重力拱坝。

这是我第一次融入水电站，当我站在凤滩水电站 40 米高的空腹大坝上，坝体气势宏伟，水岸曲折，岸边绿树苍翠，眺望静静的溪湖水面，诗情画意，悠然而生。

一阵微风掠过，在水面上泛起浅浅波澜，我的心顿时有些上扬，神情豁然开朗。我一直对水崇拜，既装得下柔情细雨，又容得下疾风骤雨。面对高峡平湖，脑海里闪过水电站截流后的景象，河水慢慢攀高，漫过堤坝，淹没它想淹没的所有物体，因为低处流、洼里聚是水的天性，是大自然赋予水的存在形态。

也许，正是这道大坝对河流的束缚，才成就了库区水面的开阔胸怀。

大河奔流不息，岁月轮转不怠。

河水要淹没它所要淹没的一切，便有了水库移民。曾经的故土家园被水淹没，还有那些田野上无法带走的庄稼以及山上成片的橘林。一种难以言说的眷恋热热地涌上了所有水库移民的心头。

一批批移民离乡，成就了水电站的伟岸。水电站不仅提供了清洁能源，也为当地绿色发展撑起了一片新天地。

（四）

每一条河流都是生命的源泉、灵魂的家园。

上世纪90年代，五强溪水库蓄水发电。

沅陵县是五强溪水库核心区，自然也就成了库区移民大县。沿岸移民们开创了网箱养鱼之路，作为离乡后的"增收宝宝"，逐年发展，规模渐大，高峰期有养殖网箱42250口。五强溪鱼盛极一时，成为库区百姓的"致富鱼"。

然而，严重的水产养殖污染让河水遍体鳞伤，局部水域浑黄腥臭，水面垃圾漂浮物翻来滚去。几十年的网箱养鱼产业，成了水环境污染的源头。移民的腰包越来越鼓，水体环境却越来越差。

水生态问题成为摆在沅陵县委、县政府不容回避、必须面对的重大课题。这，也为沅陵县委、县政府带来前所未有的挑战。

如果要冲破山障，就必须有百转千回、勇往直前的信念和决心。

"坚决扛起水生态保护的政治责任！"县委书记满脸凝重，郑重表态，从政治责任上破题。

责任之光，照亮担当。

高举生态文明旗帜，从落实河湖长制入手，以前所未有的新时代大手笔，精心描绘绿水青山秀美新画卷。

新雷阵阵醒大地，春风化雨万物新。

于是，"退捕禁捕""守护好一江碧水""网箱上岸""洞庭清波"等专项治理行动呼啸而来。

于是，移民们在不舍和无奈的交织中，顾全了绿水青山的大局，尽管有多少梦的跌落，但抛弃记忆中鼓起来的腰包，让网箱上岸。

于是，4万多口、104万平方米养鱼网箱上岸，2.97万平方米养殖棚、4.96万平方米钓鱼棚、3.36万平方米钓鱼平台被取缔。

于是，水清、岸绿、景美又显现，一江碧水谱新篇。

"沅水中下游有陈家滩乡，怡溪、婆水溪、麻伊溪等众多支流，必须齐抓共管，源头净水，综合治水……"在陈家村滩段的码头上，一排有关河长、成果的展示牌前，为我们讲解的正是沅陵县总河长、县委书记刘向阳，满面春风，言语铿锵，对落实河长制自信如琴，似弹奏出一曲美妙乐章。

"通过强有力的整治工作，沅江水环境质量明显好转，连续5年地表水监测数据显示，沅江沅陵段出境水质优于入境水质。"沅陵县水利局局长田学武如是说。

凡事物的发展总有其两面性，鱼和熊掌不可兼得，这就需要用辩证的眼光看问题，关键是要抓住主要方面。为了生态环境大局，就得调整移民养殖方式。

变是绝对的，不变是相对的，变是智慧，变则通，不变则塞。

政策不能改变，但思路可以改变，正所谓思路一变天地宽。岸上生态流水养鱼成了渔民增收的新的"活水源头"，在二酉乡洪树坪村的溪边，利用滩涂地引来山溪水，岸上生态流水养鱼捧回了年产值近300万元的"金娃娃"。

全县6.1万库区养殖移民和1221名专业渔民由"养鱼人""捕鱼人"，变成了"护鱼人""护河人"。

沅水悠悠的情韵，不仅仅是春江花月的浪漫，目光濡湿炎热的季节，笑靥凝固了曾经的归途。"河湖长制＋全域旅游""河湖长制＋生态农业"，让河系治理与乡村振兴和谐相融之路走得更加殷实。

（五）

我喜欢寄情于山水，有多少山水契合成山高水长、山长水远、高山流水、山清水秀的连珠妙语。

我觉得，山水原本就是一对恋人，不能分开，如果有山无水，那山就显得枯燥，如果有水无山，那水便会寂寞，山因水而俊秀，水因山而灵动。

在沅陵，除了壮阔的沅水、酉水波澜，还有借母溪至清至柔的流水。依水而成的莽莽林海遮云蔽日，千姿百态的古树苍翠遒劲。

我匆匆走入借母溪的山林间，山涧一泓涓溪，弯弯曲曲，潺潺穿木桥前行，折射出点点金光。我蹲下身子，掬一捧在手，沁人心脾，伴着草木芳香，让游客一洗远方风尘和城市喧嚣。

也许是因为常年被溪水冲刷的缘由吧，山谷间的石头有着可爱、顽皮的性格，有的像蘑菇，有的像狗熊，有的像企鹅，各具情态。找一块平滑的大石头仰卧其上，双手交叉枕于脑后，看云卷云舒，尘世的喧嚣荡然无存，神醉情驰地尽享这自然之神韵，造化之巧机，然后心旷、神怡、气爽，顿觉身如洞天福地之神仙。

两边的树木色彩斑斓，对于这些树，我是不知名的。好在树上挂了名牌，才有了光皮桦木、秃瓣杜英、利川润楠、大果腊瓣花、多花泡花树等一串串赏心悦目的名字。还有珙桐、血皮槭、篦子三尖杉、南方红豆杉等国家一级保护野生植物，让我这个北方人眼花缭乱，分明就是刘姥姥进了大观园。

树木枝条缠缠绵绵，有的树干笔直，有的造型奇异，或交臂、或牵手、或成弯弓、或如五指，尽管它们在寂寞的山崖畔，却生长得纵情恣意。

一株弯曲树竟然从一块石头缝隙间钻出，树根与石头亲昵交融。按说，泥土才是树木茂盛的依托，但是，这块石头似乎读懂了这棵树的心思，尽情地释溢自己的灵气，将树木的姿容延展得更加委婉而灵秀。我觉得，出

272

现这样的景致，不只是树的执着，更有石头的宽容，在接纳树木的同时，也给自己留下一片爱的绿荫。我深信，经过风霜雨雪的依偎，无论如何也能留住一梦相伴的弥久日月。

尽管是初秋时节，借母溪的绿色依然是主色调，然而有山峦、奇石、茂林、秀水相互映衬，其意境、神韵、灵气有机渗透，构成了一幅多层次的立体天然画卷。

说真的，沉浸在这样的环境中，我的心情越来越变得宁静明净了起来。

（六）

清晨，安静了一夜的世界清亮了起来，薄薄的雾霭渐渐散去，河面净如镜面，空气中夹杂的荷花味道，让人感到一种清新宁静。

沅河岸边晨练的身影已经成为一道风景线，轻盈的音乐飘过，翩翩的广场舞在花花绿绿的韵律中，便有了一番赏心悦目的感觉，扑面而来的欢乐和感恩之心划了新的一天。

这，是令我难忘的沅陵晨景。

在沅陵期间，我不断用手机拍摄与水、与山、与林、与人有关的风景，就是想留住山水中油然而生的那一份份激情。

尽管离开沅陵有些时日了，但那些"楚水清若空，遥将碧海通"的清澈水质，"离思迢迢远，一似长江水"的别离思绪，仍然在心中泛起。

多少次望穿沅河、酉水，似乎听见了一浪又一浪鼓掌的呼唤。

作者简介

孟宪丛，中国水利作家协会会员，中国散文学会会员，河北省作家协会会员，张家口市作协常务理事，尚义县作家协会主席。作品散见《文艺报》《大江文艺》《黄金时代》《生态文化》《散文选刊》《延河》《当代人》《北极光》等报刊，偶有小作获奖。

沅陵怀春

李广彦

怀化，"一个怀景怀乡怀味的地方"！

盛夏来怀化，满目春色，沅陵便是这方境界。

沅陵是沈从文爱至骨髓、情入肌肤，"美得令人心痛的地方"。我对沅陵一见钟情，沅陵见我当如是。沅陵美得令人心动，春心难自持，由此怀化也是一个怀春有梦、人心不老的地方！

春　水

南下的绿皮火车进入湘西，蝶变一条小溪，在绿色植被下流淌一般，穿越张家界，在怀化小憩。我像一朵浪花，随飞瀑跃潭，一路欢歌入沅水，心灵在沅陵靠岸。

八百里洞庭鱼米乡，湘资沅澧四支水，千里长龙数沅水，沅陵便在水中央。沅水携酉水赴洞庭，其势比黄河，其清胜长江！

沅酉二水，龙腾凤舞，涓流汇集，溪河九百条，水路三千里，百余座水库，万余片水镜，电站星光灿烂，城乡万家灯火，山山水水如微醺的男男女女，或红光满面，或春光明媚，无不令人陶醉。

五强溪水电站横卧沅水，总装机容量120万千瓦，是湖南省最大的水电站，西方专家赞佩"中国水电工人干出了国际一流水平"。凤滩水利枢纽截断酉水，崛起"世界第一空腹坝"，高40米、长256米的"空腹"能装下6个C919大型客机，巨大的空间让你有足够的底气感叹国家实力之强大，它们像怀孕的母亲，托起水晶般的梦想。

长江黄河孕育中华民族，沅水酉水拥抱美丽沅陵，水情是沅陵的最大县情。大禹是水神，龙舟是水魂，市民是水分子，河湖长是那无处不在的水精灵。建设幸福河湖、守护一江碧水，"河长制"像一个大家庭的家务事，县乡村三级担当，政府民间合力，如果说在"幸福河湖·中国文学艺术家巡沅水看沅陵"开幕式上那水蓝旗帜是风向标，那么穿行于城乡河流中的红马甲，就是公民爱水、护水、节水的风景线；如果说环卫工人是城市的美容师，"河小青""志愿者"就是河湖生命的保护神。这是我看见的最美身影！

悠悠沅水奔沧海；潺潺酉水绕桑田。河滩五彩缤纷，这是水滴石穿的亿年画作，我俯身拣石，发现这里的石头光面少纹路多，图案像那绝壁栈道、船工撑篙的手掌、纤夫脊背的纤痕。"三垴九洞十八滩，滩滩都是鬼门关""官家出门要敲锣，船家走水要唱歌""号子上船来做伴，邪神野鬼不敢缠"……古时沅水湍急滩险，"寡妇链"挂悬崖，"纤夫槽"嵌矶头，船夫号声是冲浪抢滩的壮歌，一唱几千年！酉水是土家人的母亲河，号子船歌仿佛是婴儿冲破母腹的啼哭，与生俱来的音乐胚芽，我听不懂一样热血沸腾起来。如今高峡出平湖，水流平缓，一众人摇橹喊船，祭拜河神，渔歌互答，心回远古。波光粼粼，水倒山影，我想起"马革裹尸""老当益壮"的悲怆壮举，思绪随浪花翻涌。

历史长河，惊涛骇浪，遥想屈原，流放沅水，孤愤苦吟，上下求索，《离骚》《九歌》《怀沙》《天问》悬日月……楚辞华章，千古绝唱。楚国虽灭，爱国精神气贯中华民族；诗人离去，世界名人流芳百世；端午龙舟，成就一个伟大的节日。龙舟鼻祖沅陵，为端午祈福推波助澜，为求索精神助阵擂鼓。"宁荒一年田，不输一回船""咬一口辣椒热一身汗，喝一碗烧酒赛一回船，擂一通大鼓壮一次行，摇一杆大旗天地旋。"这便是中国龙舟之乡沅陵的豪迈。滨河公园广场的龙舟群雕，昭示高尚不屈的精神，我看见千年来的信仰与力量！

河上绿洲，白塔龙吟；香炉山幽，凤鸣祥云；含花弄草，溪口鹿鸣，宝塔遥相呼应，沅陵海晏河清。古有"三塔"，今有"三桥"，一江两岸，三水环绕，山清水秀，鹭飞雀跃，洲渡乡愁，城烁霓虹。每座塔都是古今文明的象征，每座桥都是通向未来的大道，好一幅不负春水向东流的历史画卷！

"巩固国家卫生县，创全国文明城市，建人民幸福现代化新沅陵"是这座山水城市的发展蓝图。滨江水岸，城市客厅，从沅陵港上下延伸出的3200米滨江步道工程夜以继日施工，污水处理厂三足鼎立，拧紧"水龙头"，扎紧排污口。工程项目紧锣密鼓，生态环境日新月异，建设者的身影仿佛健儿划桨赛龙舟，甩开膀子齐声唤，劈波斩浪争冲线！

水澄若翡翠，楼高倒影曳。清晨，老人健身舞剑；傍晚，大妈广场舞蹈，还有垂钓休闲者，眼见一对老伴牵手散步，一个身着绿色运动装的女子面对沅水，扭着身段兴犹未尽……古老的沅陵厚重且朝气，个性而和谐，这一江一水一座城，分明就是当今中国现代化建设春潮涌，市民安居乐业的幸福河！

春　神

中国民间神话中，有主管树木发芽生长的司春之神，又称木神、春神、东方之神，他的名字叫句芒（gōu máng），传说其鸟身人面乘云龙，忠心耿耿辅佐伏羲开天辟地、创造万物。

我不信神，但在沅陵信"春神"。

武陵山南麓，雪峰山北端，万座青峰冲天，千里林海卷云，亦山亦水，合之沅陵，春神为这方水土锦上添花增春色，逶迤入画似梦幻。

峰峦挺秀，林木苍翠，天地垂青，沅陵通灵，大自然赋予她绵绵不绝的绿色生机，借母溪自然保护区、五强溪湿地公园、沅陵森林公园等"国字号"绿色名片，使这个中南六省最大的县成为华中最清馨的"肺"。徒步林间，借母溪越深越幽越清凉，一路可见挂牌保护的古木，还有成片不知名的野生植物，树粗棘缠，荆长攀树，藤粗如巨蟒，树高不见梢，我尽情呼吸、高歌。森林就像一座大水库，树根茎苑深扎泥土，穿岩劈石筑坝，涵养水分，滋润青山。再往深去，定会忘了来时的路，才子佳人们小憩山涧溪畔，纤手弄波似弹琴，赤足沙石如作画。阳光斜泼虬枝阔叶，金线穿针一般编织绿帘春梦，野花嫩叶春芽般通透，把蓝天白云藏在心中。这是野生动物的家园，寄生与共生的乐园，鸟儿的欢叫好像请我们短暂逗留但不留宿一般。

山不在高，有仙则名，茂密森林隐藏传奇，洞藏书卷是二酉山的"仙"。秦始皇焚书坑儒，两个羸弱儒生眼看经书古籍不保，将家存千卷竹简偷运出咸阳城，一路南奔，舟车辗转，沿沅水弯入酉水，藏典于这深山老林洞穴中。书通二酉，学富五车，秦人于此而学，成就这座偏隅边城的大雅。立于酉水河旁，仰望二酉山巍，"中华书山"刻于悬崖峭壁，这个"鸟飞不度""兽不敢临"的石洞，被文化力量托举，演绎东方的"芝麻开门"，沅陵从此成为书生秀才们的心灵之门。及至龙兴讲寺，传佛学，弘国学，启民智，众生朝拜，激励着沅陵人晴耕雨读。今人兴建文心阁，笔峰山上起书台，玉石镇楼，雄赋惊天；木柱撑楼，飞檐擎天。两柱对联气势贯虹："诸峰逶迤，一阁如矛弭兵燹；楚疆寥廓，四维柱天定西南。"绕梯而上，凭栏远眺，青山叠水，古桥弄愁，这楼的"仙"，当是知识观念领先，据说从二酉村走出去的教授足可办所大学，人称"中国教授村"。

辰龙关前，文武侯列。神农炎帝，尝草在前。身入关内，恍若世外桃源，茶园片片，茶梯层层，茶树垄垄，茶香阵阵。"雾合千峰雨，春融百折泉"。今年天旱，晨雾缭绕中新芽依然绽放嫩绿。腰挂竹篓，头顶草帽，村妇们三三两两穿梭茶垄若音符，身姿曼妙，巧手灵动，采茶劳作如诗如画。我入画中，茶香游来，袭身扑鼻，撩人心怀，这种谓之"碣滩"的名茶，陆羽《茶经》留其名。相传唐太子李旦被废流落沅陵，被明溪口一富贵人家收留，后与其女凤娇结为夫妻，太子登基后册封凤娇为妃，碣滩茶成为皇宫御饮贡茶。茶形似公主细腰，身骨柔嫩匀称，甘露冲卷，色泽绿润，芽尖时起时落，如鱼游翔于溪，清透明澈。沾唇舌齿生香，闭目远闻芬芳，闲适宁静，茶韵别致，从古至今备受名人雅士推崇。"一枕暗香听橹声，寻梦无痕到碣滩"，王昌龄以茶为礼赠太白。沅陵一杯香，恍然回故乡，沈从文品"碣滩"写下《边城》《长河》《湘西散记》。一片绿叶，满园春色。如今国家对"碣滩茶"实施地理标志产品保护，前不久专列出口东盟，百亿产业目标不是梦。

乡村振兴，绿满荒山，生态之本，产业之基，"绿饭碗""生态饭"，党和政府是当代沅陵的"春神"，油茶药材、瓜果花卉、茶叶业木，齐头并进，房前屋后，田边土坎，空坪隙地，见缝插针植绿兴绿，"全国绿化模范县"实至名归。登岸凤滩码头，见一个农妇抱着收割的毛豆，我问今年收成，"去皮净粒每斤卖15元，巴掌大的地方，一笔家庭收入的来处……"寸土刨金她挺知足。金洲溪有排大字"幸福都是奋斗出来的"，像不息的红灯映照勤劳人们的微笑，"红军井"旁涓涓细流，农舍坎下水稻长势喜人，大棚葡萄滴灌喷灌，篱笆围栏生态养殖，桃树下面见鸡鸭，农家庭院生机盎然，自给自足其乐无穷。天然氧吧里的高寿老人还干活，生长在绿色田野的人，从不矫情言"乡愁"。眼前所见一切，不正是林则徐盛赞"一县好山留客住，五溪秋水为君清"的醉人境界吗！

一年之计在于春，沅陵无处不是春。每至立春，官方与民间迎春祭春，春神句芒这个古代神祇，如今返老还童，变成头结双髻，手执柳鞭，春天骑牛的牧童，流传于民间年画中，贴在民宅门扉上。是啊，天若有情天亦老，但春神又怎能老去呢！

春　心

民族数十，文脉千年，沅陵人文风情独具，是个令人春心荡漾地方。

"我见青山多妩媚，料青山见我当如是"，辛弃疾的词，在沅陵被沈从文衍生出痴情自负。先生对沅陵疼爱有加，视为女子一般呵护，"美得令人心痛"，生怕哪里受伤害。

爱浓心疼，情深孤独。沈从文的"心痛"是爱之叹息，情的本真。他在《沅陵的人》中叹惋："天时常是那么把山和水和人都笼罩在一种似雨似雾，使人微感凄凉的情调里。"看见搬运摆渡女子他心痛，他见不得女人辛劳受累，容不得风景被伤害，一如沉迷初恋，宁愿自己被伤害。

少年沈从文情窦初开，见那水灵的苗女春心颤动："竹筏上且常常有长眉秀目脸儿极白奶头高肿的青年苗族女人，用绣花大衣袖掩着口笑，使人看来十分舒服。"喜欢的二姐早逝，他"悄悄带了一株山桃插在坟前土坎上"。雨天坐石阶上看雨滴，"听着外面檐溜滴沥声"，"雨落得越长，人也就越寂寞"。雨，沈从文的心泪。

沈从文十五岁从凤凰启程，像多情的蒲公英花落沅陵。风花雪月似乎可以远离苦难，孤独寂寞时他坐在沅水河边看女人洗衣，圈圈涟漪荡起"少年维特"的幻想。盈盈秋水，淡淡春山；君子痴情，天真好逑。沈从文情诗取悦恋人，战火连天醉入爱河炮声不曾入耳，那女子美丽的瞳眸、挺拔的胸、杨柳般的腰，都令他陶醉。初恋结果吃亏受骗，透支青春期荷尔蒙，他依旧痴心如水纯净，伤了元气的心灵自我修复。女人是水做的骨肉，沈从文是水做的男子。水德兼容天下，他没因爱生恨咬牙切齿，只是淡定遗忘："有些人是可以用时间轻易抹去的，犹如尘土。"

席勒说"给我爱情的地方，是我心灵的故乡"。沅陵是沈从文初恋的地方，第二故乡。"一个战士不是战死沙场，便要回到故乡"，"一个女子在诗人的诗中永远不会老去，但诗人他自己却老去了"。自离开湘西去北京，沈从文始终心系故土，思念沅水，前后六次回辰州，建"芸芦"，著文章，春心漾着"翠翠"，钟情沅陵山水二十年，他心里的沅陵"看一年也不会讨厌"，沅陵之美是山是水也是人！

春心升华是家国情怀。沅陵县城桥南，凤凰山屹江畔，林幽壑深一古寺，两岸青山对枕眠。1938年秋，张学良被蒋介石转押囚禁在此一年半之久。"山居幽处境，旧雨行心寒，辗转眠不得，枕上泪难干"。"万里碧空孤影远，故人行程路漫漫，少年渐渐鬓发老，惟有春风今又还"。报国不能，有家难归，现实无奈，心泪滔滔，心底依然念念不忘一个"春"。想象少帅倚栏望月，怀拥一荻的苦恋岁月，若非春心尚在，"春色"相伴，囚禁的日子该是何等煎熬！

"花朝月夜动春心，谁忍相思不相见（萧绎）。""已觉春心动。酒意诗情谁与共（李清照）？"客居沅陵，面对湘妹一汪春水明眸，谁不春心摇荡呢？"隔河看见花成荫，心想摘花怕水深，丢个石头试深浅，唱支山歌试妹心。"水的灵性，人的水灵，春心诗心，一首山歌一生情，无郎无姐不成歌，这便是沅陵人的浪漫。刘禹锡也以《竹枝词》点染沅陵情歌："杨柳青青江水平，闻郎江上踏歌声。东边日出西边雨，道是无晴却有晴。"一语双关，"天晴""爱情"，初恋少女忐忑不安的微妙情感跃然纸上。

蝶采花蕊，人藏春心，谁家汉子不娶人，哪个女子不怀春？百年修得同船渡，千年修得共枕眠。沅陵神秘的"典妻借母"文化，也是苦命春心，人之本能。贫穷人家娶不起妻，借母生子，传宗接代。曾经的苦难，苦涩的浪漫，无奈的愚昧，残酷的习俗，虽说时不再来，法不允许，但延续香火的"借母"方式依然潜于社会，只是阶层错位而已，至于是否有《狃子花开》感人肺腑的剧情，恐怕只能平添人们的想象与猜度了。

> 沅陵怀春，美得令人心痛；
> 怀春沅陵，谁知你的心痛？
> 我听见沅陵心动，
> 沅陵听见我心动，
> "我明白你会来，所以我等。"
> 我会再来！你会等我来！

作者简介

　　李广彦，男，中共党员。系湖北省作家协会会员、湖北省报告文学学会理事、中国散文家协会会员、中国报告文学会会员、中国水利摄影家协会理事，现任中国水利作家协会报告文学委员会副主任，宜都市文联副主席（不驻会）、宜都市作家协会主席。出版散文、诗歌、报告文学集多部，部分作品获奖，入选湖北省报告文学人才库，《齐鲁晚报》副刊签约作家。曾获中国作家协会"深入生活，扎根人民"主题实践活动先进个人。

饮 绿

高 洋

> 人们透过茶，是在渴望着什么。简单地说，是渴望着渺茫的自由，渴望着心灵的悟境，或者渴望着做一个更完整的人。
>
> ——林清玄 《常想一二，不思八九》

八月暑末，踏着微凉细雨，我来到了沈从文先生笔下"美得让人心痛"的沅陵。与沅陵的初见，伴随着火红晚霞与日落燃江升腾起的层层水雾。烈火像是由水而生，仿佛被混天绫打散了一般，从江面上铺开。

这一初识，她以薄纱轻掩面庞，披着沅水制成的绸缎，以炙热又温婉的模样同我问了声好。

要了解一座城市，最好的方法就是透过她的饮食和人文。六天七夜，漫步在沅陵的绿水青山之间，我感受到自己从内到外经受了一轮洗礼。入眼尽是碧翠，大自然鬼斧神工，将调色盘上的一小块色区借了来尽情肆意发挥。苍绿、蓝绿、梧枝绿、飞泉绿[1]……各式各样的绿色铺展晕染，而这所有绿色中最引人注目的，还要属带着茶香的那一缕。

余秋雨先生曾说："一杯上好的绿茶，能把漫山遍野的浩荡清香，递送到唇齿之间。"[2]碣滩茶便是沅陵最具代表性的绿茶。在沅陵的大街小巷中，随处都能见到售卖茶叶的店面，淡淡茶香透过竹窗飘至室外，沁人心脾，不由自主地牵绊住了游客的脚步。

林则徐盛赞沅陵"一县好山留客住，五溪秋水为君清"。好山好水出好茶。从唐代起就被列为贡茶的碣滩茶外形嫩绿圆润，身骨匀称，形、色、香、味均独一无二。茶馆的老板娘热情地招待了我们，穿着一袭墨绿旗袍的她站在一罐罐封装好的茶叶边，声音温婉亲切。

她拿着陶制小红壶煮了水，夹起绿茶放进玻璃杯，沿着杯壁熟练地注入少量温水。在水流的冲击下，玻璃杯中的干燥茶叶旋转起来，像芭蕾舞剧中聚光灯下立直绷紧的脚尖。略一摇晃震荡后，她将玻璃杯小心倾斜倒尽水，这一步谓之"醒茶"[3]。

杯中余温一点点唤醒绿茶曾经吸收天地精华的记忆，将杯放至鼻下，能闻见一股浓郁独特的香气。

再注水，这便是第一泡。

一口入喉，冲进唇齿的绿茶味道极具攻击力，一瞬间便占满了整个口腔的草木香。待到将茶水咽下，仔细咂摸品味，它清冽回甘的味道再度侵袭而来。越是品尝余韵，它越是甘甜，在味蕾上跳舞，肆意地侵占浸染专属于碣滩绿茶的滋味。

第一泡茶饮毕，老板娘重新煮水，开始了第二泡。

如果说第一泡茶是绿茶大摇大摆地张扬展示属于自己的特质，还略显苦意，那么第二泡茶就完全是绿茶甜美的体现了。它沿着食道暖暖地流入胃部，将沁甜顺延给五脏六腑。它少了些许侵占感，比起第一泡茶更加温和，也更加香醇。

但凡茗茶，一泡苦涩，二泡甘香，三泡浓沉，四泡清冽，五泡清淡，此后，再好的茶也索然无味。诚似人生五种，年少青涩，青春芳醇，中年沉重，壮年回香，老年无味。[4]

那一日在茶馆的时光过得飞快，不知不觉间我们在老板娘的招待下喝完了一杯又一杯。屋外太阳偏斜，墨黛色的山影重重交叠，我握着已然泛凉的玻璃杯，竟觉得有些醉了。我觉得我饮下的不只是几杯绿茶，而是浸透了沅陵山水日光的宝藏，一饮岁月长，再饮便融入了这片满载茶香的土地里。

许是我贪婪，渴望那时间拉长些，再拉长些。让我有机会饮尽山川碧水，洗涤被浑浊世事蒙污的心眼，把这无限美的绿水青山都饮入腹里，化为一口清气吐出。

如此，我便也与这片绿同在了。

注：

[1] 参考《中国传统色卡》。

[2] 一杯上好的绿茶，能把漫山遍野的浩荡清香，递送到唇齿之间。茶叶虽然保持着绿色，挺拔舒展地在开水中浮沉悠游，看着就已经满眼舒服。凑嘴喝上一口，有一点草本的微涩，更多的却是一种只属于今年春天的芳香，新鲜得可以让你听到山岙白云间燕雀的鸣叫。——余秋雨《极端之美》

[3] 醒茶可分三种方式：干醒、温醒和湿醒。文中这种方法属于"湿醒"。

[4] 但凡茗茶，一泡苦涩，二泡甘香，三泡浓沉，四泡清冽，五泡清淡，此后，再好的茶也索然无味。诚似人生五种，年少青涩，青春芳醇，中年沉重，壮年回香，老年无味。——林清玄《情深，万象皆深》

作者简介

高洋，95后青年作家，中国水利作协会员。曾在《意林》《上海故事》《知音·小说绘》等杂志发表短篇作品十余篇。代表作《萱草堂前燕》被多家转载，并作为中小学教辅材料，数次改编为有声作品发表在喜马拉雅等平台。第五届MKT文学赛四强选手，连续四年入选《春华杯》征文大赛作品集。

在最美的地方，遇见最美的你

陈秀珍

夏日的阳光，总是这样火辣，如沅陵的辣椒，更如我，急于探寻沅陵的心情！当澄净的月色撑起夜空，星星移到银河中央，极光，浪漫且短暂，流星划过的瞬间，我仿佛在陌生的海上听见，生灵的呼喊。龙应该在水里，应该在沅陵的湖水里，护佑国泰民安，万物安康。

沅陵，是一个美得让人都可以控制住呼吸的地方！上苍把爱都给了这里，灌木、丛林、茶园、稻田，都享受着大自然的恩赐，依恋太阳的大风车，不停地转啊转。群山相依相恋，龙舟的号子震耳欲聋，仿佛看到两千年前的将士，开疆拓土，滚滚而来。

当踏上这片热土，就能感受一股文学的力量和红色文化，在冲击每一条脉搏，在"学富五车，书通二酉"成语出典处，秦楚黔中郡遗址、唐代龙兴讲寺中，读懂沅陵文化名录。是沈从文笔下"美得让人心痛的地方"，也是林则徐"一县好山留客住，五溪秋水为君清"的咏境之地。是光荣传统的革命圣地，是湘鄂渝黔革命老区县。是全国十大水电站基地，是黄柏之乡、碣滩茶、五强溪鱼、湘西黑猪为国家地理标志产品，是全国黄金产量第五，锑产量第一的资源瑰宝之地。

在这个水系发达、河湖密布的绝美佳地，看五强溪、凤滩、高滩水电站相拥而来，既灌溉庄稼又调剂水系，这邂逅，这双向奔赴的爱，洒满沅陵的角角落落。沅陵的的确确太美了！用什么样子的形式和语言夸奖、抒写都无法表达这么美好的景致。稻谷飘香，荷花满塘，翠竹、叠柳、茶香十里，气势磅礴的水电站，借母溪空气里充满负氧离子。每一处都是绝美风景，这些美，从摄影师的镜头溢出。朝霞还没有惊醒借母溪上空的薄雾，一束束的柔光，轻轻地洒在每一片惺忪的树叶上，早起的鸟儿拍拍身上的清露，伸伸腰、清清嗓子，唱着欢快的歌儿准备去觅食。毛毛虫抖动着身子，用前所未有的勇气来一场蜕变，一只美丽的蝴蝶飞了起来。无人机再飞到五百米上空的时候，山川、流云、雾锁的借母溪展现在眼前。

那些珍贵的灌木、藤蔓缠绕，奇花异草，清晰可见。我仿佛看到了传说中的狃花女，姗姗而来。随着无人机由高到低，风景也由远而近，要想不错过每一个角落，每一张画面，不得不屏住呼吸，瞪大眼睛仔细去看这绝美的画面。当李先明主席在拍摄借母溪凌晨绝美风景的时候，他的无人机"不堪重负"，从 20 米的高空"不幸"坠地，随着"咔擦"一声巨响。

这真是一个"美得令人心痛的地方"。

来到"美丽金洲溪"我们在一座漂亮的房子前，看到了房子的女主人，她个子不高，身材瘦小，有六十岁左右，还没有等我们问什么，就非常热情和自豪地说："这是我家的房子，儿子建的，儿媳妇是设计师，都是她设计。"男主人听到我们的对话也赶紧从房子里走了出来，忙说："我儿媳妇是设计师，都是她设计的，我家的房子是全村最好看的。"真的是一所漂亮的房子，两层楼，青瓦点缀，白墙围绕、青石打底，设计新颖、构造合理。楼前一大片的空地，可以停几辆车，我想，这也是儿媳妇特意设计的吧！离开之前，我请美丽的陈思静老师，帮我和女主人拍了合影。

沅水太美，沅江太长，我要用余生才能读懂这一江隽美，坐在船尾的夹板上，我环顾四周，细雨绵绵，烟青色的山峦连绵起伏，隐隐约约看到吊脚楼、层层茶田、青竹和灌木丛。鸟儿在空中飞翔，偶尔几只渔船在清理水草。这么美的风景，我们怎么舍得放过呢，陈仲原老师顾不上细雨已打湿衣服，举着相机不停地拍啊拍。我和他一样，想把这一江沅水尽收眼底，他还为我拍了一张我超级喜欢的照片。这是我平生以来坐船时间最长的一次！游船走过，看后面水痕划出的浪花，像我心情一样激昂，一朵一朵又散落入水面。山峦叠翠排列着倩影，绝似画中的色彩流动，如我们，总有依依惜别的余情。

感恩，遇见

陈秀珍

　　为期一周的沅陵之行，是我一生最难忘的美好时光！参加此次活动的，除了我以外都是文学大咖。纵有万语千言、千言万语也无法表达我对老师们的感恩、感谢之情。从接到通知的那一刻开始，我的心就如南飞的燕子，早已到了这个可望而不可即的美丽沅陵。今天，终于圆我所愿。

　　感恩这次与每一位老师的相知、相识、相遇！感恩赵学儒老师的提携和照顾，感恩李先明主席、孤城老师、吉燕莉老师、晋知华老师馈赠的墨宝，感谢胡金华老师的照顾和送我的诗集，感谢车延高老师的抬爱和高谈阔论的赐教，感谢姜立雯老师几天行程的关心和照顾，感谢凌先有主席的鼓励，感谢李广彦老师、陈仲原老师、陈思静老师帮我拍了那么美的照片，感谢刘军老师的认可和鼓励，感谢胡卫玲老师的陪伴和照顾，感谢这次活动所有的老师们！

　　感谢沅陵这块热土，感谢沅陵厚重的历史文化，感谢水利部办公厅、怀化市水利局等相关单位，感谢会务组全体领导和老师，感谢全体工作人员辛苦的付出，感谢《诗刊》社、《人民日报》《光明日报》《诗歌月刊》《大江文艺》《黄河黄土黄种人》等相关报纸杂志社、编辑老师们，感谢指导单位，感谢精心策划本次活动的领导和老师们！

　　此次活动，规模大、规格高、品种多，包涵"诗歌、散文、摄影、报告文学、书画"等品种参与。在这"主题好、策划好、保障好、服务好、山水好"五好的情节里，每一个细节都做到了极致！各位领导、大咖们高屋建瓴，对沅陵的地貌、人文、历史、征程都讲得非常细致和全面。沅陵的山美、水美、人更美！文化底蕴丰厚。沅陵，对关注民生、重视民生、保障民生、改善民生做到了不落一户、不落一人，让老百姓实实在在感受到党的政策好，有幸福感、存在感、获得感和价值感！

对于这么美丽的沅陵和与各位领导、老师们的相遇，我用什么语言都难以表达心中的感慨、感谢和感恩之情，用什么语言来赞美都是那么的苍白无力。沅陵，这块热土，美得令人陶醉，令人窒息、令人胆怯，仿佛不敢伸手去触碰，又想紧紧地拥抱在怀中。我用一生来感恩、抒写这次遇见！

若此生不够，我就用来生继续感恩这次相逢！

作者简介

陈秀珍，笔名夏弦月，中国诗歌学会会员，中国水利协会会员，中国报告文学学会会员，山东省作家协会会员，济宁作家协会会员，邹城市作家协会副秘书长，《邹城文艺》责任编辑，著有诗集《浮生若梦》《我在人间收集心事》。在《诗潮》《绿风》《诗歌月刊》《绿洲》《延河》《鸭绿江》《散文百家》《厦门文学》《辽河》《山东文学》等多家刊物发表作品，有部分作品获奖。

情滿沅陵

报告文学

秋水为君清

赵学儒

我是"河小青",大家都是"河小青"。

守护母亲河,守护生态文明。

沅水沅水,碧波荡漾,

清清澈澈入洞庭……

初秋,湖南省沅陵县沅水两岸,一支叫"河小青"的队伍正在"清滩",欢快的歌声从碧绿的水面传来。站在河边的王鸿鹏和田学武,交换了一下赞美的目光。他们一个是副县长兼县副总河长,一个是县水利局局长兼任河长办公室常务副主任,两个人的使命都与"河"直接关联,落实县委县政府的决策,做好群众工作,这样承上启下,书写保护沅水的故事。

一

沅陵北枕沅水,南傍阜陵。境内有近千条溪流,不舍昼夜,汇入沅水。沅水俗称沅江,源出贵州云雾山鸡冠岭,流经黔东、湘西,入洞庭湖,是长江的一大支流。沅水还有一条支流,叫"酉水",在县城汇入沅水。沅水,是沅陵的母亲河。

因水得名,靠水吃水!

沅陵人注定是"水命"。上世纪70—90年代,10万移民"后靠",支持高滩、凤滩、五强溪水电站建设,离别故水,另谋生计;2018年,落实"长江十年禁渔计划",10万渔民"上岸",惜别母亲河,保护好一江碧水。而沅水,也是沅陵人的痛。

一次，时任马底驿乡党委书记的王鸿鹏，出差到陈家滩，乘船悄然停了。王鸿鹏探头窗外，见网箱密密麻麻，挤窄了通道，来往的船"顶牛"。水是黑色的，还飘悠着五颜六色的垃圾袋。一股臭腥味钻进王鸿鹏的鼻子。他一阵干咳，差点吐了。

至今，他的相机里还保留着原始的照片。水湾里、众山间，网箱密集，如蛛织大网，把整个库区五花大绑起来。水里乌黑黑的光闪烁着，天空灰蒙蒙的云压下来。

在县城开会，他和县委宣传部常务副部长田学武碰到一起。

王鸿鹏说："现在沅水的污染很严重了！"

田学武说："沅水治理已是当务之急！"

到了 2018 年，"共抓大保护，不搞大开发""守护好一江碧水"的春风化雨，沁润陈家滩库区。沅陵县全面打响"长江十年禁渔""网箱上岸""禁渔退捕""洞庭清波"几大战役，使百万余平米的网箱、近 3 万平米的养殖棚、8 万多平米的钓鱼棚、钓鱼台，撤出了水面。

于是，天高云白，水绿山青。

"久久为功，让沅水常清！"王鸿鹏在本子上写道。

二

2021 年，当了副县长的王鸿鹏，当了水利局局长的田学武，一个分管水利，一个干起水利，都兼了直接管河的官。这一对水缘人坐上"一条船"。

王鸿鹏对田学武说："每当想起陈家滩那件事，就如鲠在喉、如芒在背。如何保护好一江碧水，如何让沅水常清，我们必须常抓不懈、久久为功！"

田学武汇报："目前，河湖长制已见成效，我们就牢牢抓住这个'牛鼻子'，总结经验，持续推进！"

王鸿鹏点头，支持田学武的建议。

田学武，说干就干。

他们在沅水边的龙舟广场上，建了河长制文化主题公园。前言部分最显眼的是，"每条河流要有河长了""保护好一江碧水"。展板上显示，河湖长制实施以来，沅陵县已构建的四大体系，分别是河长领治责任体系、部门联治综治体系、流域同治网络体系、全民共治管护体系。

一幅《沅陵县县级河长体系图》，标示了总河长、县级河长、乡村两级河长信息。目前，沅陵县有县总河长 2 人、县级河长 18 人、全县民间河长 282 人、河道保洁员 792 人。"全国村庄清洁行动先进县""湖南省美丽河湖"的荣誉牌，述说着"河畅、水清、岸绿、景美"的沅陵故事。

要么在乡村，要么在赶往乡村的路上，这是王鸿鹏、田学武的大部分时间。"我们现在，就要坚决扛起生态环境保护的政治责任，保护好沅江一脉清水，给群众一个幸福河湖！"王鸿鹏对田学武说。

然而，河汊深处，有人偷偷捕鱼，被湖南省"总河长"发现了。

三

2022 年 5 月 31 日，湖南省总河长会议披露沅陵县的问题，"陈家滩五强溪库区内多个网箱未拆除、多处钓鱼平台未清理，影响水库水质"。

当天晚上，沅陵县委、县政府的主要领导，连夜召开紧急会议，安排治理行动，要求必须限期整改。

会后，王鸿鹏和田学武立刻赶到陈家滩五强溪库区。

他们与乡里的人交谈，到渔民渔船上或群众家中了解情况，经过解剖式调研，迅速为县委县政府拿出决策方案。方案确定后，他们和专班工作队员，又出现在船上或家中，推心置腹做工作。

盘古乡丑溪口组 50 多岁的妇女舒脉英，快言快语。

她说："我在沅水边出生，三岁多就到河里洗澡。长大后，嫁给了'鱼鹰王'老宋。我们以养鹰（鱼鹰）打鱼为生，夫唱妇随，日出而作，自食其力，日子殷实，现在要断了我们这路，最恐怕老宋接受不了。国家大政策我们要服从，但我们小家的日子以后怎么过？！"

王鸿鹏解释说："治理沅水，保护沅水，是县委政府落实国家政策，作出的重要决策。你们上岸后，政府会按规定给予补贴，通过你们自力更生转产转业，以后的生活不会有问题。你是党员，又在群众中人缘好、威信高，拜托你带个头吧！"

田学武也在一旁劝说。

"那我和老宋商量一下，回复你。"舒脉英说。

"我等。要快。相信你！"王鸿鹏说。

王鸿鹏和田学武从舒脉英家出来，田学武接到李泽辉的电话，说发展水产养殖的事情。王鸿鹏立即说："他是 2018 年转产的典型，好好总结宣传一下，起到典型引路的作用。"很快，地方媒体发表了李泽辉的事迹。

李泽辉是董事长，他有个梦叫"水产致富梦"。

2009 年，国家鼓励五强溪库区发展网箱养殖，每平方米补助 30 元钱。他和一个股东商定，建个六七千平方米的网箱。他们说干就干，利用国家补助的几十万元，又自己投资一些钱，把网箱布置到水里。当年，收入了五六十万元。

2012 年，他正式辞去老师的职业，创办了辉佳渔业水产养殖专业合作社，不仅从事水产养殖，还经营水上餐饮，事业红红火火，日子蒸蒸日上。

2018 年 7 月，上级宣布网箱上岸，转型发展，保护生态，还一江清水，他犹豫了。他几次来到网箱前，望着网箱里的鱼蹦出水面，黝黑的脸庞涂上了惆怅，眼神中糅杂着惋惜。他的眉头也紧紧地皱了起来。

县里、乡上的领导来找到他，希望他带头实现网箱上岸、产业转型，示范引领全县水产养殖发展，持续带动群众增收脱贫致富。

他说："我是一名党员，带头响应国家号召，义不容辞。只要养殖技术还在，就不怕。断了水路，还有陆路，只要有想法，终会有出路！"于是，李泽辉舍掉打拼了半辈子的网箱养殖和水上餐饮。

"从头再来！"李泽辉一鼓作气，在鸡公山下大洪溪畔，建起流水养殖示范基地。转眼五年过去，汗水成金、春华秋实，示范基地初具规模，合作社小有名气。2020 年，被评为国家级水产健康养殖示范场……

用了半年的时间，五强溪库区拦网全部拆除。河，澄清了；溪，畅流了。王鸿鹏的圆脸黑且粗糙了许多，黑眼圈明显了很多。

"保护了绿水青山，怎样给群众一个金山银山呢？"他问田学武。

四

王鸿鹏和田学武两个"水官"，一起检查工作是司空见惯的。到了麻溪铺镇马家村，他们去看舒脉英。

马家村在一个平缓的山坳里，周围青山如黛、溪流绕村。中间是崭新柏油公路，四通八达。车子到了小山顶，停在"沅陵县新潇湘腊制品有限公司"院内。一侧的小木屋前，贴着"做新时代的拓荒者"的标语，屋内是饭厅的样子。

舒脉英匆匆迎过来，说话依旧干脆利落。

王鸿鹏和田学武并不惊讶，因为从新闻上看到过舒脉英转产创业的事迹。

原来，2022年7月20日，舒脉英家的两条大船上岸。她利用"补偿金"在城里开了一家"舒姐腊味店"，开业大吉、顾客盈门。一天，湖南省政府办公厅驻马家村乡村振兴工作队的人，突然来到她的店里，要聘请她为职业经理人，利用她的手艺在马家村开发腊味品，推动马家村乡村振兴。第一次，舒脉英没有答应，理由是孩子长大成人了，不需要她再劳筋动骨了；第二次，还没等来人开口她就接受了，她说还要带领离水上岸的渔民闯生活呢。

王鸿鹏问她，上岸时怎样和老宋做的工作。

舒脉英说很简单，当大船停泊在湾里，鱼鹰就要被人带走的时候，舒脉英对老宋说："我们带头上岸吧！"

老宋疑问："我们为什么要带头？"

舒脉英说："我是党员，大家都看着我呢！"

老宋点头。

"你都上岸了，我们还拖什么？"果然，舒脉英一动，大家都动起来……

之后，舒脉英到马家村腊制品加工厂当起了"CEO"。2022年，加工厂营收68.8万元。"最大的心愿就是让乡亲们有活干、有钱挣。"她说。

这时，王鸿鹏问起李泽辉的情况。

田学武说："他的合作社总投资已经达到980万元，总面积241亩，近两年实现年销售收入达650万元，带动当地农民户均增收近千元。目前，合作社形成了以叉尾鮰和四大家鱼为代表的，养殖鱼类、苗种培育、养殖、食品加工和电商高度融合的全产业链，正打造可复制、可持续的绿色生态环保产业经济发展模式。"

田学武说："每次见他，他都是满嘴感谢县里领导的支持，请县里领导放心，他今后的方向是为客户提供高质量的水产品。"

王鸿鹏说："可见，还是要靠水吃水。但是，要提供高质量的水产品，就要有好水。保护好沅水，必须久久为功！"

他又对田学武说："对'河小青'，要继续给予大力支持！"

五

张显兵带的"河小青"，穿红色坎肩，低头弯腰，正在捡垃圾。他们三人一组、两人一对，一手握着垃圾夹，一手提着垃圾袋，走走停停、停停走走，沿河捡拾饮料瓶、塑料袋、碎纸片和烟头，还把收集的垃圾统一运送去垃圾点。

这是由沅陵县二酉苗族乡和沅陵县电视台牵头，联合县河小青行动中心、二酉乡棋坪村等单位开展的"争当河小青 保护母亲河"志愿服务活动。类似这样的活动，他们定期或不定期都在举办。

张显兵直起腰来，用拳头捶捶后腰。在阳光照射下，额头上挂着几颗晶莹的汗珠。

他将近50岁了，是沅陵县棋坪九校的一名教师，当过兵，入了党，2016年11月至今担任沅水河段县级民间河长，另外还有"沅陵县生态环保志愿者协会会长兼党支部书记""沅陵县民间河长办主任""沅陵县河小青行动中心主任"这些头衔。

微风拂过他佝偻的背，吹散他头顶的几缕毛发。

就是他，担任民间河长，总是主动经常性巡河，每周至少要有一次。他打开手里的"巡河宝"，就能看到河面有无漂浮物、河岸两侧有无垃圾，就能看到河道沿岸有无污水直排的人、有无倾倒废土废渣废弃物的事，就能看到河里有无垃圾淤积、水的颜色是否变得浑浊，就能看到有无电鱼、炸鱼的，甚至能看河长公示牌是否完好。目之所及，记录在案，或立即报告有关部门，或招呼"河小青"前来打扫。

"河小青"是河湖长制实施以来，诞生的一个新名词。"河小青"并不是单指青年学生，还有党员、群众、教师以及其他志愿者。他们联合县里的一些单位、机关和部门，专门成立了党员护河队、青年护河队、巾帼护河队，开展许多"争当河小青、保护母亲河"，"保卫母亲河、守护绿水青山"，"爱水、护水、惜水"活动，来参与的党员、群众、干部、志愿者、学生，已有几万人次之多。

张显兵是个有心人。他兼任党支部书记，把沅陵县"河小青"建设纳入党建工作来抓，与职能部门联动，完善阵地建设，推进规范化、常态化、制度化、专业化，把例会、财务、培训、活动、巡河、净滩、党史一系列制度，都上了墙，抬头可见。

他面带浅笑、额头红润，眼角的皱纹里挤进去几分紧张，眼睛里还有几分拘束。

他对走过来的王鸿鹏、田学武说："我是土生土长的沅陵人，以前看到河滩上到处都是垃圾，垃圾被带进江中，把江水都污染了。通过这些活动，让全社会都来保护生态环境，让家乡的山更绿，水更清，人更美。我觉得这很有意义，我会坚持做下去！"

王鸿鹏鼓励他说："好！这样久久为功，沅水就会常清！"

在欢快的歌声中，王鸿鹏、田学武与张显兵告别，登船远去。

小船水上游，青山两岸走。灿灿红日从水底折射出一道光芒，格外亮堂。阵阵秋风从水上涟漪的波纹里爬上船来，拂衣拂面，神清气爽。股股水汽丝丝入鼻入肺入心，彻彻的清、彻彻的凉、彻彻的爽。一条大鱼跃上水面，泛起几朵洁白的浪花；一行白鹭在蓝天、青山、绿水间展翅飞翔……

作者简介

赵学儒，中国作家协会会员、中国报告文学学会会员、中国水利作家协会副主席。

酉水悠悠"河小青"

张雪云

"河小青"是谁？

在海量新词层出不穷的今天，它的诞生，绝对让人眼前一亮。

原来，"河小青"是参与保护母亲河行动、助力河长制的广大青年的总称，是河流生态保护的参与者、支持者。

"河小青"在哪？

"河小青"遍布，每一个人的家乡，都有自己的"河小青"。"河小青"正成为全民治水志愿行动的生动形象。

我的目光，就这样被酉水河畔的一群"河小青"所深深吸引。

从一个人到一群人，他们用常年的风雨无阻，用爱家乡的满腔热情，守护着一片山、一片水、一条河，使这一方山水，天更蓝，水更碧，草更绿，地更美。

1

酉水，是一条奇谲诡幻，令人神往的河。

历史上，酉水又称更始河，也有人称白河。《汉书·地理志》载："酉源山，酉水所出，南至沅陵入沅，行千二百里。"蜿蜒曲折的酉水，历经崇山峻岭，最终尘埃落定，在沅陵溪子口汇入沅江。酉水作为沅水重要的支流，滋养大湘西这一方百姓，见证她千百年来的变迁和浮沉。

酉水的终点，就是脚下的这一片土地，也是一脉沅江流过的两河口，酉沅二水在此地完成生命的融合与蜕变。两河口所在的千年古郡沅陵，自古以来文脉厚重。水文化，是古郡重要的文化之一。

　　水网密布、河溪众多的古郡沅陵，属于过去，也属于将来，更属于现在。流淌的水，上善的水，是大地的血脉，是生命的源泉。水岸人家，用一双双灵巧的手，把贫瘠的山坡，变成大地的诗行，那些水边富于音韵的盘木号子、车水号子，依然不时会响起，热火朝天的日子，依然还留存于老人们的记忆里。

　　眼前这一河似乎藏着很多秘密的酉水，包括三垴九洞十八滩的沅水，默默无闻地见证着，不息流淌千年万年，流着流着，流出了静水流深，流出了田畴与村庄，也流出了人间的烟火。

　　"酉水清，酉水亮，好水养鱼养人家"。在乡村教师张显兵的记忆里，过去的酉水，有着唐宋绘画一样的山水，碧波荡漾，水质纯净，鱼虾成群。每到黄昏，轻晃慢漾的一河碧水，越发柔媚，粼粼波光如同散落的碎银，绮霞漫天中，几只闲散的白鸟，翅膀划过照见影子的水面，飞向两岸丛林，三五木船泊在河岸码头，似乎在等待着归来的主人。

　　张显兵就出生在酉水河畔的一个小山村里。乡居于此的百姓是幸福的，打鱼、狩猎、放排、拉纤，朝夕之间，都是融于山水的烟火日子。在那时，水上人家的日子，虽伴着苦难，但也惬意。忙完了田头地边，牵一只船儿荡漾其中，撒一把网，收获一船喜悦，伴着欢笑声，水上人在河里起起伏伏、来来往往，把一江河水搅得热火朝天。

　　特别是端午时节，包粽子、熏艾草、扒龙船，扒出一村人的期盼，扒出一条河的沸腾，锣鼓震天，鞭炮噼啪，拿出把山门吼破的气势来，歌声应答，好不热闹。水上人一年中最肆意的日子，莫不过扒龙船，扒出他们对生活的希冀，划出他们积攒一年的热情，对苦难日子的摒弃。

　　也许正因为有这一江绕山绕岭的水，苗民先祖翻越延绵千年万年的大山，带着自己的族群，栖居在山水边，在这条赖以生存的水上讨生活。世世代代，年年岁岁，繁衍生息。他们渔猎而归，他们山歌互答，他们耕读传家。

　　时光的车轮，总是没有停息的时刻。长大了的乡村孩子，突然有一天，远离了自己的母亲和河流，乡村变得不认识了他，他也渐渐忘记了自己的河流，他们更想不到的是，这条清郁了多少年的母亲河，突然有一天，会莫名其妙地被白色垃圾、生活污水、农药化肥等玷污，生活在河畔的孩子，再也找不回属于他们的童年。

渔船，上岸的上岸，搁浅的搁浅。贫瘠的土地，困顿的乡人，远走的远走，搬迁的搬迁。还有更年轻一些的人，选择了暂时的逃离，或是永久的离开，他们多选择在他乡拼搏出一个锦绣的前程。家乡渐渐成了乡愁，成了回不去的家乡。

年轻的张显兵也想着要离开家乡，在外边干出一番事业。不过，他在外面世界走过一程后，还是选择回来了。回来的他，在酉水河畔的棋坪学校做了一名乡村语文教师。

黑黑皮皮的他，结实魁梧，话不多，沉默，憨厚，朴实。这些年的岁月洗礼，头发正和年龄成反比，倒是知识和年龄还比较协调。但这又有什么关系呢，依然挡不住他一颗依然青春，积极向上的心。

乡村老师的日子，简单而充实，领着一群乡村的孩子，守望一朵朵花开的日子。似乎这还不够，张显兵一边教学，一边行走在家乡的酉溪水岸。他看到了挂在河岸树枝上的一束束杂物，散落在河滩草丛里的一片片泡沫，漂浮在水面上的一个个小瓶，堆积在河边的一摊摊淤泥，一个个砂石水坑……

于是，课余时间，他伸出了那双还沾着粉笔粉末的手……

就此，他成了一名守护母亲河的志愿者。

就此，酉水河畔有了第一个"河小青"，尽管他已经不"小"。

2

我第一次听说"河小青"，还以为这是一个人的名字。

"河小青"是谁？原来，这是参与保护母亲河行动、助力河长制的广大青少年的总称，他们是河流生态保护的参与者、支持者。

据说，它由浙江、福建等地率先发起，他们在河流保护中，设立了"青少年护水岗"，护水岗的成员，就称为"河小青"。

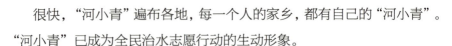

很快，"河小青"遍布各地，每一个人的家乡，都有自己的"河小青"。"河小青"已成为全民治水志愿行动的生动形象。

张显兵就是最早响应志愿行动的人员之一，而且，他在自己巡河、护河、守河的同时，也将"全民治水志愿者行动"向他的学生们推广，应者云集。就此，酉水河畔有了一群"河小青"。

他带着这一群可爱的"河小青"，无论风雨，守护一江碧水，这一做就是六年，而且还乐此不疲。

如今，当你漫步河边，一定会看见身穿红马甲或是浅绿背心的他和他的学生，手持夹钳，在酉水河边巡河拾荒，这样一群年轻的志愿者们，将河滩上的包装袋、塑料瓶、废弃生活用品等垃圾都一一"收入囊中"。

孩子们不怕苦、不怕脏、不怕累，深入草丛、河滩、河道沿岸，认认真真、仔仔细细地把每个角落里的丢弃物、生活垃圾等清理干净。课余时，大约一两节课的时间，江河滩头，焕然一新。

水岸有村庄，有田园，有学校，有老师和一群孩子欢快的笑声，伴着河水冷冷作响。当河道涨水过后，春水漫过，淤堵、搁浅的垃圾，被一一清理；当水位下降时，也会有一些裸露的河滩，白色垃圾散落在上面，同样被一一清理。

留守儿童唐斌，就是棋坪学校的一名学生，一个假期，晒得黑皮溜秋的他，除了在家里帮着爷爷奶奶做农活，一有闲暇就和小伙伴来到河边打发时间。这条河，是养育了他和他一家的母亲河，也是他童年和少年时代的乐园。为了保护母亲河的清洁和生态，唐斌在张显兵老师的带领下，用课余时间做了环保志愿者，参加"争当河小青、保护母亲河"，参与一些巡河、净滩等活动。这不，读书积极性提高了，学习成绩有进步了，提高了理想信念，他还更加热爱大自然，热爱自己的家乡，并懂得了感恩。

宋秋菊也是留守儿童，但她似乎并不自卑，从小乖巧懂事，她从小的理想是将来当一名老师，像她的老师一样关爱更多的乡村孩子，做更多的公益事业，培养更多社会需要的人才。宋秋菊通过参与"河小青"活动，更加热爱大自然，懂得了人与自然和谐相处的道理，学会了感恩身边人，并乐于帮助别人。她的学习成绩还非常拔尖，后来考到县城一中读书，终于功夫不负有心人，圆了大学梦，考上了怀化学院，离自己的梦想不远了。

显然，还有更多的酉水"河小青"的故事，他们无一不是在张显兵老师的影响下，走出酉水河畔，走向志愿服务，从而走向美丽人生。

在采访张显兵，听他讲述"河小青"的故事时，我突然想到一句话：据说喜欢河流的人，内心都很温柔。因为，那些曾经的苦难和欢乐，都败给了岁月静好。时间是往前走的，唯有河流，亘古不变，流淌千年，流过时光，流过每一个人的生命。而每一个热爱自己的家乡，善待自己家乡的人，内心一定有着最美的心思。

"我知道你会来，所以我等。"如此"美得让人心痛"的一河大水，是先生的河流，也是我们的河流，是历史的河流，也是当下的河流。这需要人们永久的守护，热爱家乡的山水，是每一个家乡的儿女共同的守护。

张显兵和他的"河小青"，显然都是热爱家乡的人。

3

"同饮一江水，同享一片蓝天白云。一座城，一条河，它是生命流动的血液，它是乡人的母亲河！我们有职责去守护，去关爱，还人民一江碧水。"

为什么要护河、巡河，这是乡村教师张显兵的心声。显然，他的理想不仅仅是为祖国培养未来的花朵，他还想影响更多的年轻人，爱护生态环境，人类才有未来。

一分耕耘，一分收获，付出是看得见的。这些年，乡村教师张显兵收获了众多荣誉，被评为"最美扶贫人物""优秀教育工作者""优秀班主任"等称号，而且，一不小心，还把自己弄成了一个带"长"的官，当上了县生态环保志愿者协会会长，似乎还有一些别的"头衔"，比如"民间河长"等等。

因为有了这些"头衔"，他突然更忙起来。他既是"河长制"的宣传者，也是"河长制"的践行者，自从"河长制"活动开展以来，他始终战

斗在第一线，这个官，当得辛苦，倒也乐哉乐哉。那么，什么是"河长制"？顾名思义，河长是辖区内河道的管理人员，这种管理体制称"河长制"。有水的地方，就有人的生息，有人的地方，就有"江湖"，必然，这个"河长"是重要的。

"清理、净河活动虽然累，但是我觉得这个活动很有意义，也希望能够通过这样的行动，带动更多群众积极参与进来，共同努力，让沅江、酉水的河流更加清澈、净美。"对于家乡河流的保护和宣传，他总是充满热情。

"生命就是一种回声，你送出什么，它就回馈什么，你播种什么，就收获什么，你给予什么，就得到什么。"这就是张显兵的人生格言。

什么是奉献？这是爱心铸造的一道彩虹，五颜六色，清新飘逸，带给人温馨和欢乐，是连接你我他的纽带，汇成心的桥梁，更是帮助困难人群伸出一双温暖的大手。在"奉献、友爱、互助、进步"的旗帜下，这样一名普通的乡村老师，在一河水边，向水述说，临水而居，书写精神的充实、高尚、富足。

"发挥各自专业特长，为大家带来环保相关知识和理念，培养孩子们节水爱水、垃圾分类的意识，引导他们从我做起，保护水资源。这是我们正在积极推动的。"在张显兵的倡导下，"河小青"们，经常组织开展"守护母亲河""水源地调研""候鸟护飞""文明城市创建"活动，还举办扶老爱幼、扶贫助学、结对帮扶、乡村振兴、疫情防控、促进民族团结、学生防溺水等系列志愿服务活动，据说有 500 余场（次）了。

在酉溪河滩，在沅水河涨洲头，在二酉山脚下，"河小青"们的身影随处可见。见此热闹情景，很多家长也加入其中，一起净河护河。不仅如此，一些单位的年轻人，也加入了他们。青春的力量，青春的召唤，"河小青"的队伍不断壮大。壮大了的"河小青"，还纷纷投身植树造林、保护河流的生态实践，一批有实效、可持续、能复制的优秀志愿服务项目也陆续开展起来。

"植树节""世界地球日""世界环境日"……每逢这些时间节点，来自各级团组织、社会组织、企事业单位的"河小青"们就会自发行动起来。他们热情洋溢、创意无限，通过漫画、微型马拉松、骑行、微视频、歌曲等多种方式传播绿色生态理念，动员广大青少年保护生态环境。

"我所有的努力、艰辛、汗水，都是为了还河滩一片净土，还河流清洁容颜。实现'河畅、水清、岸绿、景美'的要求。我最喜欢的还有那一句话：只争朝夕，不负韶华。"执念很深的张显兵，最初的念头，依然还是因为家乡的那一条溪，一方山水养一方人，如同家乡山水一样朴实的他，一直会前行在路上。

如果你关注他的微信，就会发现，他一发朋友圈，一定又是志愿者们巡河净滩的图片。"河"我一起，保护母亲河。你看，闲不住的他带着一群"河小青"又出发了。

青青酉溪，碧水依依。河畔因为有了这样一群可爱的"河小青"，就有了一河青绿的希望，一河梦想的抵达。

作者简介

张雪云，女，苗族，系中国作家协会会员，中国民间文艺家协会会员，湖南省报告文学学会副会长，湖南省散文学会理事，湖南省诗歌学会会员，鲁迅文学院第36期少数民族作家班学员，供职于湖南省作协毛泽东文学院。出版散文集《蓝渡》，长篇报告文学《桃李春风》，拟出版散文集《青寨》等。

幸福河湖的守护者

刘　军

　　跟灵动的河湖打交道的人是幸运的，什么时候江河湖周边都容易产生故事。这次故事中的主角就是参加"幸福河湖·中国文学艺术家巡沅水看沅陵"活动中的代表，他们就是原湖南省怀化市水利局局长胡金华、怀化市委秘书长王行水同志，他们曾为营造幸福河湖建功立业。

　　河流，是构成自然界的主角，更是人类生命之源泉。人与自然界的其他生命体，都应该和谐生长，"万物并育而不相害"，环境是人类赖以生存的根本。习近平总书记"守护好一江碧水，保护好每一条河流"的殷殷重托，那可是代表人民发出的心声。效果到底如何？在江河边生活的人，可以感同身受；能就此做专项考察的人，更是幸运者。最近，我作为水利作家的代表参加了"幸福河湖·中国文学艺术家巡沅水看沅陵"活动，成为其中的幸运者。参加"幸福河流·中国文学艺术家巡沅江看沅陵"主题活动的成员可是经过中国水利文协精心挑选的，其中除了大量的文学艺术家外，就是与营造幸福河流相关当地公务员，胡金华与王行水就是其中两位。公务员由于在一些工作或活动中处于领导地位，往往最具有发言权。尽管采访时间有限，但还真是挖掘出了他们在营造幸福河流之时发生的故事。他们为之付出的所有的努力都是带有深情的，这片深情源自对脚下土地的热爱，对所服务百姓的关怀。

一、幸福河湖是这样诞生的

　　讲述他们的故事前，先要将湖南省怀化市一江六水与它最大的一个县沅陵的水系情况介绍一下，因为那是他们施展才能的广阔天地呀，展示才艺的巨大舞台，往往是水利作者最先关注的内容。

湖南省怀化位于云贵高原东麓、沅水中上游，古称五溪，全境拥有大小河流 2716 条，河流总长 17704 千米。其中流域面积大于 1000 平方千米的有沅水干流及渠水、潕水、辰水、巫水、溆水、酉水六条一级支流，多年平均径流量 207.1 亿立方米。一江六水，日夜兼程、奔流不息地汇入洞庭。上苍赋予了怀化人富饶的山水，养育了智慧勤劳的五溪儿女，培育了多姿多彩的民族文化，还在此诞生了造福世界的杂交水稻……

我们笔会代表在怀化市最大的县沅陵县居住，这里更是山水丰富多姿之地。据了解，沅陵全县共有大小河流 911 条，其中湖南第二大水系沅水干流全长 1033 千米，流经沅陵 142 千米，这是大自然对沅陵人最好的恩赐。我们笔会代表这次专程乘船在沅江上巡视，水波荡漾清澈、两岸山峦叠翠，城镇、乡村风光交融，如此诗情画意触动了多少文学艺术家的创作灵感。几十年来，当地人对河流改造利用的成效是巨大的。怀化市现有水电站 576 座，堤防 759 千米，仅沅陵全县就有五强溪、凤滩、高滩 3 座大中型水电站。笔会期间，他们还安排文学艺术家们参观了五强溪水电站与凤滩水电站。我从事长江水利宣传多年，由于采访的便利条件，曾多次到过自己单位设计的陆水、丹江口、葛洲坝、三峡及乌东德双曲拱坝等水利枢纽采访，多次目睹过宏伟的大坝及高大的电站厂房。这次参加笔会有幸地目睹了世界第一空腹坝——凤滩水电站，不一样的坝型让人耳目一新。这些建在河流上的水利枢纽工程在发电、防汛抗旱、灌溉、养殖、航运等方面发挥着巨大的效益，在为两岸人民造福的过程中贡献着光和热。

人对自然的认识是循序渐进的，对河流的利用改造也不例外。世世代代对水利资源开发利用下来，由于对河湖只顾利用，关注得不够，管理措施不到位，人们发现身边的母亲河"病"了，许多河湖的水不仅脏、混了，水质已对两岸人民的健康带来严重威胁。习近平主席发出的"守护好一江碧水，保护好每一条河流"的指示由此而来，更提出了"绿水青山就是金山银山"的生态发展理念。中国社会主义制度最大的优势是干什么事都可以全民行动。近几年来，中国打了一场规模空前的青山、河湖保护战。人类自从诞生官吏制度以来，历代各种各样的官员层出不穷，这"长"那"长"的叫法更是名目繁多。近些年，为了保护好每一条河流，按照"河长领治、部门联合、流域同治、全民共治"的河流治理保护工作思路，中国又诞生了一个新型官员——"河长"，由多级领导兼任，它可是中国目前独有的官员。就拿湖南省怀化市来说吧，仅 2017 年，该市就建立了市、县、乡（镇）、村四级河长体系。全市共有各级河长 4909 人，其中市级河长 14 人，县级河长 211 人，乡级河长 1580 人，村级河长 3104 人。怀化市的各级河长们带领着更多的两岸民众，以强有力的组织措施，以坚定的毅力与"壮士断腕"的手段打响了一场前所未有的河流保护战。他们在全市大力推进了"退养还湖""退养还湿"工作，退耕还林还湿 310.17 亩；开展了网箱养殖整治，共拆除养殖网箱 51342 口、288.94 万平方米，并全面禁止天然水域投肥养鱼；先后开展了针对"僵尸船"、河道采砂和"清四乱"等专项整治活动；水源保护区内 42 家违法企业，拆除违法厂房、建筑 3 万多平方米，保障了市区城市供水安全；9 家水上餐饮平台终于"关门结业"；关停（搬迁）禁养区畜禽规模养殖场 408 家（户）；依法取缔拆解 3 艘非法采砂船和 9 艘非法运砂船，清除了河面、岸边垃圾堆积点。这一系列强有力的整治措施落实到位，终于实现了从"管住"向"管好"转变。"河长制"启动的"河长治"，使得一大批河湖管理保护难题得到了解决，逐步好转的河湖面貌使得河湖水质开始向好的方面发展，水生态环境也明显改善，仅看怀化河湖生态综合治理修复工作业绩给怀化带来的荣誉吧：

怀化市先后有 16 条（段）河流获得"湖南省美丽河湖"称号。2018年怀化市河长制工作获全省考核第一；2019、2021 年怀化市河长办分别被评为"长江经济带全面推行河（湖）长制工作先进单位""全国全面推行河（湖）长制先进集体"，2021 年以河长制为主要内容的"水利真抓实干工作"获评湖南省二类地区第一名；2021 年、2022 年连续两年上榜"全国水质最好的 30 座地级及以上城市"。

何为"幸福河湖"？河湖本无意义，其内涵是由人的感受赋予的。水环境质量提升后，对两岸人民的身心健康带来极大的好处。在青山绿水衬托下天空显得更蓝，空气更新鲜，景色更秀美，两岸人民的生态幸福感不断提升，幸福河湖的感受由此而来。

二、他在营造幸福河湖实践中大显身手

幸福河湖诞生了，它是上下联动、多方合作的成果，如果将《营造幸福河湖》拟作一个高潮频起的大型电视连续剧，水利人理所当然地应当是其中的主角。作为一个水利作家，我深知水利人在河湖这个大舞台上绝对有出色的表演。怀化市水利局原局长胡金华是治理沅水、营造幸福河湖实践的主要参与者，于是我提出来想要采访他。我有幸作了一些了解后才发现，他的故事更多的与所担负的职责有关，自然而然的与营造幸福河湖有关。此人还真不简单，在营造"幸福河湖"的工作中做出了不凡的贡献。

胡金华2015年初出任怀化市水利局局长，2021年退居二线任巡视员，但依然是防汛等工作的重要高参。一个人哪，干什么事都需要有精神支撑，它是事业起点至终点行进过程中的动力，由此做支撑所有的努力都会带有深情，并执着而所向披靡，做出自己满意的成绩，胡金华就曾这样对笔者说过：

"我在水利系统干了近十年，水利需要老黄牛精神，做水利工作需要有情怀，需要有慈悲之心，这是一项积德的工作，我对自己当水利人非常满意。"

胡金华有理由满意，更有理由自信，满意与自信源于他的工作业绩。在事业的舞台上，当领导的往往要集编导与演员于一身。贤才多由时势出。时任水利局局长胡金华在营造幸福河湖的实践中，编导了许多重要的"剧目"，并成功地扮演了其中的重要"角色"。胡金华的单位与个人并不止一次获得嘉奖，他仅2019年就被评为全国水利系统先进工作者。

他很高兴自己的一段生命轨迹能在水利领域划过，这段线条丰富无比，珍贵无比，他的慈悲情怀展示得淋漓尽致。

（一）幸福河流安全的守护神

为两岸人民带来安全是幸福河流的首要特征。如何体现自己的慈悲情怀？能够通过自己的工作，保护两岸人民的生命安全，是最大的德，也是最大的慈善。幸福河流首先需要一批安全守护神，他幸运地成为其中的一位。作为一个水利局局长，他负责掌管全市千余座水库电站安全运行。每至防汛抗旱期间，水电站蓄水运行的所有指令都由水利局发出，当千余座水库的水位在水利局的调动下上下升降时，他更像一位指挥若定、出征必胜的将军。

河流都具有两重性，既可以滋养万物生灵，但它猛涨、狂泄、干涸时，又会对两岸人民的生存环境造成严重威胁。

怀化地处湘中丘陵向云贵高原的过渡地带，同时又是洪旱灾害多发地区。水电站除了发电外，其巨大的库容还能在防洪抗旱方面发挥不可替代的作用，这一切都要在水利局统一调动下进行，胡金华他们水利局行使着巨大的权力，同时也承担着巨大的责任。前面介绍过，全市有水库1314座，占全省总数的1/9，蓄水后所形成的库容113.5亿立方米（其中大中型水电站60座，占全省总数的近1/7），巨大的库容可以拦蓄超额洪水。特殊的气候和地理环境决定了怀化水电站蓄水泄洪运行频繁，但水位突涨猛泄下来，水库两岸堤防垮塌、崩岸的险象经常发生，所以水利局对水电站及水库的监管必须做到万无一失。胡金华担任局长的第二年，在他的积极推动下，2016年怀化市水利局在实施全省大中型大坝安全运行管理"三年行动计划"的基础上，全面启动了水库安全运行管理"五个一"建设，即守牢一座安全可靠的大坝、建立一套执行到位的规章制度、建设一支高效精干的管理队伍、编制一个科学合理的应急调度方案、保障一库水质洁净的供水水源。当年运用调度手段充分发挥水库拦洪错峰作用，全市累计腾空库容20亿立方米，截留洪水18亿立方米。在当年"7.1-7.5"暴雨中，五强溪水电站、凤滩水电站分别削峰52%、18%，有效减轻了下游防洪压力。

最大的考验接踵而至，身为水利局局长的胡金华在忠诚勤奋履职的几年中，最令他难忘的是带领全局职工抗御2017年大洪水的经历。营造一条幸福河流，水利人在危难之际需要义无反顾地挺身而出，胡金华和他的同志们做到了。怀化有险身当先，忠于职守排众难。没有对往事的彻骨印记，就没有深情的回望，那段经历已深藏在胡金华等水利人的记忆里。

故事应该从汛前的暗访说起。每至汛前，胡金华都要带着相关人去进行明察暗访，主要检查各类水利设施的运行状况，相关防汛物资储备情况，及人员的在岗状态。为何叫暗访？主要是不通知相关的单位与人员，由此能获得真实信息。当地人习惯过两个端午节，五月初五过一次，五月十五他们还要过端午节。五月十五日那天上午暗访结束后，他们走到街上想找个吃饭的地方，满街的饭店和商店都关门面，当地人很重视过端午，都在过节，根本就不开门营业。走了好长时间，都到中午一点多了，才碰到一家人没有关门。他们走了进去说明了情况，那家老板娘说：

"现在，家里啥吃的都没有了，只有三个粽子，都扔在地上，准备喂狗。"胡金华他们一看，地上果然有三个没有剥皮的粽子，就说：

"你就将这三个粽子卖给我们，给你十五元，如何？"

那位老板娘说：

"一看，你们就是当官的，到现在还没有吃饭，真辛苦！这三个粽子一分钱不要，一分钱不要，你们吃吧！"

她从地上将三个粽子从地上捡了起来，将沾在棕叶上的土洗掉，递给了胡金华他们。三个粽子，他们一人一个吃下去，只能将饥肠辘辘的肚子垫一下，还是没有解决吃饭问题。可就是这三个粽子，让胡金华到现在还没有忘记，这就是人民群众对他们的朴素感情，知道他们是在为百姓办事。

"你为百姓办好事，百姓都会对你好的，而且不会忘记你。毛主席安排人在瑞金为百姓打了井，百姓什么时候都是喝水不忘挖井人。"

这仅是汛前暗访的一个小插曲，胡金华在采访时还专门提起，看来此事对他的印象太深了。一方面说明了他们汛前检查工作的辛苦，另一方面更说明了百姓们对他们工作的支持。

转眼间，很快进入了汛期，他们真没有想到那年老天爷给怀化来了一个下马威。六月半刚过，天像被撕破了一样，瓢泼大雨下个不停。据有关资料记载，2017年6月22日—7月2日，湖南省怀化市大范围出现暴雨和大暴雨，局部特大暴雨。期间全市平均累计降雨量368.3毫米，较历年同期偏多368%，特别是辰溪县、溆浦县分别偏多650.6%、522%，全市和大部分县市区降雨量均刷新历史纪录。受上游贵州来水和怀化市境内强降雨叠加影响，沅水干流及一级支流辰水、溆水、渠水、巫水等流域出现特大流域性洪水，沿线城镇全线超警戒水位。据初步统计，强降雨致使全市4个县级城市、18个乡镇进水被淹。全市辰溪、沅陵、洪江区、中方、洪江市、麻阳、会同、溆浦、鹤城区、靖州、通道、新晃、芷江等13个县市区207个乡镇（含街道）134.9万人受灾，受灾农作物面积183.2万亩，倒塌房屋517间，紧急转移人口29.34万人，直接经济损失45.18亿元。特别是6月29日18时至30日上午，沅水梯级水库泄洪，怀化沿线洪江区、洪江市、中方县、溆浦县、辰溪县等5个县、市、区共紧急转移58793人。这样一来，怀化市前后需要转移30万人。怀化市相关部门根据此上下联动、有序地组织了30万人的大转移，而且在转移过程中，没有出现一起安全事故，更没有一起死亡事件发生。

这场30万人零伤亡的紧急大转移，后来被省委省政府领导称为"怀化奇迹"。总结其经验，主要是各级领导指挥得当，各级部门执行有力，30万人配合有序，同时与水利局提供的各种相关雨情、水情情报准确关系极大。上级主管部门对水利人的贡献称赞有加，局长胡金华当然功不可没，他也因此作为水利局的代表被评为2017年"湖南省抗洪抗灾先进个人"。

具体地说，以胡金华为代表的水利人在创造"怀化奇迹"的过程中做了一些什么呢？

每至汛期，水情、雨情等资料十分重要，"能够短时间安全转移群众，科学研判、精准决策起了重要作用。"胡金华曾这样对记者说到，作为一个水利局局长，他太了解自己工作的重要性。

当时怀化市防汛抗旱指挥部（简称"市防指"）就设在水利局。走进防汛抗旱指挥部，标准化办公室、值班室、器材室、会商室以及连接市、县防指的会议设备、防汛专门电话等一应俱全，并建立了完善的值班制度、巡查制度、责任制度，而且各项制度全上墙公布，监督执行。

大汛到来之前，胡金华主持工作的水利局已对流域水电站蓄水位进行了科学调度，提前腾库，拦洪错峰。前面也说了他们还对水库、山塘进行重点排查，做好调度拦蓄下泄大洪水的准备。6月29日至7月2日，怀化市党政主要领导轮流坐镇市防指，市防指成员由水利局、气象局等方面专家组成。当时的市防指办公室就似一场激烈战役的前线指挥所，一直弥漫着紧张、严肃的气氛。专家们每半小时进一次会商，对地质、气候、雨情进行精准研判，将会商结果及时通报县、市、区相关部门，以供精准决策用。另外，根据雨情、水情的不断变化，水利局在水库蓄水位调动时不断因时因地因情进行调整。比如，位于沅水上游的托口电站高水位运行，大坝安全面临很大压力。考虑到洪江市渠水、溆水洪峰和托口水电站库容情况，水利局及时向怀化市和省防指建议，调整托口电站泄洪流量，确保渠水、溆水洪峰先期通过，大大减轻了下游安江、中方、辰溪等地防汛压力和受灾程度，为及时转移群众赢得了时间。

怀化市所管辖的范围内由于地形特殊，大雨倾泻，山洪暴发，河水突涨冲涌、奔突而来，需要急速转移群众，防汛抗灾更多的是短平快机动作战。而机动作战除了权威高效的统一指挥，必须依靠多级稳固有力的防汛抗旱堡垒，方能运筹帷幄、决胜千里。由水利局倡议兴建的怀化市基层防汛抗旱体系已于2017年初建设完成的。全市共投资4000多万元，完成了乡镇（街道）、村防汛指挥机构、防汛值班室、物资仓库、视频会商系统建设，落实抢险队伍6.2万余人，制订了一系列的防汛抗洪预案。"防汛抗旱基层堡垒建设"后来得到国家防总、水利部的充分肯定，提议者胡金华要计头功，关键在迎击2017年特大暴雨洪灾实战中派上了用场，初显"威力"。

"防汛抗旱基层堡垒建设"当时，从上到下布防，健全的乡村两级防汛指挥机构坚守住每一个前沿阵地，特别是身处一线的由6.2万人组成的乡村应急抢险队伍，护送群众转移的队伍，成为守护群众生命安全的最基层的一道坚固防线。所以，每当接到水利局提供的水、雨情重要情报，突发状况降临，怀化市迅速发布撤离危险区域群众的紧急通知。他们坚持"宁听骂声千遍，不听哭声一次"的信念，利用从上到下、网络似的防汛抗旱体系，采取党员干部包片、包街道、包社区、包乡村、包户包人的方法，迅速转移危险区域群众。由于部署周密，工作到位，实现以"大决心、大范围、大力度"实现了30万群众零伤亡的大转移。这也是兴建"防汛抗旱基层堡垒建设体系"的倡议单位——怀化市水利局功不可没的真正原因。

怀化市水利局在2017年怀化抗洪工作中立了战功，作为市防指副总指挥的胡金华是如何度过那些特殊的日子的呢？在最紧张之际，他四天四夜没有离开过办公室，更没有睡上一觉。谁没有父母与儿女，谁都有让人牵肠挂肚的家人，特殊的日子时不时还会有特殊的事情发生。有一天，胡金华正带着一拨人巡堤查看水情，很少给他打电话的父亲突然给他打电话说：

"我要死了，你赶快到医院来。"

父亲当时肺衰竭，呼吸功能已退化，一直住在医院，医生说他随时都可能走。胡金华是家里的老大，父亲在第一时间给他打电话这也很正常，可非常时期他怎么走得了。胡金华立马给弟弟打电话说明情况，让他立即到医院，请医生帮助老爷子度过这一关。他还通过电话安抚老爷子，鼓起他坚定活下去的信心："你不会走的，你三年都走不了。"

果然，他父亲又活了近三年。胡金华不相信迷信，但总觉得自己为民巡堤，是在干大好事："我当时为什么这样有信心，因为我在行善事，救人于水火之中的人会有好报的，老天爷会保佑我，保佑我全家的。"

一讲起家人，胡金华又讲起了另外一件事与女儿之间发生的事，冥冥之中真也是一个巧合。胡金华的女儿跟他的感情很深，平时就特别粘他。姑娘要生孩子那天，正好又碰到怀化又发大水，他也一直在大堤上忙碌。他从大堤上下来，马不停蹄地往医院跑。他刚跑进电梯，就接到了他老婆的电话，说孩子刚生了下来。他一出电梯跑到产房门口，就听到了外孙第一声啼哭声，好像是在迎接他的到来，他当时真是感到幸福满满，"老天爷"总是特别关照一些行善事的人。

（二）幸福河流良好生态的维护者

幸福河流的另一个特征是要为两岸人民提供良好的生态环境。如何体现自己的慈悲之心？当河湖受到污染，积极参与拯救河流的行动，就是最大的德，最大的慈善。有人称胡金华是怀化市全面推行河长制守护绿水青山的排头兵，排头兵就是打仗冲在前面的人。水利局工作的主要对象就是水，他们的工作会因为水而不断发展而延伸。"守护好一江碧水"是他这位水利局局长当仁不让的责任。本文作者所在单位是长江水利委员会（简称"长江委"），它是水利系统治理开发管理长江专业最齐全、最权威的一个单位。长江委下属就有一个单位，即"长江水资源保护局"，凡是涉及保护长江水质的事情，都在他们管辖范围内。笔者有一次到水保局采访，其中的一位同志对我说道他们是：

"上管天，下管地，中间还要管空气。"

作为一个二级市的怀化水利局，与水利相关的业务都应该在它们业务范围内，包括水资源环境保护。为了拯救、保护河流，胡金华在位这几年，全身心地投入到全面推行河长制工作实践中，为营造幸福河湖贡献自己的光和热。

胡金华率先带领全局开展乡镇"样板河"创建活动，为夺取全市河流"治污清乱"攻坚战阶段性胜利作出了积极贡献。作为水利局局长，督促各级水电站积极履行社会责任。一条河流上，往往有多级梯级电站，水泄过大坝时，往往将一些垃圾滞留下来，不仅影响河边清洁，更容易影响水质。胡金华抓住怀化流域内各级水电站这一关键区域，通过布设的 23 个河道保洁探头，实时监控各水电站坝前垃圾处理情况。他督促各级水电站加大河道保洁经费投入，采取聘请专业保洁公司、购置专业打捞船只等形式，开展坝前垃圾打捞，做到了坝前垃圾随产随清，确保河流垃圾不从大坝泄洪道下泄。这当然都是在他管辖范围内具体可操作、可管控的，胡金华能想到的，绝对竭尽全力做到。

"当然了，就水管水是管不好的，要调动这要上下联动，要系统管理，要全社会发力。只有都带着感情做这件事，才能将这件事情做好。"胡金华在接受笔者采访的时候如此说道，他在做这样一些事情的时候，也总在强调感情，也就是情怀。

（三）让山民引水便利快捷同样体现出他的慈悲情怀

这尽管与幸福河湖关系不是那么密切、直接，但它毕竟与水有关。凡是与水有关的，都可直接影响着山民的幸福含金量。胡金华在位期间竭尽全力解决了山民们便捷引水的问题，这同样是他对百姓最大的德与最大的慈善。胡金华在谈到这个问题时，如此说道：

"我小时候家里没有自来水，每天就要挑水，那样的经历我印象太深了，绝对不能让现在的孩子们再挑水了，这就是我做此项工作的目的与出发点。"

胡金华担任水利局局长以来，在他的努力争取和上级的大力支持下，为解决怀化地区农村的引水便捷，2015 年以来全市共投入水利建设资金151.36 亿元（其中争取上级专项资金 37.52 亿元），一大批民生引水工程相继建成并发挥效益。特别是 2016—2018 年，全市累计投入资金 12.54亿元（其中国省专项补助资金 2.73 亿元），建成各类农村供水工程 8000余处，解决 122.56 万人的饮水困难，完成部分原有引水工程巩固提升12.09 万人。2018 年底全市 417.24 万农村人口（其中 75.98 万建档立卡的贫困人口）用上安全水，在武陵山片区率先实现了农村饮水便捷、安全全覆盖，为助力脱贫攻坚和全面建成小康奠定了坚实基础，提升了受益农民的幸福指数。走进新时期，饮水便捷、安全的问题不应该成为死角。对具体指挥实施者胡金华来说，更实现了他"绝对不让孩子们再挑水了"的梦想。正是基于这种慈悲之情，激起了他领导全局同志们完成了这一大善之举的行动，真为此类大爱布施者骄傲。2018 年 11 月，中央第九巡视组在怀化下沉调研时对此给予了充分肯定和高度评价。

本次"幸福河湖·中国文学艺术家巡沅水看沅陵"活动参加者多有文学艺术精英，即使是官员，也有不少是文学艺术爱好者，胡金华也不例外。他在《诗刊》《大江文艺》《湖南文学》等报刊上发表过诗歌作品，会议期间他还送给我一本诗集，书名叫《雪落在南方的乡下》，中国水利作协主席李训喜还为此本诗集作序，序的一开头写道：

"与金华相识到他在湖南省怀化市水利局局长任上，那时只知道他是工作狂，为水利的事敢于豁出命去，但不知道他曾写过诗，还藏着一个诗人梦。"

胡金华曾说自己是诗歌爱好者、文字搬运工。在熙熙攘攘的人群里，你不难发现，凡是受过文学熏陶的人，心地是那样的多情而丰富，感悟是那样的灵动而敏锐，他们善于从文学世界里获得营养对现实世界进行滋补。他们追求文字上的意义，拿出他们喜欢的文学作品，献给世界，写给生命与灵魂。胡金华就是这样的人，其人生还会更加丰富，因为他还藏着一个诗歌梦，有文学梦的人可以活得更加滋润。序的结尾这样写道：

"我祝愿他在自己的那片土地上继续精耕细作，为诗坛带来更多的惊喜。"

他在为怀化百姓营造幸福河湖实践中已赢得了惊喜，现因身体原因退居二线，更有时间拥抱他喜爱的诗歌。相信在不远的将来，他会在诗坛给文友们带来惊喜，其有意义的生涯会得到新的延续。

三、才能因其利用而发光

金属，因其利用而发光。所谓的才能，就是相信自己的力量，并将此运用于他人。每个人都有一定的才能，如果没有机会利用就将失去价值，因为为百姓而利用，就会在实践中延续而发光。在写王行水故事前，由此萌发了上述感慨。

笔会期间，在巡游沅江的船上跟王行水聊天，才发现此人的身份不同异常，是一位地方官员。他曾任湖南省麻阳苗族自治县、新晃侗族自治县县委书记，怀化市副市长，怀化市委常委、秘书长，今年八月份刚退休。除此之外，他还是中国作协会员、湖南省诗歌学会常务理事。他是以地方官员、中国作家会员双重身份加入"幸福河湖·中国文学艺术家巡沅水看沅陵"活动中，与诸多文学艺术家同行。如此特殊的身份，使他的讲述带有别样的意义。

在船上与王行水交谈，仅了解了所需要内容的皮毛。职业的敏感，我提出来要深入采访，可惜笔会期间各项议程安排得很紧凑，我没能达到目

的。作为一个地方官员，多年的行政工作，养成了他行事认真、办事严谨的工作作风，哪怕对采访这样一件小事都不例外。我回到家没两天，王行水就通过微信将相关资料转发了过来，有些是他自己写的。这些资料回答了我在采访中提出的怀化市在营造幸福河流及共赴小康的过程中带来的新的社会问题，更告诉了我他们是如何解决的，他们与怀化当事人一起将新的自信自强书写在创业征程上，王行水作为一级官员参与其中，因此成为我叙述的第二个故事的主角。

（一）营造幸福河湖与共赴小康过程中带来的新问题

生活在怀化流域的多条河流两岸的人民现在已经体会到河湖为他们带来的幸福了，更看到小康目标在向他们逼近。王行水这些营造幸福河湖、带队共赴小康的领跑者，以及具体参与其中的两岸百姓，他们的行动足以说明唯有坚忍不拔，方可难行能行；唯有忍屈负重，方可坚定前行；唯有绝境反弹，方可柳暗花明。

水，绝对不只是自然之物，它还对应了社会和人类极其复杂的心理结构及处世道理。水也是理性与非理性、神圣与癫狂的复合体，更有清净之水与浑浊之水，平静之水与咆哮之水的不同。事物多有两面性，尤其是一个大的与自然较量的举动。比如在营造幸福河湖行动启动阶段，其行动的利与弊对局部社会都会有影响的，更重要的是影响当地脱贫攻坚，共赴小康的战略部署。这是摆在相关领导面前的一个不得不做的考卷，你能得多少分，直接影响到百姓对你的满意度。王行水当时正在麻阳县苗族自治县任县委书记，作为怀化市县级领导人之一与其他领导一起参加了这场大考，最终以高分的成绩向所在县人民交了一份满意的答卷。

营造幸福河湖受益的是怀化百姓，但与已被污染的河湖打交道首先要治水。但治理的最初阶段，怀化部分百姓的利益是要受到损害的，这就是治水行动的两面性。在船上采访时，王行水谈到了为了保持河湖的清澈、无污染，怀化市相关部门将河里的养鱼网箱都撤了，还取缔了非法采砂等等。这些渔民、采砂者都是以此为生，夺了原有的饭碗以后，他们将如何生活下去？营造幸福河湖是为了百姓更幸福，但如果赖以生存的职业都被取缔了，生活都得不到保障，还谈什么幸福？尽管这个阶段是暂时，但当领导的总得解决。我更关心这些人改行后的出路，在船上专门向这位刚刚卸任的怀化市副市长、百姓的父母官王行水问到这个问题。因为三峡百万移民时就面临这一大问题，最终逐渐解决好了，我更关心怀化市是如何解决的，有新的创新吗？

人生本就风雨难测，设身处地为当时那些上岸的百姓们想一下，他们当时产生茫然也是很正常的。尽管预测未来的最佳方式就是创造未来，因为明天有无限的可能性，可当时艰难地向明天迈步时真不容易。他们为了河流而搬迁，永不停歇的流水暗示时光易逝，河流在前进中遇到的岩石、暗礁的阻挡，沙洲、芦苇等物的反复纠缠，不正像他们当时的处境吗？具体执行营造幸福河湖任务的王行水等各级官员同样感同身受。

有时候，我真的为现在的一些基层领导犯难，要不然怎么说现在的"七品芝麻官"不好当呢？就营造幸福河湖这件事来说吧，他们当时既要以壮士断腕的勇气取缔网箱养鱼、非法采砂等行为，将此从业者请上岸，又要在岸上给他们重新安排就业，让他们的生活不能无着落，脱贫奔小康不能成为一句空话。尤其是这些都需要做大量思想工作，稍有不慎，处理不当，就会产生新的社会矛盾，不知道王行水他们这些官员碰到因此闹事的人没有？即使有，这也是很正常的。世人都说，中国百姓是世界上最听话的百姓，但碰到一些暂时处理不当的事，或没有完全解决好的矛盾，总会有一些人要掀一些波澜。三峡百万移民早已结束了，但还有一些遗留问题。长江设计院综合勘测局原总工、中国勘测大师崔政权，在三峡移民新城迁建选址过程中做出了突出贡献。前几年，我因为要写《勘测大师崔政权》一书到三峡一个县采访，在县政府还遇到了上访的三峡移民，但愿怀化市没有此类现象发生，或很少发生。

怀化市领导终于找到了解决这个问题的灵丹妙药，让矛盾一一化解。这要感谢怀化市在干部中间推广的"一人学一技"活动，活动的发起者就是这次笔会代表王行水同志。当我了解全部事实真相后，真的对王行水肃然起敬，他是我们共产党干部中的能人，能带人们走出困境。

我写这些，主要是为了说明怀化人民现在已开始享受河湖水的湛蓝清澈、优良水质给他们带来的幸福，可不要忘记为之付出的那些人，即为此改变旧有生存轨迹的移民，及为此付出智慧、才能、手段的市、县、村镇相关领导。前者为此艰难地改变了生计手段、开始新的生活，后者更为此的实现谱写出新的为官人生。

（二）他们为营造幸福河湖、美好生活并肩战斗过

为了实现营造幸福河湖的近期目标，为了远期实现脱贫攻坚、共赴小康最终目标，怀化市的干部们与百姓曾经以一种新的形式并肩战斗过。

十年前的一个十月，怀化市委在麻阳县召开了全市乡镇干部"一人学一技"活动经验交流会，麻阳县任县委书记王行水因此而风光了。到底是怎么回事呢？

王行水任县委书记后，带领着全县人民继续在脱贫攻坚总战场上发起一次次进攻，堡垒一次次被攻破，阵地一个个被占领。可在行进过程中间，营造幸福河湖的战斗又打响了。他深知，如果赢得这场战斗，会有不同寻常的意义。水是生命之源，将源头的事情处理好了，优良的水质不仅会给全县人民带来更好的生活，而且美好的水环境还会增加两岸人民的幸福感。要根治河湖，就得先让在河湖上讨生计的部分百姓上岸。这新的问题又来了，上岸的百姓失去了原来的生计手段，立马陷入新的贫困，这可与脱贫奔小康总目标相违背的。

怎么办？山之妙在峰回路转，水之妙在曲回弯转。那就让这些上岸的百姓重新创业，重学技能，开始新的生活呗！你将百姓弄上岸的，你就得负责为他们寻找新的出路，王行水他们县各级领导与这些百姓们都面临着新的挑战，其态度只能用两个字来概括——"迎接"！也就是说，各级相关领导就要带领着这些失业百姓学习新技能，重新开辟新的生活道路了，这是当时他对下属提出的要求与希望了，他希望这些领导与百姓们共渡难关。

作为一个县委书记，使用观察干部是他的本能。时隔不久，王行水发现下属到基层后出现了两类人：

一类是消极，不积极干事，也没有能力干事者。有一位大学毕业的干

部下去后就影响不好，没有什么技能，干不了事，又不愿意干事，肯定不受百姓的欢迎。这位干部可好，下农村时穿着皮鞋，一看着装就知道没有做下到田间地头的准备，最关键的是他经常是到下面晃一晃，啥事也不干就打道回府了，他那一方的工作根本就没有推动，他的能力也推动不了。他是工作态度有问题，更是领导能力有问题。

可有一位叫赵小林的干部却不一样了，在这场带领群众脱贫致富的攻坚战中，他攻下的"山头"最多，占领的"阵地"最大，胜利捷报频传。责任与手段是成功的钥匙，每一个成功的人，不仅明白自己的责任，更具有达到成功的手段，的确如此。王行水发现，在这项工作中，赵小林不仅责任明确，意志坚定，关键是他有达到目的的手段。当县委书记的王行水，写东西常是自己动手，还时不时在《怀化日报》等报纸杂志上发表文章，作为中国作协会员的他，写诗仅是他的业余爱好，这当然是题外话，现再回到正题。王行水认为，赵小林的作为应该推介，于是他写了一篇题为"学习赵小林的科技艺术"的文章在当时的《怀化日报》上发表，《怀化日报》还专门为此开辟了一个栏目，"开栏语"中这样写道：

为了在全市上下掀起弘扬"燕子叠窝"精神，共建怀化美好家园的热潮，怀化市委正在组织开展向赵小林学习的活动。本报从今日起，推出向赵小林同志学习，发扬"燕子叠窝"精神栏目，刊发一批学习赵小林同志的体会文章。希望全市干部群众认真学习赵小林同志的先进事迹，忠实实践"三个代表"重要思想，亲民富民安民，用自己的实际行动增进与人民群众的鱼水深情。

"开栏语"的这番话完全是针对领导干部说的，麻阳自治县县委书记王行水的那篇文章在本栏目中作头篇发表。赵小林到底是怎样做的，让他成为全市干部的典型？王行水在文章中是这样推介他的下级赵小林的：

王行水在文中首先写道，当干部的应该做"群众喜爱的科技型干部"。他认为，在新的形势下，有的干部并非思想作风问题，而是服务本领问题，无一技之长，即使想"深入"，群众也不一定欢迎。所以，乡镇干部只有狠练学用科技基本功，才能从根本上解决深入群众的问题，才能真正赢得群众的信任和支持，群众才能真正欢迎你。

赵小林为什么能在为人民服务实践中实现价值，赢得群众的欢迎？他可真是大能人一个，掌握了不少技能，不仅能亲自为群众提供技术服务，而且广授课、广收徒，培养出了一大批"田秀才""土专家"和致富能手。他所管辖的范围内，出现了一个个"柑橘村""小康村"。赵小林把科技献给了群众，开拓了一条条富饶路，成为群众心目中的当代"山乡孔夫子"。

王行水在文章还写到，当前农村出现的矛盾都是人民内部矛盾。赵小林是将科技服务融入农村的思想政治工作中，通过科技服务，帮助不少"光棍"结成了良缘，不少"刁民"变成了"良民"，贫困户变成了"万元户"。碰到税费征收、计划生育等农村工作难题，只要是赵小林出面，就迎刃而解，收到了事半功倍的效果。

王行水在文章中最后写道：

> 乡镇干部，要多为群众送政策法律、送市场信息、送实用科技，多些给予，少些索取，增进党群干部的血肉情谊。只有这样，农村思想政治工作才能真正落到实处，达到化解矛盾、推动工作的效果。

从那以后，王行水在本县乡镇干部中发起了"一人学一技"活动，并且取得了成效。榜样的力量真是无穷的，众多的干部效仿，麻阳县的相关工作很快走到了怀化市各县的前面，引起了怀化市领导的关注。怀化市委在麻阳县召开了全市乡镇干部"一人学一技"活动经验交流会，其活动的提出、组织、推动者王行水也因此风光起来。

不久，王行水出任了怀化市副市长，在怀化市干部中推动"一人学一技"活动，此项活动在怀化市蓬蓬勃勃开展起来，已经星火燎原。在笔会巡游沅江的船上，王行水打开手机给笔者看了一个栏目，他用手上下滑动，让我看了一大批有关干部"一人学一技"活动的文章，看来此项活动的受众面和影响还真是不小。

最关键的是实际效果。麻阳县乡镇干部"一人学一技"活动推广到整个怀化市后，让更多的市、县、乡镇干部尤其是让百姓受益。更多有技能的干部，帮助更多需要帮助的百姓，让怀化市真正认真落实就业援助、职业培训、公益性岗位安置、社会保障等政策，实现转产转岗。我前面提到的为了营造幸福河湖，从河湖上岸的渔民、采砂人员等真正做到了退得出、学新技、稳得住、能小康。

共产党人干什么事情都要从人民的需要出发，人民对美好生活的向往是工作的出发点，让人民过上美好生活是工作的落脚点，这是共产党人对人民的情感与人性力量的综合体现。情感与人性的力量，是人类共通的感情，施政者与受益者是相通的，他们更多的时候是在共同努力。

很高兴通过参加"幸福河湖 中国文学艺术家巡沅水看沅陵"活动，让我认识了王行水，他回答了我急需想了解的一个问题。他之所以将此作为重点向我介绍，更是因为这是他们在营造幸福河湖实践中最利民、最有成效的作为，也是他最值得骄傲的举动。他们的作为让我看到了共产党人的努力和工作业绩，展现在营造"幸福河湖"的征程中，谱写在奔往小康的阳光路上。往往每次微小的努力，被岁月堆积成强大而不可的撼动的力量，它改变着局部社会，微观世界也因此慢慢被改变。生活在幸福河湖流域的人民会由衷地感叹：

社会主义好，共产党人行！

作者简介

刘军，《大江文艺》主编、中国作协会员，曾任中国水利文协常务理事、中国水利作协秘书长、武汉文联常务理事。曾在《长江丛刊》《文艺报》《中国水利报》等报刊上发表文学评论、报告文学数篇，曾出版长篇散文《瞩目巨龙之舞》，长篇报告文学《天平》《群星闪烁》《勘察卫士崔政权》三本，出版文学评论集《笔印心痕》《笔印思絮》两本；曾获全国水利艺术节报告文学一等奖，两次获"楚天杯"报告文学一等奖，曾获全国水文化论文大赛一等奖。

情滿沅陵

附

录

在"幸福河湖·中国文学艺术家巡沅水看沅陵"活动启动会上的讲话

中共沅陵县委书记 刘向阳
（2023 年 8 月 20 日）

各位领导、各位来宾，同志们、同学们、朋友们：

大家上午好！

一江碧水东流去，两岸宏图次第开。今天我们在五溪汇聚的沅水河畔，隆重举行"幸福河湖·中国文学艺术家巡沅水看沅陵"活动。在此，我谨代表中共沅陵县委、县人大常委会、县人民政府、县政协和 70 万沅陵人民，对各位领导、各位嘉宾和新闻媒体记者朋友的到来，表示最热烈的欢迎和最衷心的感谢！

沅陵有得天独厚的山水资源，有五强溪国家湿地公园、借母溪国家级自然保护区、沅陵国家森林公园三张国家级"绿色名片"，有沅水、酉水两大水系、911 条溪河，五溪汇聚，通江达海，是"千里沅江·怀化画廊"最精彩的篇章。沅陵有震古烁今的历史文化资源，是楚秦 36 郡"黔中郡"治所，是"学富五车，书通二酉""夸父逐日""马革裹尸"成语的出典处，是世界巫傩文化发源地、中国传统龙舟之乡。沅陵有赓续传承的红色旅游资源，是抗战时期湖南临时省会、湘西抗战主战场、红二六军团策应中央红军长征激战之地、湘西剿匪 47 军军部所在地，是一块有着悠久革命历史和光荣传统的红色热土。

千百年来，无数先贤圣哲远徙沅陵传播文明薪火，中华书山——二酉山，使沅陵成为中华文明曙光再现的圣地。诗人屈原溯沅江而上，上下求索；

七绝圣手王昌龄吟"沅江流水到辰阳，，一路且行且回望"；书法大家黄庭坚叹"二酉波横绕龙蟠，情醉二酉山"；更为重要的是，王阳明在龙兴讲寺开坛设讲，构筑了中国人"知行合一"的思维方式；忠臣良将林则徐更是感慨"一县好山留客住，五溪秋水为君清"，恨不常做沅陵人！一代文豪沈从文，"沅陵美得让人心痛"，一语成"金"，沅陵，以前是千古心仪之地，将来更是千古心仪之地！

近年来，沅陵县坚持以习近平生态文明思想为引领，积极践行"绿水青山就是金山银山"发展理念，严格落实河湖长制，聚焦水生态、水环境、水资源、水安全、水文化"五向发力"，实现了"河畅、水清、岸绿、景美、人和"的目标，绘就了绿水青山秀美画卷。

今天，幸福河湖·中国文学艺术家巡沅水看沅陵活动的启动，是对我们最大的关心、支持和鼓励，我们一定不负厚望、不负重托，倍加珍惜、倍加努力，以抓铁有痕的决心、坚如磐石的定力、久久为功的韧劲，始终扛牢"守护好一江碧水"的政治责任，高质量建设幸福河湖，让"水更清、岸更美、百姓幸福感更浓"成为沅陵高质量发展最动人的底色。

我们坚信各位文学艺术家能够聚焦安澜之河、富民之河、宜居之河、生态之河、文化之河，创作一批优秀诗歌、散文、报告文学和摄影、书法（美术）作品，充分展示沅陵在践行习近平总书记"绿水青山就是金山银山"理念，建设人民幸福河湖工作中的典型经验、明显成效和生动实践，充分展示新时代幸福河湖之美，也为第二届怀化市旅游发展大会添墨加彩、预热助威。

最后，祝本次活动圆满成功，祝各位领导、各位嘉宾心情愉快、身体健康、阖家幸福、万事如意！

谢谢大家！

在"幸福河湖·中国文学艺术家巡沅水看沅陵"活动启动会上的讲话

怀化市人民政府副市长　杜登峰

（2023 年 8 月 20 日）

各位文学艺术家，朋友们、同志们：

大家上午好！

今天，我们在沅水河畔隆重举行中国文学艺术家巡沅水看沅陵活动，这是践行习近平总书记"绿水青山就是金山银山"理念，让绿色始终成为高质量发展的鲜明底色的生动实践。在此，我谨代表怀化市人民政府，热烈欢迎各位领导、各位艺术家、新闻媒体的朋友莅临今天的"幸福河湖·中国文学艺术家巡沅水看沅陵"活动！向一直以来关心和支持怀化的各位领导、各位嘉宾表示诚挚的感谢！

作为典型的山区农业水利大市，一直以来水利在怀化经济社会发展中发挥着基础性、全局性、战略性配置作用。近年来，怀化市委、市政府始终牢记习近平总书记"守护好一江碧水"的殷殷嘱托，高位带动、协调联动、全民行动，把河长制作为生态文明建设的头等大事来抓，以壮士断腕之心，强力整治河湖四乱、系统修复河湖生态，实现河湖从"多头管"到"统一管"、从"管不住"到"管得好"的历史转变。共创建全国水生态文明建设试点城市 1 个、全国水土保持生态文明县 2 个、国家级湿地公园6 个、国家级水利风景区 3 个，怀化跻身全国水质最好的 30 座城市之列，全境纳入国家重点生态功能区，并获评全国十佳生态文明城市。

怀化，古称"五溪之地"，水资源丰富，沅水作为长江的八大支流之一，近 1/3 的流域面积在怀化，全市 97.83% 的辖区面积属沅水流域。先民们依水而居，以水为师，创造了以高庙为代表的五溪文化，侗苗瑶等少数民族在此繁衍栖息。怀化还是我国稻作发源地，袁隆平院士更是在此研究出杂交水稻。怀化是全国十大水电基地的主体地带之一，年水电发电量160亿千瓦时，占全省的四分之一。全市有水库、灌区、塘坝等大小水利工程6.8万余处，为全市经济社会发展、人民安居乐业作出了突出贡献。沅水怀化段465千米，占沅水总长的45%。这465千米的沅江水路，是屈原行吟之地，涵养了沅水流域深厚的水文化底蕴。王昌龄、刘禹锡、王阳明、薛瑄、杨慎、林则徐、沈从文、林徽因等先贤名流，都与沅水有过一段难了之缘，在此留下了美丽的故事。

我相信，怀化悠久的历史、深厚的文化底蕴、遍地的人文古迹、美丽的河湖生态，一定能焕发各位文友的创作热情，启发大家的创作灵感，请用你们手中的生花妙笔，创作出歌颂怀化的精彩华章。

最后，预祝"幸福河湖·中国文学艺术家巡沅水看沅陵"活动圆满成功！祝各位领导、各位嘉宾身体健康、工作顺利、家庭幸福！

谢谢大家！

在"幸福河湖·中国文学艺术家巡沅水看沅陵"活动启动会上的讲话

湖南省水利厅二级巡视员　周波艺

（2023 年 8 月 20 日）

尊敬的各位领导，文艺界、新闻界的朋友们、同志们：

　　大家上午好！

　　今天，我们相聚在美丽的沅水河畔，隆重举行"幸福河湖·中国文学艺术家巡沅水看沅陵"活动。借此机会，我谨代表湖南省河长办、湖南省水利厅对本次活动的举办表示热烈的祝贺！对各位领导、同志们表示热烈的欢迎！对水利部以及文艺界、新闻界的朋友们长期以来对湖南水利事业发展与河湖长制工作给予的关心支持表示衷心的感谢！

　　湖南地处长江中游，河网密布，水系发达，长度 5 千米以上河流 5341 条，常年水面面积 1 平方千米及以上湖泊 156 个。2018 年 4 月，习近平总书记亲赴湖南岳阳指导工作，勉励湖南要再接再厉，做好长江保护和修复工作，守护好一江碧水。2020 年，习近平总书记考察湖南时，赋予"三个高地"战略定位和"四新"使命任务，要求牢固树立绿水青山就是金山银山的理念，在生态文明建设上展现新作为。

　　湖南坚决贯彻落实习近平总书记指示要求，坚持把河湖长制工作融入全省经济社会发展大局统筹谋划和推进，在全国率先建立省、市、县、乡、村五级河湖长体系，首创并先后发布 9 道"省总河长令"，出台洞庭湖保护条例、河道采砂管理条例、水利工程管理条例，实现水利普查名录内 1301 条河流及 156 个湖泊卫星遥感动态监测全覆盖。创建推广将支部建立在河边的"碧水支部"，打造县乡样板河段 7000 多个，评选省级美丽河湖 230 条。拍摄了全国首部河长制电影《浏阳河上》，创作了大型交响合唱《湘水湘情》音乐专辑，营造了全社会共护、共管、共治、共享氛围。在水利部的关心指导下，2019—2022 年，湖南省连续 4 年获得国务院河湖长制真抓实干督查激励。

沅水是长江的八大支流之一，也是湖南湘、资、沅、澧四水中水量最大的河流，近 1/3 的流域面积在怀化。河长制工作开展以来，沅水流域水生态环境持续改善，沅水怀化段水质持续保持在 Ⅱ 类及以上，怀化连续两年上榜全国水质最好的 30 座地级及以上城市，荣获湖南省政府河长制工作真抓实干激励表彰，获评长江经济带全面推行河湖长制先进单位、全国全面推行河湖长制先进集体。沅陵县作为沅水流域河湖长工作的主战场，以壮士断腕的决心与勇气推动网箱整治、采砂整治、岸线整治，力度空前，成效显著，亮点纷呈。

习近平总书记指出，文化自信是一个国家、一个民族发展中更基本、更深沉、更持久的力量。水文化作为中华文化的重要组成部分，在建设社会主义文化强国进程中不可或缺、作用重要。沅水是一条历史悠久与文化璀璨的河：高庙遗址，文明传薪；屈子披发，泽畔行吟；书通二酉，文脉传承；力挽狂澜，通道转兵；芷江受降，捍卫和平；杂交水稻，泽被苍生；沅江水秀，商道古城；雪峰画廊，苗侗风情。水利部和中国水利文学艺术协会把本次活动放在湖南沅陵举办，是对我们工作的充分肯定和高度信任，必将对湖南落实河湖长制和加快水利事业高质量发展起到重要的推动作用。我们将深入贯彻习近平生态文明思想，勇立新时代治水兴水的潮头，奋力抒写"守护一江碧水"新篇章，努力让水成为湖南最耀眼的亮色，让每条河湖成为造福人民的幸福河湖。恳请各位领导、各位同志持续关心关注我省河湖保护工作，也诚请广大文艺工作者放眼新时代，寓情山水间，精心挖掘创作出更多优秀作品，充分展示新时代幸福河湖之美，激发推动新阶段水利高质量发展的强大精神力量。

再次感谢大家莅临湖南指导工作，预祝本次活动取得圆满成功，祝愿各位领导、朋友们在湘期间身体健康、万事如意！

谢谢大家！

在"幸福河湖·中国文学艺术家巡沅水看沅陵"活动启动会上的讲话

鲁迅文学奖获得者 龚盛辉

（2023 年 8 月 20 日）

尊敬的各位领导、各位文学家、艺术家、媒体记者：

大家上午好！

今天，很荣幸与大家相聚在怀化市沅陵县，共同参与、见证"幸福河湖·中国文学艺术家巡沅水看沅陵"活动。受组委会委托，我在这里代表作家、诗人、艺术家及媒体记者发言。

首先，感谢水利部办公厅、水利部河湖管理司、中国作家协会社会联络部、湖南省水利厅等指导单位，中国水利文学艺术协会、《诗刊》社、中共怀化市委宣传部等主办单位，中共沅陵县委员会、沅陵县人民政府、怀化市水利局、中国水利文学艺术协会所属分会等承办单位，为我们创造了这样一个难得的相聚的机会、相互交流的平台、增进友谊的契机。在此，我作为一名作家、一个老兵，特向为此次活动作出不懈努力的各位领导和工作人员，致以庄严的敬礼！

其次，我要代表与会的作家、诗人、艺术家及媒体记者们表个态。我们将以党的二十大精神和习近平生态文明思想和河湖长制工作、水利文艺工作重要论述精神为遵循，全身心投入"幸福河湖·中国文学艺术家巡沅水看沅陵"活动中，深入挖掘沅水历史文化，生动总结怀化沅陵河湖长制工作明显成效和典型经验，艺术展现新时代幸福河湖之美，力争以这次采风活动为契机，创作出一批人民群众喜闻乐见、经得起历史检验的文学艺术精品力作。

再次，我代表与会的作家、诗人、艺术家及媒体记者们承诺，保证在活动期间，严格执行中央八项规定及其实施细则精神，遵法纪，按照组委会要求，不擅自活动，确保活动安全有序、圆满完成。

谢谢大家！

在"幸福河湖·中国文学艺术家巡沅水看沅陵"活动启动会上的讲话

中国作家协会社会联络部权保处处长　孟英杰

（2023 年 8 月 20 日）

各位领导、各位文学艺术家，朋友们：

大家好。

很高兴参加这次"幸福河湖·中国文学艺术家巡沅水看沅陵"活动，我谨代表中国作家协会社会联络部，向参加这次活动的各位作家、艺术家们表示崇高的敬意；向投身河长制、湖长制和幸福河湖建设的水利战线的朋友们表示由衷的感谢，正是你们的辛勤付出和无私奉献，守护了一江春水向东流，滋润了千家万户的美好幸福生活。

在 8 月中旬刚刚召开的全国生态环境保护大会上，习近平总书记发表重要讲话，强调要牢固树立和践行"绿水青山就是金山银山"的理念，把建设美丽中国摆在强国建设、民族复兴的突出位置，以高品质生态环境支撑高质量发展，加快推动人与自然和谐共生的现代化。

中国作家协会非常重视新时代生态文学的高质量发展。今年 5 月，与生态环境部联合印发《关于促进新时代生态文学繁荣发展的指导意见》，号召广大作家和文学工作者，把新时代生态文明实践与中国优秀传统文化、与中国式现代化道路紧密结合起来，积极投身新时代生态文明建设的伟大实践中，推动生态文学创作抵达新的思想深度和艺术高度。在中国作协的积极引领下，当下生态文学发展呈现出蓬勃向上的态势。

中华民族自古以来就是一部与水共存、与水博弈的历史，大禹治水的故事家喻户晓，他在治水过程中表现出来的勤苦耐劳、牺牲奉献精神，长期影响着一代又一代的水利工作者，更是激励着中华儿女与大自然要和谐共生，要有勇于挑战、敢于创新的优秀品质。中国文学史也是一部与水、与大江大河密不可分的历史。《诗经》中的第一首诗《关雎》，就是描写在河之洲青年男女美好而单纯情感的诗歌文章；唐朝大诗人李白的诗句中有将近一半都是关于水。历代名篇佳作《桃花源记》《滕王阁序》《小石潭记》《岳阳楼记》《醉翁亭记》等也都是借水抒情，借水言志。当代作家与水有关的长篇小说，如徐则臣的《北上》、马伯庸的《两京十五日》、阿耐的网络文学《大江东去》等作品，有的获得茅盾文学奖，有的改编成爆款影视剧，还有的成为畅销书，受到广大观众读者的热烈欢迎。

沅水流域世世代代聚居着许许多多的少数民族和山区人口，他们靠山吃山、靠水吃水，书写着自我的人生传奇。这些自然造化和人民群众追求美好生活的生动实践，值得我们用生花妙笔去记录、去书写、去赞美、去颂扬。

希望参加这次活动作家、艺术家们，充分利用这次难得的采访机会，创作记录生态文明建设的新时代故事，书写更多关于沅水沅陵的优秀文学作品，让更多的人珍惜水、保护水，培育生态文化体系，为中华民族永续发展，提供绵延不断、与时俱进的生态文化滋养。

最后，预祝这次"幸福河湖·中国文学艺术家巡沅水看沅陵"活动圆满成功。祝在座的各位工作顺利，幸福安康，万事如意！

谢谢大家。

在"幸福河湖·中国文学艺术家巡沅水看沅陵"活动启动会上的讲话

《诗刊》社主编　李少君

（2023 年 8 月 20 日）

各位领导、各位文学艺术家，朋友们：

大家上午好！

今天我们参加"幸福河湖·中国文学艺术家巡沅水看沅陵"活动，在沅水的"黄金水道"，以文学的名义与沅陵河流相逢，是《诗经》中"驾言出游，以写我忧"的真情抒写，是李白"轻舟已过万重山"的人生开阔之境，更是追寻沈从文的文学脚步，走进"这里美得让人心痛"的沅陵最直观的体验。当诗意与幸福河湖相连，必然点亮新时代诗歌的一盏灯塔，更好地从文学艺术的视野真切地为沅陵文艺发展增添丰富性，为沅水的文旅融合发展增添新起点，为沅陵深厚的历史文化底蕴增添新色彩。

习近平总书记在文化传承发展座谈会上强调，"要坚持守正创新，以守正创新的正气和锐气，赓续历史文脉、谱写当代华章。"而河流被誉为文明的摇篮，是历史文脉的继承，是历史华章的发源地。所以，人类文明基本在有水的地域诞生，从世界文明的诞生，可以看出英国有泰晤士河，埃及有尼罗河，印度有恒河；从中国角度看，中华民族的"两河文明"中的"两河"就是指的黄河、长江。在文明薪火相传的沅陵举办此次活动，一方面是贯彻落实习近平生态文明思想的具体实践，一方面是我们表达对河流文明传承至今的崇高致敬和诗意表达。

我们以水为媒，坚持文化传承创新。沅陵两千多年的悠久历史，水韵悠长，是湖湘文化的重要积淀地之一。水哺育了人的精神源泉，从古至今，让每一位诗人、作家有感而发，杜甫的"杜集七言律第一"的《登高》，苏东坡的前后《赤壁赋》，沈从文笔下的《边城》。目前，人们以一种海纳万物、上善若水的格局，以水"润物细无声"的细腻情感，以河流的广阔胸怀成就人生的伟大与平凡。

我们以水为师，坚持文化丰富发展。千百年以来，河流文明积淀了历史文化的深度，每个地方，很多河流一直被人们冠以家乡"母亲河"的美誉。当我们走进沅陵，体悟神秘色彩的沅陵水系，亲近自然，就是感受母亲河的魅力，及其汇聚千帆竞争，江河入海的无限胸襟。我们将以此机会亲近沅陵的山水，用眼睛和脚步深入感悟河流博大的包容，延续河流文明传承的智慧。

沅陵如诗，江河如画。今天，我们不断推进文化自信自强的同时，弘扬习近平生态文明思想，不断打造沅陵的河湖文化品牌，推动新时代河湖诗歌创作的繁荣发展，用诗歌艺术展现沅陵最美的河湖风采！

谢谢大家！

在"幸福河湖·中国文学艺术家巡沅水看沅陵"活动启动会上的讲话

中国水利文学艺术协会主席　李先明

（2023 年 8 月 20 日）

尊敬的各位艺术家，同志们、同学们、朋友们，大家上午好！

"我明白你会来，所以我等。"沈从文先生的这句话说得对。

今天，在湖南沅陵，在沅江岸边，在这块"美得令人心痛的地方"，来自全国各地的文学艺术家们聚拢而来，共同开展巡沅水、看沅陵活动，分享美丽河湖、追寻文化河湖、感受幸福河湖。

在此，我首先代表中国水利文学艺术协会，向世世代代生长在斯发展在斯、管理保护并一直拥有如此绿水青山的沅陵人民，表示衷心的钦佩和真诚的祝福！向冒着酷暑远道而来的各位艺术家们表示热烈欢迎并致以崇高的敬意！向给予此次活动大力支持的水利部办公厅、水利部河湖司，中国作家协会、《诗刊》杂志社，湖南省水利厅，向怀化市委市政府、沅陵县委县政府以及市水利局、县水利局等有关部门、有关单位，表示衷心的感谢！

同志们、同学们、朋友们，江河是水的生命道场，水的性情在江河道里充分彰显，或平静沉默，或明快欢畅，或压抑暴戾，都是大自然的率性表达。江河，有着不以人的意志为转移的自然规律。水利工作就是发现江河运行的规律并遵从规律，通过科学治理，实现兴水利、除水害。

水，是经济社会发展之根；河，是城市乡村发展之脉。根兴则叶茂，脉畅则命达；水兴则脉通，脉通则城兴人兴。沅陵滨江而生、临江发展，沅江在经济社会和城乡发展中的重要性日益凸显。新时代，在勤劳智慧、开拓创新的沅江两岸儿女共同努力下，在上岗到位的各级河长统筹领导下，沅陵涌动着开发与保护沅江的激情，沅江滋润着沅陵这一方水土发展、兴旺，演绎着摆脱贫困、迈入小康、腾飞发展破茧成蝶的发展故事。

这次"幸福河湖·中国文学艺术家巡沅水看沅陵"活动，是贯彻落实习近平中国特色社会主义思想，落实习近平总书记在文化传承发展座谈会上的讲话精神，落实党的二十大部署的具体行动。习近平总书记一直很关心祖国江河流域的生态保护和高质量发展，明确提出"节水优先、空间均衡、系统治理、两手发力"治水思路，亲自谋划江河战略，亲自部署保障国家水安全，亲自推动生态文明和水利建设工作。这次活动，是进一步牢牢把握先进文化前进方向，进一步增强文化自信，进一步提升艺术水平，努力唱响新时代江河保护和幸福河湖建设之歌的实践。

这次活动，是全面落实水利部党组繁荣水利文化文艺一系列部署的具体行动。水利部党组非常重视水利文化文艺工作，高位推动、系统谋划，出台加快推进水文化建设的指导意见，制定《"十四五"水文化建设规划》，召开"水文化工作推进会"，李国英部长、田学斌副部长等领导，对繁荣发展水利文化文艺文学提出了明确要求，为锚定推动新阶段水利高质量发展，紧紧围绕治水实践，着力提升水文化建设质量和水平明确了目标路径。这次活动，是进一步围绕中心、服务大局，以"幸福河湖"为主题为亮点，全方位全过程全景式展现新时代治水兴水的伟大历程和精神气象，为水利人塑魂，为母亲河立传，为新时代放歌，努力书写新时代水利文艺史诗的实践。

这次活动，是中国水利文学艺术协会"送文化、种文化、创文化"的生动实践。水文化是建设社会主义文化强国的重要组成部分，是中华优秀传统文化的重要传承，是人民群众对水利事业新期待的重要内容，也是推动新阶段水利高质量发展的应有之义。主题是"幸福河湖"，就是围绕河湖长制及幸福河湖建设内容，聚焦安澜之河、富民之河、宜居之河、生态之河、文化之河，从水安全、水资源、水环境、水生态、水文化五个维度，以优美的诗歌、散文、报告文学和摄影、书法、美术作品，挖掘展示沅水沅陵的历史、文化、景观，表现人与自然和谐共生的追求、实践和成效，为推进中华民族的伟大复兴提供文艺力量。

同志们、同学们、朋友们，以艺通心，更易沟通世界；以文化人，更能凝心聚力。推动怀化沅陵新阶段高质量发展，需要经济发展真抓实干的硬措施，也需要以文学艺术为号角的软文化。这次我们组织全国文学艺术家开展巡沅水看沅陵活动，就是要走近沅江水岸，深入沅陵田间地头、倾听人民群众心声，在火热的沅江治理保护实践中发现典型，用通俗的语言讲述沅江保护发展故事，以沅江的幸福河湖故事展现沅陵高质量发展的真实脉搏。

各位艺术家朋友们，这次活动开展之前，水利文协专门安排专家，对怀化市水利局、对沅陵县做了实地调研。我们认为怀化市沅陵县各级领导重视河湖治理保护而且成效明显，坚定文化自信的态度非常明确，发展文化的信心和决心非常坚定。我相信，大家在这里一定会感受到新时代河湖治理保护的新进展、新脉动、新变化，一定会激发出大家所期待的艺术灵感，也一定会在这里找到你想要的感人故事、经典画面和有说服力、有感染力的艺术表达。此次活动，我们邀请到了诗歌、散文、报告文学、摄影、书法、美术等文艺家，以及媒体的编辑、记者，积极创作优秀作品，发表优秀作品，并结集出版图文并茂的活动专辑，举办"巡沅水看沅陵"大型书画摄影展。我将和大家一起，深入沅江，深入沅陵，我们一起感受幸福河湖，感受沅江的发展、时代的脉动、江河的光彩，为江河放歌，为人民放歌，为祖国放歌。

开头我搬出沈从文先生的话说"我明白你会来，所以我等"。

最后我要模仿沈从文先生的话说"我知道你来了，一定会有精品、佳作，所以我等"！

谢谢大家！

在"幸福河湖·中国文学艺术家巡沅水看沅陵"活动启动会上的讲话

水利部河湖管理司　杨涛

（2023 年 8 月 20 日）

各位领导、各位嘉宾：

大家好！非常高兴能够参加此次"幸福河湖·中国文学艺术家巡沅水看沅陵"主题活动。

习近平总书记强调："保护江河湖泊，事关人民群众福祉，事关中华民族长远发展。"全面推行河湖长制，是以习近平同志为核心的党中央，立足解决我国复杂水问题、保障国家水安全，从生态文明建设和经济社会发展全局出发作出的重大决策部署。

近年来，在党中央、国务院的坚强领导下，水利部会同各地各有关部门真抓实干、狠抓落实，一是全面建立河湖长制组织体系，31 个省（区、市）党政主要领导担任省级总河长，设立省、市、县、乡四级河湖长 30 万名，村级河湖长（含巡河员、护河员）90 万名；各级河湖长积极履职尽责，协调推动解决了一大批历史遗留的河湖保护治理难题，河湖面貌发生了历史性转变，人民群众的获得感、幸福感、安全感显著增强。二是建立健全河湖长制工作机制，建立了七大流域省级河湖长联席会议机制，各地探索建立跨界河湖联防联控机制、部门协调联动机制等，形成了党政主导、水利牵头、部门联动、社会共治的河湖管理保护新格局。三是组织开展河湖"清四乱"、长江干流岸线利用项目清理整治、非法采砂整治、妨碍河道行洪突出问题整治等专项行动，持续排查清理整治河湖突出问题，着力维护河

湖健康生命。四是组织依法划定123万公里河流、2057个湖泊的管理范围，编制河湖岸线保护与利用规划、采砂管理规划，严格涉河建设项目和活动审批，加强采砂管理，不断强化河湖水域岸线空间管控。五是贯彻落实习近平总书记建设造福人民的幸福河的重要指示精神，组织开展河湖健康评价，编制实施"一河（湖）一策"，实施河湖系统治理、综合治理、源头治理，积极探索幸福河湖建设路径，指导各地选取1000多条河湖，积极有序推进幸福河湖建设。

以上成绩的取得，根本在于有习近平总书记作为党中央的核心、全党的核心掌舵领航，在于各级党委政府的坚强领导，同时也离不开各级河湖长、全体河湖管理工作者的辛苦努力，离不开各有关部门的大力支持和社会公众的广泛参与。今后一段时间，我们还要持续学习贯彻习近平总书记关于治水的重要论述精神，深入落实党中央、国务院关于强化河湖长制的决策部署，充分发挥好河湖长制制度优势，打造人民满意的幸福河湖，满足人民群众对绿水青山的热切期盼，促进人与自然和谐共生。

邀请文学艺术家、新闻媒体记者、政府部门工作人员、"河小青""民间河长"等各位来宾参加的本次"巡沅水看沅陵"主题活动，是贯彻落实习近平生态文明思想和党中央、国务院关于强化河湖长制决策部署的有益探索，是推动全社会爱河护河、共同参与河湖管理保护的生动实践。这次活动的举办，必将让更多社会公众了解河湖管理保护取得的进展成效，进一步扩大河湖长制的社会影响力，凝聚河湖管理保护合力，营造关心、支持、参与幸福河湖建设的良好氛围。

下面，我宣布"幸福河湖·中国文学艺术家巡沅水看沅陵"主题活动现在开始！

谢谢大家。

感　言

王长随

　　"幸福河湖·中国文学艺术家巡沅水看沅陵"活动意义重大。初夏，配合此次活动，到访山水画卷般的山城沅陵，感受颇多，收获满满。

　　出入沅陵县城，途经三桥两江横跨沅江两岸，领略着沅江的古韵悠长，甜美静谧。沅陵自古就是"湘西门户"，有说不完的故事，看不完的美景。从凤凰山到二酉山，从屈原的叩问、王阳明的心语到沈从文诉说"美的令人心痛"，沅陵山水之美，人文之厚重和品不够的风土人情就像一本读不完的厚重史书。沅陵落实党中央、习近平总书记的河湖长制方法合理，干部得力，到处青山绿水，环境宜人，水陆交通发达，人文资源丰富。沅陵全年GDP近200亿，在湖南全省122县区中排名第55，成绩显著。闻名华夏的成语"学富五车""书通二酉""夸父逐日"出典于此。与陕西有不解之缘的阳明学院发展可期。令我难忘的借母溪原始森林，风景优美，故事精彩。但难以让人由衷高兴，一下让人遐想到过去，为过去的先民悲惨生活而忧伤不已。在深山看见眼前繁华漂亮的高楼大厦冲淡了忧伤转而喜上心头！感慨只有新中国共产党人，心系人民才有人人享受富裕生活的美好景象！

　　沅陵文化久远，交通发达，经济繁荣，未来可期。沅陵新时代，新发展，新气象，蒸蒸日上。沅陵山美，水美，人更美，美得让人心痛！

王行水

　　受邀参加"幸福河湖·中国文学艺术家巡沅水看沅陵"采风活动，我有了一次重新认识沅陵的机会，也感觉到沅陵更新更美更靓。

　　由于工作原因，我此前多次来过沅陵，知道这是一个美得令人心痛的地方，总体印象良好。但像这么精心安排，与全国各地文艺大家老师一道，作专程深入的了解体悟，确实还是平生第一次，所看所听所感甚丰，在此对活动策划组织者和主承办方谨表谢忱。

　　作为"湘西门户"的沅陵，沅水、酉水合力抬起五千八百多平方公里的土地，浩浩乎朝着新时代新目标勇毅奋进，在过去山水美、人文美、物产美的基础上，又增添了开放美、变化美、活力美。而且，沅陵之美是一种天然大美，盘古开天、二酉藏书，上溯五千年，夸父逐日、龙舟竞渡，纵横九万里，屈原从这里开始行吟湘西，沈从文从这里迅速走向世界。

　　看到借母溪的新月，在晚霞和篝火的交相辉映中升起，那么皎洁，那么耀眼，那么难以忘怀……大美沅陵，在我心中璀璨！

石品

　　有幸参加"幸福河湖·中国文学艺术家巡沅水看沅陵"活动，感触颇深。活动主题之明确、内容之丰富、形式之多样、服务之周到、收获之丰硕，令人点赞！高山绿水、人文历史、美丽乡村、幸福河湖……为艺术家创作提供了丰富的创作素材，燃发了充沛的创作激情。毋庸置疑，作为诗人、摄影家、书画家等，将以巡沅水看沅陵活动的感受体会，呈现一大批有深度、接地气、高质量的艺术作品。作为一名水利美术工作者，我先后创作了中国水墨人物画《借母河畔农家乐》《湘西人家》两件作品，描绘了沅陵百姓在美丽乡村中幸福生活的情景，作为对此次活动的献礼！致敬沅江！美丽沅陵永远！

GANYAN

卢文戈

很荣幸参加"幸福河湖·中国文学艺术家巡沅水看沅陵"活动。通过参加这次活动，我主要有三点感受。一是暖心。水利部文协精心安排，当地党委、政府和工作人员用心接待，很细致、很辛苦，让人感动暖心。二是受益。通过渡酉水、过沅江、越群山、穿村寨，我感受到沅陵这片土地，山有风骨，水有韵致，人有志气，处处浸染着文化的力量；与各位作家、诗人、书法家、摄影家零距离接触，让我感受到文化的气场。三是感谢。感谢主办承办单位，正是你们的辛勤付出，才有了这次让我终生难忘的美好体验。

GANYAN

吉燕莉

2023年8月立秋天气渐凉之时，参加"幸福河湖·中国文学艺术家巡沅水看沅陵"活动，赏美景，叹人文兴盛，于兴龙寺得见王守仁之作——

辰州虎溪兴龙寺闻杨名父将到留韵壁间

杖藜一过虎溪头，
何处僧房是惠休？
云起峰头沈阁影，
林疏地底见江流。
烟花日暖犹含雨，
鸥鹭春闲欲满洲。
好景同来不同赏，
诗篇还为故人留。

巡游沅江食宿沅陵，河湖之幸福充满身心，慨叹河山之灵光，体会人文之深藏，赞誉新时代"美得让人心痛的沅陵"，品味"好景同来不同赏，诗篇还为故人留"之艺术精华，快哉耶！

朱白丹

在巡沅水看沅陵活动中，我真切感受到沅陵人民在县委、县政府领导下，认真贯彻习近平总书记生态文明思想，打造幸福河湖成效显著，可圈可点。我去过全国所有省份，像沅陵这样山清水秀的地方有没有？有。但是，像沅陵这样山清水秀又文化底蕴深厚的地方却不多见！诚如文学大师沈从文所说：沅陵美得令人心痛。几天的所见所闻，沅陵确实美得令人窒息！感谢水利部、中国作协、湖南省相关单位组织的巡沅水、看沅陵活动，愿我们在习近平总书记文化思想、生态文明思想引领下，夺取文学创作和生态文明建设双丰收。

刘军

沅水、酉水二水流过了沅陵纷繁沧桑的精英之地，武陵、雪峰两山凝固了沅陵悠久厚重的人文之脉。

在沅陵的日子里，思绪经常穿越千古尘埃，化为吉祥之鸟，畅意天地之游。借助于先世圣人屈原、王阳明等人的眼界，向外可以发现无比辽阔的世界，向内可以发现无比深邃的内心。用自己的体验去开启心智，发现天地无处不在，贤道无处不在。往往觉是一个瞬间，悟是一个过程，人生的大彻大悟由此完成。由此产生了一种和缓绵长的凝聚力，先圣思想的传承永远胜于生命的传承，沅陵的文脉与山水永存。

李广彦

沅陵风景优美，人文昌盛。能让沈从文心疼的不止文物与爱情，还有沅陵这方山水。

有幸参加"幸福河湖·中国文学艺术家巡沅水看沅陵"活动，置身中国"成语之乡"，遥想当年秦始皇焚书坑儒，沅陵山门洞开，藏书万卷；长河落日，文脉千年，而今面对学富五车的大家名流，仰望汗牛充栋的中华书山，顿觉己身渺小如虫，夜郎自大。孔夫子们书通二酉，吾辈萧绎湘东遗恨。

高山仰止，景行行止，今后犹当持马革裹尸之勇，强夸父追日之毅，秉韦编三绝之韧，老当益壮，穷且益坚，腾青云之志，留冲天之作，藏之名山，传之后世，死而无憾！

李竹音

有幸参加这次"幸福河湖·中国文学艺术家巡沅水看沅陵"活动，作为一名艺术爱好者，我对此感触颇深。这次活动举办得非常成功！沅陵是一个充满幸福感的地方，也承载着厚重的历史和文化。乘船沿江而下，我看到沅江呈现出"河畅、水清、岸绿、景美"的生态之美，这里滋养着每一位到访的艺术家。沅水的发展，只是沅陵人民幸福生活的起点，而这个起点才刚刚开始。沅水这条安澜、富民、宜居、生态、文化之河，流淌在沅陵幸福的大地上！

李昌彦

经过此次沅陵写生才知道这里是沈从文心中"美的令人心痛"的地方，同时也革命老区、红色热土。这里有苗族、土家族、白族等24个少数民族。沅陵山川秀丽，拥有风情独特的借母溪国家级森林公园、自然保护区，还有多处国家历史文化名村。

历史悠久，文韵醇厚，资源丰富，物产富饶，风景如画。我深受触动，立刻用手中画笔描绘出这里的山山水水，这里对我来说就是一个来了就不想走的旅游胜地，也是非常适合文人写生创作之地，我在沅陵等你。

李高艳 ·· GANYAN

2023 年 8 月，受邀参加"幸福河湖·中国水利文学家寻沅水看沅陵"采风活动。对沅陵的第一印象，来自沈从文先生笔下。

看一座城，是因别人的故事让自己心动，写一座城，是因那座城有过自己的足迹。沅江无疑是美的。船从江上过，青山倒映在清亮的江中，有一刻我都分不清江里的山是虚的，还是岸上的山是虚的。借母溪潺潺流过，如画的风景很难让人想起，这里曾经的苦难。狃花的剧照，宛如一阵风哗啦啦翻过沉重的岁月。中国工农红军第二六军团指挥部旧址是一座饱经战火洗礼，依旧气势磅礴的木质建筑群。站在那里，放眼望去，让人觉得这样的房子就应该长满故事，这样的房子站在那里就是故事。

人们因为莫言，记住了高密东北乡，因为阎连科，知道了耙耧山，我们因为沈从文，去看并记住了那座美得令人心痛的城。

冷莹 ·· GANYAN

沅陵之旅，所见所闻诸多细节撼动人心。沅陵文脉厚重，江河万古。沅陵的山水与地域历史铸就了沅陵人的性格，沅陵人又以他们的脾性与热血书写着今天时代脉搏强劲的沅陵。

张平宽

沅陵，山清水秀，环境优美，是吸氧健身的好地方。

我是参加本次"幸福河湖·中国文学艺术家巡沅水看沅陵"活动成员中年龄最长者。出发之前，赵学儒秘书长再三嘱咐我"稳步慢行，保护健康"。基于这方山水优美的环境的激励，我成功地实现了本次的"沅陵大穿越"。轻松愉快地用相机拍摄了数以千计的壮美河山、人文景观和活动纪实图片，并在闲暇之余邀请同行的都潇潇女士（《黄河黄土黄种人》杂志社副社长）临时客串"模特"出镜，在沅陵官庄一农户家中创意拍摄了弱光艺术摄影习作——《农家光影》，画面效果淋漓尽致地展现了作者的创作意境。在幽静的借母溪边我也创作拍摄了两幅习作。沅陵令我流连忘返。

张雪云

都说近乡情更怯。这是我离开家乡多年，第一次近距离感受到家乡山水人文的巨大变化。家乡的沅水酉水，一直是流淌着神奇故事和厚重文脉的生态之河、文化之河。在这里，我喜欢静静地伫立于河水边，感受大唐龙兴讲寺的厚重，水墨河涨洲的俊雅，青素凤凰山的幽静，二酉山藏书的传奇。我喜欢行走在美丽宜居的乡村，观赏满目的青山，蹚过清冽的溪水，感受最淳厚的乡情，品尝最地道的乡味。乡村与城市，传统与现代，彼此融合的生存哲学，以及生生不息的乡村灵魂。万物有情，众生太美。

没有人能真正从心理意义上离开自己的故土。回乡的路径有很多条，可以伴着诗经里的蒹葭苍苍而歌，可以沿着屈原的追问逆流而行，也可以追溯着沈从文的文字，沿着沅酉二水的汩汩清流而往，沿着绵延巍峨的武陵雪峰而上……如果感觉累了倦了，就来我的家乡看看这青绿山水吧。

陈巨飞

巡沅水，看沅陵，于我则是通过倾听沅水而感受沅陵、爱上沅陵。风滩电站的水流因落差产生的轰鸣撼动我的心灵，十八滩上恍如天籁的对歌几乎让我迷失。借母溪国家级自然保护区内，流泉打磨着石头，其淙淙声至今犹在耳畔回响；辰龙关上，风旗猎猎，清风吹拂山岗的啸鸣回荡着历史的记忆。茶山鼓响了起来，铿锵、有力，那是劳动的呼喊和大山的呐喊；酉水号子从很远的地方传来，苍茫、雄浑，那是灵魂深处吼出的民间音乐。一个地方美得令人"心痛"，不仅仅因为它的风景，还因为声音和人情。两岸青山，江流平缓，欸乃一声，正中诗心。

陈仲原

智者乐水，仁者乐山。沅陵，不仅有绵延的青山，还有碧绿的河水。有山的雄伟秀丽，还有水的宁静清幽，因沅陵具智、具仁，所以沈从文笔下才有了"沅陵，这个美得让人心痛的地方"这样的妙言绝响。

整整五天的"幸福河湖·中国文学艺术家巡沅水看沅陵"采风活动非常充实，在领略了沅陵沅江的山水风情的同时，还了解到沅陵在水利建设与生态保护方面卓越的工作成效，看到在"河长制"下，以生态文明为主要内容的"美丽乡村"建设给山区村民在生活、生产方面带来的良好势头。参访了沅水、酉水，酉溪、五强溪大坝及库区，实地感受河长制治理河道方面的工作实施成效，如今的沅水两岸，已呈现出水清岸绿的秀丽景象。

陈宇

通过"幸福河湖·中国文学艺术家巡沅水看沅陵"采风活动，走近和认识了湖南省面积最大、民族最多的县城沅陵县。深深地感受到了沅陵人不等不靠、上下一心、全力以赴谋发展的决心和信心。既为沅陵县地大物丰、底蕴深厚的人文历史折服，也为沅陵人无微不至、热情周到的工作风貌感动。这次采风活动，还是不虚此行的传统文化寻根之旅。自己甚至一度产生过愿意将沅陵当作常驻的第二故乡，要流连和徜徉在这五溪秋水之中，去回溯发掘和担当赓续人类文脉的想法。

陈秀珍

从接到通知的那一刻开始，我的心就如南飞的燕子，早已飞到了这个可望而不可即的美丽的沅陵。为期一周的沅陵之行，是我一生最难忘的美好时光！纵有万语千言，也无法表达我对沅陵的爱慕之情。

感恩这次与每一位老师的相知、相识、相遇！对于这么美丽的沅陵和与各位领导、老师们的相遇，我用什么语言都难以表达心中的感慨、感谢和感恩之情，用什么语言来赞美都是那么苍白无力。感谢沅陵这块热土，感谢沅陵厚重的历史文化！文化底蕴丰厚的沅陵的山美、水美、人更美！沅陵，这块热土，美得令人陶醉、令人窒息、令人胆怯，仿佛让人不敢伸手去触碰，又想紧紧地将其拥抱在怀中。我想用余生来抒写这次美丽的遇见！

陈松平

这次有幸参加"幸福河湖·中国文学艺术家巡沅水看沅陵"活动，近距离领略沅水的壮美，感受幸福河湖的秀美，也从多个角度了解了沅陵县的历史文化，感受了自然的美妙和人文的魅力。

通过这次活动，我深刻认识到了"幸福河湖"的重要性。水是人类生命之源，也是文化之源。只有保护好水资源，维护好水环境，才能让我们的生命更加健康，文化更加繁荣。同时，我也被沅陵的历史和文化所吸引。沅陵不仅有着悠久的历史和灿烂的文化，还是多民族聚居的地方，这种多元文化的交融和传承，令人倍感敬佩。

最后，我要感谢中国水利文协的邀请，让我有机会参加这次活动，感受沅水的魅力，领略沅陵的风光。我希望未来还能有更多的机会，去探寻更多美丽的河流和湖泊，去感受更多绚烂的文化和自然景观。

林平 GANYAN

我是第一次深入沅陵，第一次亲临沅水。行走于沅陵的山山水水间，我充分感受到了沅陵的山水之美、文化之美，感受到了沅陵人的温婉善良和热情好客。

我希望能用文学的语言把沅陵的美呈现出来，特别是把沅水的美、把河长制的作用呈现出来，不辜负沅陵大地给予我的馈赠。在沅陵的每一天，我都用心观察，认真记录，时时刻刻留意每一个细节，最后蘸着感情，一气呵成，写出眼中所见、心中所想。

感谢活动组织者的精心安排，让我有机会深入沅陵、认识沅陵、感受沅陵，最终也把自己全身心地融入了沅陵、不忘沅陵。就如我在诗歌《写给沅陵》所写的那样，"转身离去，挥挥手假装洒脱／却把灵魂丢在了你的心窝"。

郑旺盛 GANYAN

这是一次具有时代意义价值的中国艺术家采风活动。习近平总书记曾说："当代中国，江山壮丽，人民豪迈，前程远大。"

伟大中国无论是历史文化之丰厚博大，还是江山多姿无限辽阔之壮美，都值得广大艺术家深入生活、扎根人民去采风创作，反映这个时代的精神面貌和人民奋斗进取的累累硕果。湖南沅陵的采风活动，不仅使艺术家们看到了两岸青山秀丽沅水的壮美风景，看到了沅陵20多个民族在这里和谐发展，保护绿水青山所取得的美好成果，感知了沅陵源远流长传奇经典历史文化，更知道了这是一片曾经燃烧过红色烈火的革命的土地……一切的一切，都让我们的内心澎湃激昂，激发着每一位艺术家的创作的激情和灵感，为此，深深感谢中国水利作协组织的这次中国艺术家采风活动。

孟宪丛

参加"幸福河湖·中国文学艺术家巡沅江看沅陵"主题实践活动，我最大的收获就是对水有了新的认识。多少年来，我钟情于北方的潺潺小河，对大江大河见识甚少。这次，当我巡游在沅江上的时候，真正体会到了江河的宽阔胸怀，让我对沅陵的河长们肃然起敬，他们的精神与江河的浩瀚壮阔气势，凝聚成了绝对的超然与美丽。我望着沅陵的绿水青山，似乎触摸到了沅江酉水流淌出来的悠悠神韵，这是大自然赋予的血脉虔诚，更是一幅绝佳的水墨画，河长制让"绿水青山就是金山银山"的理念升华到了至善至美的绝佳境界。

孤城

沅陵的自然风光和人文历史给我留下了深刻的印象。本次采风活动安排了丰富的实地考察，让参与者深入了解沅陵的历史文化、人文景观、河湖图景、生态建设、河长制文化和水利成果等。通过深入的参观、走访，大家对沅陵的地方文化和风土人情有了更加直观的认识。是一次开眼界之旅，一次长知识之旅,一次对历史,对当下,对自然河湖的致敬之旅。这次来,我带了两支笔:一支毛笔,一支诗笔。在沅陵,在"送文化,种文化,创文化"活动中,我陆续写了几十幅书法作品,以敬河湖。此外,是诗笔。我对五天的调研采风所得,进行消化、沉淀、梳理,创作出组诗12首《沅水,沅水》,旨在写出怀化沅陵新时代的幸福河湖之风采。并应嘱,用书法誊抄诗作。参加"幸福河湖·中国文学艺术家巡沅江看沅陵"采风活动,让我受益匪浅。

赵晏彪

曾经有人说作家采风就是吃喝玩乐无任何益处,可事实并非如此。

这次到了沅陵,令我感触最深的是这里的少数民族,他们的两个故事让我动容。

一是在1679年,"苗土侗白四族族长"为伸张大义,为保乡民不再遭受吴三桂叛军烧杀抢掠,决定引清军进山剿灭吴氏残军;二则同样是辰龙关的少数民族同胞,为支持和帮助贺龙等率领红军夜过辰龙关,留下诸多感人的故事。我非诗人,但诗歌却自然涌出……

一

联袂雪峰山,美誉天下传。
吴氏欲分裂,辰龙拒天险。
峭壁容一骑,清军愁破关。
族老觉民苦,献计破敌顽。

二

贺龙闹革命,济困解民难。

攻打借母溪，百姓引过沅。

热茶暖兵身，火把映路艰。

百岁风雨桥，见证大团圆。

胡金华

　　我是带着老之将至为水利和文学来做一份贡献的情怀来做这个事的。部文协和作协很早就在动议，疫情期间有关同志还在关注，正好我退出一线有时间考虑把文学和水利尤其是河长制有机结合、讲好一条河的故事时，部里把水文化提到了更高地位推进，于是我应邀参与了策划、组织、落实"幸福河湖·中国文学艺术家巡沅江看沅陵"活动。这次活动声势浩大，阵容强大，影响巨大，效果显著，超乎预期。水利部和湖南水利厅、怀化市委市政府有关领导和部门给了指导和极大支持，沅陵县委县政府、怀化市水利局等单位尽全力组织落实，受邀请的文学艺术家不畏酷暑深入一线采访创作，新华社以及《人民日报》《光明日报》《农民日报》《新湖南》等主流媒体及《诗刊》《中国作家》等知名文学刊物等同台唱戏，好戏连台，佳作不断，给我们留下了深刻印象，许多名家还给我个人留下了难得的学习机会。作为一个老水利工作者、文学新手，我确实感到高兴和振奋。我想这项活动，无论从哪个角度看，都有其可取之处，值得我们很好总结和发扬光大。

　　随着系列作品的不断问世，这个活动的影响力还在不断扩大。到这个集子出版时，正逢全国上下努力学习贯彻习近平文化思想的大好契机，我想更值得我们更好总结，更加努力结合水利和自身的优势，既要拿好镐又要拿好笔，把江河湖泊的文章写得更好，从而更加无愧于这个伟大的时代。

秦建军

有幸参加水利部文协举办的"巡沅江看沅陵"之活动，有幸观赏随处成画的碧水青山，更有幸感受了沅陵人的美好：县委书记在烈日下为来访者推介沅陵，娓娓诉说一方百姓的美好之憧憬；穿着或红或绿印了"河小青"三字背心的沅水河长默默地拾掇，将一江沅水收拾得一尘不染，美如天上银河；吊脚楼里的老人在干净的卫生间点燃驱赶蚊虫的香，屡屡清香氤氲出芸芸沅陵人的人性之美好……美啊，沅陵！真真是大作家沈从文说的——美得令人心痛；真真是从我心里蹦出来的韵句——

一江碧水穿沅陵，两岸青山如画屏。

天长盛景下凡来，羡煞世外众仙卿。

政通人和好时节，上行下效生豪情。

但看今日怀化地，湘民得福大道行。

晋之华

仿佛穿越时空，沅陵的山、五溪的水，充盈着清澈的沉思和饱满的激越；那是看得见的绿色山峦却望不到尽头的葱郁；那是曾经凄美的哀怨如今却流淌着清新的令人"痛心"的美。沁入我笔墨的是酉山回肠荡气！五溪碧波荡漾！是难以忘怀的别样的一组心像。

艺术源于生活，艺术当随时代。采风沅陵既是生活体验，更是精神之旅和心灵的触动！河湖长制和乡村振兴战略的实施，系统改善了沅陵的水生态环境和乡村基础设施，文明新风渗入城乡居民日常生活，实现了山美、水美、村美、家和、人幸福的沅陵田园风光。这是新时代节拍，是新生活韵律，是催生艺术创作灵感和激情的源头活水，也是时代赋予艺术家的使命和责任。

凌晓晨

　　当年的水手纤夫早已远去，那令人心疼的沅水，逆行上滩的高腔号子，越过泊夜的船只与河街的万盏明灯，入影深藏在现代建筑的蓝色的暮光中。沅陵如一幅卷轴激情充沛色彩缤纷，高坝平湖清澈见底，幸福飞溅为水电光影的思念和记忆。沅陵的水，沅陵的桥，沅陵的人，古韵悠悠，许多故事如同沉浸在梦幻中。参加"幸福河湖·中国文学艺术家巡沅水看沅陵"活动，是一次抵达，也是一次相逢的机遇。

高洋

　　"一县好山留客住，五溪秋水为君清"。八月暑末，踏着微凉细雨，我来到了沈从文先生笔下"美得让人心痛"的沅陵。这一初识，她以薄纱轻掩面庞，披着沅水制成的绸缎，以炙热又温婉的模样同我问了声好。短短数日，从入口沁香的绿茶到香甜饱腹的黄桃，从醉人心脾的山水到烈烈燃江的晚霞，从激情高亢的山歌调子到热情好客的当地人民，沅陵处处都在散发着她的魅力，吸引我一步步探索、一点点思考、一寸寸向她靠近。醉思，醉景，醉沅陵。

郭晓勇

　　这是一次十分成功的采风活动。主题鲜明：幸福河湖·中国文学艺术家巡沅水看沅陵活动。从沅陵河湖长制贯彻落实，到河小青、志愿者及老百姓热情参与，从舍小家为大家，拆除网箱养鱼等措施，再到山清水秀，成效明显，令人难忘。策划成功：精心策划，充分准备，从硬件到软件，都做了很好的安排。安全高效：既让大家感受到方方面面的关照，又觉得踏实安全，一切都严格遵守有关规定，不出格，不违规，吃得放心，游得开心！

这是一次可以出好作品的采风活动。人文历史，传说掌故，绿水青山，风土人情，有悲有喜，有情有爱，可以尽情发挥，大书特书。书画摄影尽展风采，文章诗歌各显其能。

这是一次令人难忘的采风活动。各级重视，内容丰富，服务周到。从书记到群众，热情笑脸和期许目光，犹如沅水两岸秀丽风景，令人印象深刻。深切感受到怀化和沅陵的热情，不胜感激。祝愿怀化、沅陵有一个更加美好的明天！

GANYAN

阿宁

这是一段美好的日子，也是一段令人振奋的日子，几十位水利系统的艺术家、诗人、作家聚集在一起，欣赏沅陵的自然风光，体味沅陵水利人几十年取得的巨大成就，令人感到欢欣鼓舞。他们的成就激发了艺术家们的创作热情，每个人都涌起了创作冲动，作为其中的一员，我也拿起自己的笔，写下了一段段文字。那一段日子过得非常充实，过得非常快乐。

GANYAN

蒋默

为何认识沅江并爱上沅江？几句话是说不清楚的。

大地上，每条江河都有自己的故事。沅江在流经沅陵后，将沿岸的风物和人间的悲喜悄然融入流水，又悄然传播……

沅陵是古老的。与其说这片古老的地方只留下简陋的遗址和神秘的传说，不如说沅陵是一座历史文化矿山，挖掘了，又会产生新的矿藏。

沅陵诞生于沅江是幸福的，沅江为拥有沅陵而自豪！

相聚的时间短暂，我的诗歌是蜻蜓点水，不知是否点到了沅江之水？

韩潮

　　之前，参加过多次水利部文联组织的走基层送文化活动，回顾相比，这次"幸福河湖·中国文学艺术家巡沅江看沅陵"活动搞得非常成功，令人难忘。首先是怀化沅陵同仁热情周到的服务，认识了各路名家大咖，同时亲身感受到沅陵山水的大美、深厚文化的渊源和当地老百姓的古朴善良，品尝了碣滩贡茶的清香，看到了沅陵县河长制工作的有序有法高效的开展成效，有些好的做法值得推广。本人参加的书画组，由于天气热时间紧，总感到为他们创作的作品数量不够多，质量不够好，希望能有机会再次为他们服务，创作更好的作品，把沅陵令人心痛的大美山水宣传到全国各地，让更多人来观光旅游学习。

靳军

　　当双脚踏上沅陵这片温润的大地，恬淡与幸福，便走进了酉水山河间，简约与满足，诉说着世外桃源般的安逸与闲适。几天来，我为沅陵的古老的神韵与独特的气质深深倾倒。沅陵历史悠久、山水奇异，民风淳朴、浑然天成。走进沅陵，如置身画中，既有古老神秘的民俗，又具令人心醉的传说。其自然景观和人文景观形象意境达到了完美结合。沅陵丰盈的文化元素异常饱满，"学富五车，书通二酉"，令人高山仰止。滔滔酉水是她奔腾不息的血脉，绵绵沅江是她天造地就的图腾。酉水号子一声喊，天下就没有划不动的船。激扬过后，泛舟水上，一河的歌声，吟哦着沅陵悠远的过往，不知不觉间，已拨动了灵魂深处那根最柔软的心弦。

熊志刚

情满沅陵

"幸福河湖·中国文学艺术家
巡沅水看沅陵"优秀作品集萃

　　我参加过多次水利部文联组织的走基层送文化活动，在当地政府的协助下，这次"幸福河湖·中国文学艺术家巡沅江看沅陵"活动按计划搞得比较成功，然而令人遗憾的是摄影不适合这种混合大兵团行动，不是在车上就是在路上严重制约了摄影师的个性化创意，最后两天我不得已间断请假单独打车到沅陵县附近才有几张像样的航拍照片。好山好水好沅水是本次下基层送文化摄影者的主题创作，希望在未来的日子里会有书法家、作家、诗人同等的创作空间，为水利文化建设出一份积极努力！

在"幸福河湖·中国文学艺术家巡沅水看沅陵"活动总结分享会上的发言

李先明

为期五天的"幸福河湖·中国文学艺术家巡沅水看沅陵"活动，今天就要落下帷幕。

这次活动是贯彻落实习近平新时代中国特色社会主义思想的具体行动，是全面落实水利部党组繁荣水利文化文艺一系列部署的具体行动，是中国水利文学艺术协会"送文化、种文化、创文化"的又一次生动实践。

刚才大家的发言，我听得如痴如醉。我和大家的心情一样，感觉到我们此行真的是动了情，美好的时光总是过得很快，我用"情满沅陵"这四个深情的字来总结概括本次活动。

回顾这五天，我们相聚在沅陵县城龙舟文化广场启动活动，在沅江岸畔增殖放流，在河长制公园参观，我们眺望二酉山，船巡白河谷，徒步借母溪，登临凤凰山，走进凤滩水电站世界第一空腹坝，车览五强溪水电站大坝，深入莲花池村，采访民间河长，偶遇"河小青"，聆听酉水号子，品味农家乐，查看千岛湖，探访污水处理厂，调研阳明书院，拜访红色革命遗址王家大院，深入采访、深刻感悟沅陵的山水之美、人文之美、发展之美。活动期间我们还开展了四场"送文化，种文化，创文化"活动。

我认为这次活动有"五个好"。一是主题好。巡沅水看沅陵活动以"幸福河湖"为主题，走近沅江水岸，倾听人民群众心声，在火热的沅江治理保护实践中发现典型，用通俗的语言讲述沅江保护发展故事，以沅江的幸福河湖故事展现沅陵高质量发展的真实脉搏。二是策划好。本次活动之前，怀化、沅陵的同志们多次到北京，提出设想，提出目标，讨论问题，讨论对策，研究方案，研究措施。特别是胡金华巡视员，沟通上下，协调左右，付出得更多。目前看，这次活动策划思路对头，方案合理，措施可行，整个活动开展得非常成功。三是山好水好人更好。沅陵山川秀丽，人杰地灵。这里峰峦叠翠，青水碧流，这里的人们世世代代生活在这一片美丽的土地上，纯朴、豪爽、智慧、热情、大方，所有这些不仅给我们提供了美丽的风景，还激发了诗意的灵感，留下了难忘的记忆，收获了深刻的感悟。刚才大家的发言很多已经表达了难以割舍的留恋之情。四是文化好。沅陵有着厚重的历史文化，"一县好山留客住，五溪秋水为君清。"这里是林则徐笔下的福地，是沈从文心中"一个美得令人心痛"之地，是王阳明心语"格物致知"讲学之地。这里江河纵横、群山交汇，既有二酉山上的藏书故事，也有借母溪自然保护区的清新幽深。五是服务保障好。本次活动在医疗、交通、讲解、餐饮、住宿以及各方面的服务上考虑得非常周到细致，怀化市和沅陵县的领导做了大量的工作，做到全方位服务，各方面保障，非常好。

　　本次活动我认为有三个特点。一是规模大。活动组织60余名来自全国各地的文学艺术家汇聚沅陵，共同参加采风活动。二是规格高。参加活动的有鲁奖获得者，有国家级的会员和省级的会员。三是品种多。文学艺术家中有的擅长诗歌、散文、报告文学，还有书法、美术、摄影、楹联等其他的艺术形式。有的艺术家是跨品种，双线作战，多线作战。摄影和书法绘画创作不同，我们总希望能够爬得比别人更高一点，然后把镜头放得比别人更低一点，因为那样才能够找到最适合的光线、最佳的角度。像诗歌、散文可以现场感受去创作，但报告文学就需要深入采访。在这次活动中，大家互相沟通交流，互相学习，这是一次令人难忘的，可以载入史册的采访创作活动。

　　最后我用三个词来总结，第一是感谢。感谢这一方热土，感谢这块热土上的人民，感谢沅陵美丽的山河，感谢沅陵厚重的历史文化，感谢各位